ハヤカワ文庫 SF

〈SF2115〉

時をとめた少女

ロバート・F・ヤング

小尾芙佐・他訳

早川書房

7923

THE GIRL WHO MADE TIME STOP AND OTHER STORIES

by

Robert F. Young

目次

時をとめた少女

わが愛はひとつ

One Love Have I

深町眞理子◎訳

それは、当時復活しかけていた、ありふれた田舎の夕食会だった。フィリップは夕方、その小さな大学村に着いて、衣類や書物の荷ほどきをすませたばかりだった。大学に出頭する予定の明日の朝まで、ほかにすることもなかったし、なんとなく落ち着かず、また（のちにミランダに告白したように）、人なつかしい気分でもあったので、村をひとまわりしてくれば、疲れて眠れることもあろうかと、下宿を出て、ぶらぶら歩きはじめた。ところが、二ブロックも行かないうちに、夕食会がひらかれている煌々《こうこう》と灯のともった公民館に出くわし、おそらくはなんらかの楽しい人種的記憶に衝き動かされたのだろう、不思議に興味をそそられて、入り口の前で足を止めたのだった。

　大きくあけはなたれたドアを通して、部屋の中央にしつらえられた長いテーブルが見え、壁ぎわには、食べ物を山盛りにした小テーブルが並んで、それぞれに青い服を着た娘がひとりずつ配置されていた。大勢の男女が、トレイを手に、それらのテーブルのあいだを行き来しているのが見え、皿の触れあう音や、楽しげな会話の声も聞こえてきた。そのとき、彼は入り口に掲げられた掲示に気がつき、その簡潔さに心を打たれた。——〈七十七セント公営夕食会——食後にスクエア・ダンスの用意あり〉それは彼を動かし、彼の心を、少年時代以来感じたことのなかった憧憬でいっぱいにした。彼は誘われるようにひらかれた扉に通じる広い階段を昇り、ホールに足を踏み入れた。暖かい九月の宵《よい》で、大きな窓のカーテンが、微風をはらんで揺れていた。

即座に彼の目は彼女を認めた。彼女は部屋の反対側の、ハム・サンドウィッチのテーブルのそばにいた。背が高く、髪は黒く、青い花びらのような襟《えり》にかこまれた顔は、ぽっかりと咲いた美しい花を思わせた。彼の足が敷居を越えたその瞬間から、彼女はホールの場景の中心となり、ほかのすべてのもの——テーブル、食べ物、壁、床など——は、画家が中心主題を強調するために描きくわえた、曖昧模糊たる細部にすぎなくなってしまった。

部屋を横切ってゆくとき、彼は漠然としかほかの人びとを意識していなかった。彼女が顔をあげてこちらを見たのは、彼が彼女のテーブルへのなかばほどまで行ったときだった。彼女の青い目と彼の灰色の目、二対の目がそこで触れあった。触れあって、溶けあい、時の流れから独立した、ひとつの瞬間を醸成した。そして彼は一目で彼女を愛し、彼女も彼を愛した。このようなかたちの愛について、フロイト派の学者先生がなんと言っていようと、知ったことではない。なぜならフロイト派の心理学者は、このような愛のことなどなにも知ってはいないのだから。どこかの部屋へはいっていって、ひとりの娘を見る、そして即座に、どうしてそうと知ったのか自分でもわからぬままに——あるいはそんなことは気にもとめぬままに——彼女こそ、この娘こそ、自分のためにつくられた女性だ、自分の長らく探しもとめてきた、そして永遠にもとめつづけるだろう女性だと知る、そのような愛について……

永遠に……

ふたたび手がふるえはじめていた。彼はしいてその手を動かして煙草をくわえると、やっとの思いで火をつけた。しかし、その仕事を終えて、最初の紫煙が狭いコンパートメントにただよいはじめてからも、手はいまだにふるえていて、彼はきつくその手を膝に押しつけ、モノレール・カーの窓外を飛ぶように過ぎてゆく田園風景に目をやった。

土地は疲れた緑色、九月の緑の色を呈していた。丘の斜面にはアキノキリンソウが茂り、シューマックの葉の先は、赤く色づきはじめていた。頭上のレールが丘のカーヴにそって曲がったり、谷間を渡ったりするたびに、車は軽く揺れた。谷は美しかったが、彼の見慣れた谷ではなかった。けれどもフィリップは動揺しはしなかった。車はまだシーダーヴィルからかなり手前を走っているから、見慣れた景色が見えなくても、べつに不思議ではない。だいいち、モノレールに乗ってから、まだいくらもたっていないのだ。見覚えのある丘や林、峡谷、道路、家などが見えてくるまでには、まだだいぶあるだろう。家はときには百年でも保《も》つことがあるという。そうたびたびあることではないかもしれないが、その例が皆無というわけでもない。まったくの高望みというわけではないのだ。

彼は空気枕に頭をもたせて、くつろごうと努めた。それこそ〈急速冷凍〉リハビリテーション監督官から、ぜひにとすすめられたことだ。「くつろぎなさい。心をからっぽになさい。物事がすこしずつ意識にはいってくるようにするのです。そしてなによりも、過去を考えないこと」

くつろげ、とフィリップは自分に言い聞かせた。過去のことは考えるな。過去は過ぎ去った、過ぎ去った、過ぎ去った……

車がまた揺れて、頭がわずかにかしいだ。モノレールはこの地点で、ある宇宙空港のそばを通っていたが、一度も宇宙空港を目にしたことのないフィリップは、はじめ、車が広大な人工の砂漠を通過しているのかと思った。それから、午後の空へむかって誇らしげにそそりたっている高い金属の塔に気づき、そのあとようやく、それが塔などではなく、宇宙船そのものであると気づいた。

彼はなかば恐れをいだきつつ、それらを凝視した。それらは彼のいまだ適応する用意のない、新時代の現象のひとつだった。むろん、彼の時代にも宇宙船はあったが、数はあまり多くはなく、厳密に太陽系内部だけの航行に限定された、ちゃちなしろものだった。いま眼前に展開している壮麗な建造物とは、およそ似ても似つかないものだったのだ。〈スウェイク・ドライヴ〉が発明されたのは、彼の裁判のあった年で、いまようやく彼は、その後の一世紀間にそれが宇宙旅行に与えた影響を理解しはじめた。ある意味で、それは意外なことではない。たしかに太陽系内部の生命を持たぬ惑星たちよりは、より大きな刺激を恒星は人類にたいして持っていたはずだから。

アルファ・ケンタウリ、シリウス、アルタイル、ヴェガ――ある船などは、遠くアルクテュルスまで出かけた、そうリハビリテーション監督官は言っていた。なんでもそれは六十五年にものぼる不在のあと、つい六カ月ほど前に帰ってきたばかりだそうな。フィリップはぼんやり首をふった。六十五年だなんて、とても受け入れるわけにはいかない。あまりに空想的すぎて、とうてい受け入れかねる事実だ。

彼はつねに自分を近代人と考えてきた。いつの場合も、時代に遅れぬように努め、世の中の変化を、人間の運命の一部として受け入れてきた。科学の進歩は、けっして彼をとまどわせはしなかった。というよりはむしろ、彼を刺激し、政治哲学という彼の専門分野で、ヴィジョンにおいても実践においても、彼を同時代人よりもはるかに進んだ人間たらしめていた。実際のところ彼は、近代的文明人の縮図であったのだ……

百年前には……

彼は大儀そうに窓から目をそらし、コンパートメントの灰色の壁を見つめた。煙草が指を焦がしたところで、はじめてそれを手にしていたことを思いだし、灰皿に捨てた。それから、先刻来、読もうと努めていた雑誌をとりあげ、あらためて読もうとしてみたが、見慣れない単語や途方もない慣用句、およそ想像を絶した概念につまずいて、いくら努力しても、ある箇所より先へは進まなかった。雑誌は再度、指から座席に滑りおちたが、彼は拾いあげようともせずにほうっておいた。

こうしていると、なぜかひどく年老いた、よぼよぼの老人のような気分になったが、それでも、主観的な意味では、すこしも老人などではないのだった。生まれたのが百二十七年前だという事実にもかかわらず、実際には二十七歳にしかならないのだ。冷凍機のなかで過ごした年月は、勘定にははいらない——百年間の人工冬眠期間は、主観的時間では、一瞬のまばたきにもあたらないのである。

彼はいま一度、空気枕に頭をもたせた。くつろぐことだ、そうわが身に言い聞かせた。過去は考えるな。過去は過去だ、過ぎ去ったことだ、過ぎ去ったこと……ためしに目をつむってみた。つむると同時に、それが誤りだったとわかったが、もはや手遅れだった。時の流れは、すでに渦巻きつつ過去へとさかのぼり、百年以上も前のある九月という、軽快な流れへと姿を変えていたからだ……

ピクニックにはもってこいの日和《ひより》で、二人は村を見おろす丘の上に、とある静かな場所を見つけた。ほど遠からぬあたりに、清冽な泉が湧きいで、頭上では、樫の巨木が、うららかな秋の空にむかって枝をひろげていた。ミランダは、小さなピンクの袋にレバー・ソーセージのサンドウィッチを詰め、ほかにポテト・サラダもつくってきていた。彼女が草の上にひろげたリネンのテーブルクロスをはさんで、二人は向かいあい、たがいの目を見つめあいながら食べた。軽やかな微風が周囲を跳ねまわり、つかのまの足跡を丘の斜面に残していった。

ポテト・サラダはいくぶん水っぽかったが、彼はまずいと思っているのを彼女にさとられぬようにと、二回もおかわりした。レバー・ソーセージももともと好きではなかったが、それでもサンドウィッチを二つも食べた。食事が終わるとコーヒーになり、ミランダは大きな魔法壜から紙コップにそれをついだ。一滴もこぼさぬようにとひどく気を遣っていたためか、かえってコップごとひっくりかえしてしまい、コーヒーが彼のシャツを濡らした。彼女はすっかり恐縮して、いまにも泣きだしそうな顔をしたが、彼としては、かえってそのために彼女いとしさの情が深まった。なぜなら、そうした彼女の無器用さもまた、濃褐色の髪や青い目、えくぼやさしい笑顔同様に、彼女の一部だったからだ。それは彼女の成熟しきった姿態からくる女くささを和らげ、その物腰に女学生めいた魅力を与えて、彼女の美しさを気楽に楽しませてくれた。というのも、このミランダほどのまばゆい女神が、つまらぬ人間とおなじ弱点を持っていると知ること、それは彼としても心暖まる事実だったからである。

コーヒーのあと、二人は木陰に寄りかかって、ミランダは『丘の午後』を暗誦し、フィリップはルーパート・ブルックの『グランチスターの古き牧師館』の一節を、どうにかこうにか思いだした。ミランダは大学の最上級生——年は二十一歳——で、専攻は英文学だった。これは最初から二人に共通の地盤を与えてくれた。少年時代に『ハックルベリー・フィンの冒険』をひもといて以来、フィリップは文学を愛好してきたし、その後もけっしてそれとの接触を失うことはなかったからだ。

当時、彼はパイプを愛好していて(たったの二十六歳で、その学期から教壇に立つようになったばかりの新米教師の身には、パイプは喉から手の出るほどほしかった威厳を与えてくれたのだ)、ミランダは彼のためにそれを詰めてくれたばかりか、彼が吸い口を吸っているあいだ、火皿にライターを近づけていてくれた。……あれはなんとすばらしい午後、なんと輝かしい午後だったことか——九月の風と九月の陽光、やさしい言葉と静かな笑いに満たされて。二人がやっと腰をあげたときには、日はすでに西に傾いていたが、それでも、フィリップは帰るのが心残りでならなかった。ミランダもやはり名残り惜しそうで、ばかていねいと思えるほどに、のろのろとリネンのテーブルクロスをたたんだあと、今度は半分ほどポテト・サラダのはいったボウルをとりあげて、バスケットに入れようとした。

しかし、ボウルは大きく持ちにくかったし、彼女は片手しか使っていなかったので、バスケットにはいりきらないうちに、ボウルは彼女の手をすりぬけて、ちょうど下にあった彼の膝の上でひっくりかえった。彼がそのマダガスカル織りのズボンをはいたのは、そのときが最後になった。

狼狽のため、彼女の目はとてつもなく大きく、まんまるになったが、もしそれがミランダ以外のだれかの目だったら、彼はきっと笑いだしていただろう。しかし、ミランダの目を見ては、笑えなかった。それはあまりにも深く、あまりにも青かった。彼は笑うかわりにほほえんで、気にするなと慰めると、ハンカチでズボンをふいた。そのとき、彼は彼女の涙を見た。彼女がそこに、背こそ高いが無器用な子供さながら、なすすべもなく立ちすくんでいるのを見た。いや、実際に子供だったのだ。ちょっとばかり早く女に――それも美しい女に――なりすぎた、愛らしい子供。それを見たとき、彼の内部でなにかが崩壊し、やさしい気持ちが全身にひろがって、彼は彼女を腕にいだくと、その耳もとで言っていた。

「ミランダ、おおミランダ。ぼくと結婚してくれるかい？」

いまや宇宙空港ははるか背後に去り、モノレール・カーは頭上のレールをかすかに鳴らしながら、山腹を縫って走っていた。車はとある林の梢《こずえ》をかすめ、川の上高くを通過した。その川の土手を見おろしたとき、はじめてフィリップは見覚えのある地標を認めた。

それはいまでは川辺の葦とシューマックとの生い茂る、崩れた石の廃墟にすぎなくなっていたが、かつては――それが昨日だか百年前だかは知らず――公営の保養所だったものだった。いつだったか彼は、その日ざしあふれる内庭で、カクテルをすすり、眼下の青い水面を飛びかう白い帆をながめて、半日を過ごしたことがある。そして彼の頭のなかは、まったくの空白だった……

ミランダのこと以外は。

懸命に、彼は彼女への思いを心のうちからしめだした。一世紀前なら、彼女のことを考えてもよかっただろう。だが、いまはちがう。いま彼女のことを考えることはできない。なぜならそれは、自分を粉々に引き裂くだろうから。なぜなら自分は現実に直面せねばならず、百年前の彼女のことを思いだしていては、それに直面することは不可能だろうから――彼女の墓をシーダーヴィルの墓地で探しだし、その墓前に花を手向けることなど、とうていできないだろうから。

リハビリテーション監督官は言っていた――彼の刑期は、ある意味で慈悲ぶかいものだった、と。むろん故意にそうしたわけではないが、たまたま慈悲ぶかいものになった、と。たとえば、たった五十年の判決を受け、刑期を終えて家に帰ったとしたら、ずっと苛酷な結果が待っていたことだろう。二十七歳の彼を待っているのは、七十二歳をわずかに超えたばかりの彼の妻なのだから。

しかし、たまたまそうなったのだとしても、〈議会制度〉時代との関連で、慈悲だの人情だのを論じるのは、ナイーヴすぎるとの謗《そし》りはまぬがれがたかろう。ひとりの人間に人工冬眠を強制することのできる時代、彼を本来その属する時代から引き離し、何十年ものちの、まったく無縁の時代にめざめさせることの可能な時代——そのような時代に、慈悲のあろうはずはない。その言葉の意味する概念の、ありようはずもない。そのような時代は、たんに残忍なだけだ。ときによって、残忍の度合いに差異はあるかもしれないが、慈悲ぶかいなどとは、とても言えたものではない。

いっぽう、現在のような時代、慈悲を再発見した時代は、それを再発見したとは言いながら、生きかえった犯罪者にそれを及ぼすところまではいかない。それは時代の残酷な処置について謝罪し、失われた年月にたいして至れり尽くせりの償いをし、彼が独立した人生を営めるよう、配慮してくれることはできる。しかし、ただひとつ、彼の生得のものであった時代をとりもどしてくれることはできないし、彼の愛した女性のやさしいほほえみや、忘れられぬ笑い声を復活させること、それもできないのだ。

それは、そこにある権利のない墓、主観的な昨日にはそこになかった墓、そんな墓の存在する墓地を抹殺することはできない。ミランダ・ロアリング、生年二〇二四年、没年二〇××年、という文字を消し去ることもできない。それとも没年は二一××年だろうか？——もとより、いまはまだ知るよしもない。しかし彼の気持ちとしては、彼女が再婚して子供をもうけ、長生きして、楽しい一生を送ったことをこそ望みたい。まこと彼女こそは、子供を産むにふさわしい女性だった。愛情あふれるあの彼女が、子供を持たずに終わるなんて、いわば宝の持ち腐れというものだ。

しかし、もし彼女が再婚したとすれば、墓碑に刻まれた名は、ミランダ・ロアリングではないということになる。ミランダなんとやら、ミランダ・グリーンか、でなければミランダ・スミスか。それに、ことによるとご本人が、シーダーヴィルから引っ越してしまっている可能性もある。ことによると彼女の痕跡は皆無かもしれない。いや、皆無ということはありえまい。すくなくとも、シーダーヴィルからどこへ移転したか、どこの土地で一生を送ったかをつきとめ、彼女の墓を探しあてて、わすれな草――わすれな草は彼女の大好きな花だった――で墓をおおってやることぐらいはできるだろう。そしてある静かな午後にでも、百年前の彼女の暖かなキスをまざまざとくちびるに感じながら、彼女のために涙を流すのだ。

彼はかすかに揺れる車内で立ちあがると、冷水器のところへ行って、飲料水のダイヤルをまわした。なんでもいい、なにかしないではいられない、気をまぎらせられるのなら、なんでもいい、そんな気持ちだった。だが、ダイヤルはあまりに簡単で、子供だましなほど。ただ指を一本動かすだけで、ほかにはなんの思考も注意をも必要としなかった。それはかたときたりと彼の思考の流れを中断させることなどなく、かえって冷たい水の味がそれに勢いを与えて、彼の心中を怒濤の勢いで席捲させ、彼の膝から力を奪って、よろよろと座席に倒れこませた。悲しみが、かたいかたまりとなって胸から喉もとに衝きあげてき、いまは枷《かせ》をはずされた追憶が好き勝手に流れて、彼をとらえ、過ぎ去った輝かしい日々へ、明るい栄光の日々へ、彼の最高の瞬間へと運び去ったのだった……

それは簡素な結婚式だった。ミランダは青い服を着、フィリップは大学制定のダクロンの服を着ていた。シーダーヴィルの治安判事が式を司宰したが、その態度はいたってそっけなく、言うだけのことをさっさと言いおえるやいなや、もう手数料を受け取ろうと、手をさしだしている始末だった。けれどもフィリップは気にしなかった。その日はなにに出あっても、不快には思えなかった。二人が治安判事の家を出たときに降りはじめた十一月の冷雨さえも、大学当局から休暇をもらえなかったという事実さえも。婚礼は金曜の夜に行なわれたから、新婚夫婦には土曜、日曜とひまがあったわけだが、わずか二日では、旅行に行くには不十分だったので、二人はフィリップがメイプル通りに買った小さな新居で、ハネムーンを過ごすことにした。

それはかわいらしい家だった。雨のなかでその家の前に足を止めたとき、ミランダはこれで百ぺん目かにそう言ったし、フィリップも内心そう思っていた。通りからはかなりひっこんで建てられていて、玄関までの小道の両側には、キササゲの木が一本ずつ植わっていた。左右に格子のついた小さなポーチ、ドアは二十世紀風のパネル・ドアだった。

彼は彼女を抱きあげて敷居を越えると、居間の中央にそっとおろした。彼の書物は、すでに暖炉の両側の造りつけの書棚に並べてあり、炉棚の上は、ミランダの細々した置き物でいっぱいだった。新しい応接セットは、藤色がかった灰色のカーテンと釣りあっていた。

彼がキスすると、彼女は恥ずかしそうに面《おもて》を伏せ、彼もまたなんと言ったらいいのかわからずにいた。二人きりで自分たちの新居にいることは、これまでささやきあったかずかずの慣用句や詩句、大学の廊下で見かわした目、分かちあった午後、落葉の散り敷いた道をともに歩んだ秋の宵、などをすべてご破算にして、彼らのどちらもいまだ用意のない、別種の親しさを要求するもののようだった。とうとう最後に、彼女が、「コーヒーでも淹れるわ」と言って、キッチンに立っていった。彼女が真っ先にしたことは、コーヒーの缶を落っことすことだったが、彼が行ってみると、光った床にひときわ黒々とこぼれたコーヒーのなかに、青い目をうるませてミランダが立っていて、青い服を着たその美しい姿は、部屋に女神が舞いおりたかのようだった。それから、そのやわらかなくちびるとしなやかな体を持った女神は、彼の腕にとびこんでき、暖かい体をかたく彼に押しつけた。腕が彼の首に巻きつき、濃い色の髪が、やわらかに彼の顔をくすぐった……

遠方の木立ちにおおわれた丘のあいだに、ひとつの村が見えてきた。それは見捨てられ、すっかり朽ち果てていたが、そこここに見覚えのある建物の残骸が残っていて、そこがシーダーヴィルに程近い、ある小さな町であることがわかった。

フィリップは、その町にまつわる思い出はほとんど持っていなかったので、それを見ても、あまり苦痛は感じなかった。代わりに感じたのは恐怖であり、それというのも、まもなくモノレール・カーが速度を落とし、自分がシーダーヴィルの駅の朽ちかけたプラットフォームに降りたつときがくる、とさとったからだった。降りたところで、そこに見いだすのは、またべつの見捨てられた村にすぎないはずなのだが、今度のそれには、多くの思い出がつきまとっているから、雑草におおわれた見覚えのある街路や、廃墟と化したかつての愛する家々、遠いむかしには暖かみと生気に輝いていたうつろな窓、などを見ることに、自分は堪えられないのではないかと心配だったのだ。

リハビリテーション監督官は、これらの見捨てられた村、無人化しつつある都市、近づく地球の終末について説明してくれていた。かつて惑星間宇宙旅行の奪い去った夢を、恒星間宇宙旅行が、再度、与えてくれたのだ。乾ききった金星や荒涼たる火星は居住不可能だし、氷にとざされた外惑星は、そもそも惑星とすら呼べず、いってみれば、弱々しい太陽を受けて意地悪くきらめく、回転する氷河でしかない。それにひきかえ、アルファ・ケンタウリ４は、それとはまったく異なるものだったし、シリウス41は、まさしく現実化された夢だった。

〈スウェイク・ドライヴ〉は、過剰繁殖の傾向という、人類が自ら生みだしたジレンマから人類を解放し、いまや地球の人口は、星々への移民船が建造されるのと競争で、着実に減ってゆきつつあった。植民地は、ヴェガのような遠方の星にまでぞくぞくと建設され、近くアルクテュルス星系にまで、それが生まれようという勢いだった。移民船の乗組員を除いては、恒星間飛行はつねに片道旅行だった。人びとは争って遠い星系へ出てゆき、広々とした谷間に、処女林のなかに、未踏の山岳のふもとに植民した。彼らは二度と帰ってこなかったが、リハビリテーション監督官によると、そのほうがかえってよいのだということだった。なぜなら片道切符こそは、ローレンツ変換というほかの方法では解決できない問題の、願ってもない解決法にもなっていたからである。

フィリップは、モノレール・カーが縫ってゆく緑の丘の起伏をながめた。午後もすでに遅く、長い影が深い谷間に冷たく尾をひいていた。真紅の太陽は西空低く傾き、その周囲で、積雲が色彩の乱舞を展開していた。一陣の風が新生林の木の葉をそよがせ、静かな山腹の牧草を平伏させた。

彼は嘆息した。彼には地球だけで充分だった。星々は彼に、ここで得られないものなど、なにひとつ与えてはくれない。静かな逍遙を楽しめる森林地帯、そのそばで読書できる小川、彼の悲しみを和らげてくれる青い空……

起伏する丘陵がひらけて平野となり、その平野につづいて、かすかに見覚えのある杉林があらわれた。車が速度を落としつつあるのに気づいた彼は、目をあげて駅の掲示板を見、そこに、青白く光る文字で書かれたなつかしい名、シーダーヴィルの表示を認めた。麻痺したような動作で、彼は立ちあがると、網棚から貧弱な旅行鞄をとりおろした。胸が締めつけられ、こめかみがずきずきしているのが感じられた。

窓ごしに、村はずれの家々や崩れた壁、たわんだ屋根、朽ちかけたポーチ、草の生い茂る庭などが目にはいった。一瞬、とてもあのなかへ降りてゆくことはできない、自分を鞭打って、あのなかを歩むことなどできない、そんな思いが胸を打った。それから、車がすでに停まっているのに気づき、コンパートメントのドアがひらいて、そこから金属のステップがくりだされるのを見た。彼はしいてなにも考えずにそのステップを降りると、補強されたプラットフォームに降りたった。足が古びた木材を踏むか踏まぬかの瞬間に、早くも車は動きだし、頭上のレールをぶうんと鳴らして、迫りくる夕闇の彼方へ消えていった。

そのまま長いあいだ、彼はそこに立ちつくしていた。田園の夕べに先だつあの完全な静寂が、あたりを支配していた。西の空では、太陽の軌跡がオレンジから緋色へと深まりつつあり、いっぽう東からは、最初の宵闇が忍び寄ってこようとしていた。

ややあって、彼は踵《きびす》を転じ、村の中心へと通じる街路へ歩みでた。古い簡易舗装の割れ目や隙間から、所嫌わず伸びている草の茂みを避け、もつれた楓《かえで》の低く垂れた枝を首をすくめてよけながら、彼はゆっくりと歩いていった。やがて、ジャングル化した庭のなかに、うっそりと建っている最初の家並みが見えはじめた。フィリップがそれを見つめると、それらも落ちくぼんだうつろな目で見かえしてき、彼はあわてて目をそらした。

道が下り坂になり、村の中心にあたる小さな谷間にさしかかったところで、彼は足を止めた。墓地はこの谷の向こう側の斜面にあり、そこへ行くには、メイプル通りや公民館、大学、その他、五十カ所もの思い出ぶかい場所を通らなければならない。どんなに覚悟を固めていても、それらをまのあたりにすれば、山ほどの連想に苦しめられようし、山ほどの楽しい瞬間をも再体験することになるだろう。

とつぜん、これまで彼を支えてきた力が抜けて、彼は地面に立てた鞄にへなへなと腰をおろした。地獄とはどういうものか、と彼は自問した。そして自ら答えた。地獄とは、国家の硬直した信条に反する真理を唱える全体主義国家の国民、彼らひとりひとりに用意された運命だ。大衆の知的範囲の監督者をもって自認するやからを、あえて批判する書物を書くものたちに。

地獄とは、愛するものをすべて奪われた人間に、わずかに残されたものでもある……

それは、地味な水色のアカデミックな表紙をつけた、どちらかというと薄っぺらな、めだたない本だった。出版されたのは、彼がミランダと結婚した年の秋、そして最初のうちは、まったくなんの反響も呼び起こさなかった。題は『新しき最高法院《サンヘドリン》』（サンヘドリンは古代ユダヤの最高評議会兼最高裁判所で、七十一人から成っていた）。

ところが、その冬のあいだに、〈議会制国家〉の下部機関のひとつで、破壊文学調査摘発団体《サブヴァーシヴ・リテラチュア・インヴェスティゲイティヴ・ボディ》（SLIB）として知られる組織がこれに目をつけ、あれよあれよというまに、非難が新聞の第一面を黒々と埋めつくし、くりかえしニュース放送でも流されるようになった。SLIBは、時間を無駄にしはしなかった。それは、二千年前に最高法院《サンヘドリン》の高僧たちがキリストを磔《はりつけ》にしたように、フィリップを磔にすることにとりかかった。

彼らがそこまでやるとは、彼も予想していなかった。〈議会制国家〉と最高法院《サンヘドリン》との比較論を展開し、この両者が、いかにして現行の思想界を逸脱したものをことごとく排除することにより、その最高権力を保っているかを実証してみせたことから、自分の名が知れわたること、場合によっては悪評が広まることぐらいなら覚悟していた。だが、まさか投獄、裁判、刑の宣告、などという事態に立ちいたるとは、思ってもみなかったのだ。たんなる国事犯でしかないものが、電気椅子やガス室、絞首台等にとってかわる非人間的な新発明——一般には〈急速冷凍機〉の名で知られている、人工冬眠室送りという最高刑にあたいしようとは。

彼は自分の論文の力を過小評価し、さらに、その論文が批判したグループの力、それをも過小評価していたのだった。全体主義政府がつねに贖罪《しょくざい》の山羊を探していること、大衆への見せしめになるだれかを探していること、それを彼は忘れていたのだ。そのだれかとは、財産もなく、これといった政治的影響力もなく、できれば大衆がつねに毛嫌いしてきたような職業についている、そんな人物が望ましい。端的に言えば、無名の政治哲学者だ。彼は忘れていた。が、また覚えてもいた。あのうそ寒い四月の朝、傀儡《かいらい》判事が滔々と節をつけて、判決文を読みあげたときのことを――「現政体にたいする破壊活動の廉《かど》をもって、百年間の人工冬眠を科する。期間は二〇四六年九月十四日より、二一四六年九月十四日まで。将来の政府当局により、この刑期が軽減せられんとした場合、四人が瞬間的な死に立ちいたる事態なきを期すため、段階式監房施錠法を採用することとする……」

四月から九月までの月日は、文字どおり矢のごとく過ぎた。ミランダは毎日訪ねてき、そのつかのまの面会時間のうちに、こうしているまにも指のあいだから逃げてゆく貴重な一瞬のうちに、二人の残りの一生を凝縮しようと努力した。五月には、二人でフィリップの誕生日を祝い、七月には、ミランダの誕生日を祝った。二度ともその祝いは、「お誕生日おめでとう」の祝詞と、つきまとう看守の目を盗んでかわされたキスとから成っていた。

そしてそのあいだずっと、彼女の目のなかに、彼はその言葉を読みとっていた。彼女が言おうとして言えない言葉、「あなたのお帰りを待っているわ」という言葉。そして、もし可能なものなら、彼女は必ずや待っているであろうこと、喜んで彼の帰りを待っているだろうこと、それもわかっていた。とはいえ、どんな女性でも、百年も帰らぬ夫を待ちつづけるわけにはいかない。どんなに夫を愛していようとも、どんなに忠実な女性であろうとも。

　最後の瞬間にも、彼はその言葉を彼女の目のなかに読みとった。それが彼女のくちびるの上でふるえているのを見た。そして、それを言えないでいることが、どんなに彼女を苦しめているかも。彼女の純真そのものの顔に、そのやさしい輪郭に、彼女の感じやすいくちびるの曲線に、彼は苦痛を見てとり、彼女の別れの接吻に、それを感じとった——苦悶、絶望、底知れぬ悲嘆を。そして彼は看守に両脇をかためられたまま、エレベーターの前で、木彫り人形のように立ちつくしていた。涙はこの場では不適切だったから、泣くこともできず、かといって、くちびるはこわばり、頬は石と化し、あごは花崗岩のようだったから、ほほえむこともまたできなかった。

　エレベーターの扉がしまる直前、彼が最後に見たのは彼女の姿だった。彼女は〈急速冷凍〉の窓口の前に立ち、その背後に、非情な金網の隙間の向こうに、彼女の目の色とそっくりおなじ、青い九月の空がのぞいていた。その光景を彼は深く心に刻みつけたまま、エレベーターで地下へ降り、ひんやり湿った廊下を冬眠室へと歩いていった……

　独裁政権の命運というものは、それが集合的な権力であろうと、個人の独裁であろうと、もともと定まっているものである。フィリップの時代の独裁制の萌芽は、いまではもはや一場の悪夢でしかなかった。〈スウェイク・ドライヴ〉がそれを妨げ、それの開花を阻止したのだ。なぜなら、星々に到達できると知ったとき、人間の欲求不満は解消した。そして、それにつけこんで利用するための欲求不満なくしては、いかなる独裁制も、長くは命脈を保ちえない。

とはいえ、小人《しょうじん》の成した害は、のちのちまで祟るといわれる。そして、かりにこの金言が〈急速冷凍機〉の到来以前に真実だったのなら、いまではその二倍も真実味が増していると言えるだろう。〈急速冷凍機〉によって、人類はギリシア悲劇を成就したのだ。

彼が煙草に火をつけると、ライターの明るい炎が、一瞬、街路の深まりゆく影をまざまざと浮きあがらせた。いつのまにか、夜のとばりがおりているのを知り、彼は愕然とした。もつれあった木のあいだから空を見あげると、一番星が見えた。

彼は立ちあがって坂道を降りはじめた。進むにつれて、さらに多くの星が出て、古びた舗装道路に淡い現実感を与えた。夜風が吹いてきて葉叢《はむら》をそよがせ、整然と並んだ芝生を占領した野生のティモシーを揺すり、壊れかけた家々の鎧戸《よろいど》を鳴らした。

わが家を見ることとは、ただ苦痛をかきたてるだけだとわかってはいたが、それは彼の堪え忍ばねばならぬ苦痛だった。なんとなれば、わが家の門口に立つまでは、帰郷は完成しないのだから。だから彼はメイプル通りまでくると、雑草の生い茂った歩道に折れ、伸びほうだいの生け垣と、雑然と枝を伸ばした若木のあいだをゆっくりと歩いていった。一瞬、通りのずっと先に、灯が見えたような気がしたが、確かではなかった。

むかしの家がいまだに残っている見込みはほとんどないこと、それぐらいは彼にもよくわかっていた——百年といえば、人の住む家には長い歳月なのだ——それに、もし残っていたにしても、きっと見ちがえるほどに変わってしまっているか、見分けのつかないほどに腐朽してしまっているだろう。

にもかかわらず、それは残っていたし、一見、すこしも変わっていなかった。そのようすは、百年前に彼がその家を出たときとまったくおなじに見え、居間の窓には明かりさえともっていた。

彼はしばらく凝然と通りの瓦礫のなかに立ちつくしていた。この家が現実であるわけはない、何度も自分にそう言い聞かせた。これが本物であるわけがない。実際にこの手でさわってみるまでは、この指の下に家の木材を感じ、足の下に床板を感じるまでは、ぜったいに信じるものか。彼はのろのろと短い庭先の小道を歩いていった。前庭の芝生はきちんと刈りこまれ、二本の小さなキササゲの木が、新たにかきならされたばかりの小道の両側に立っていた。格子のついたポーチにあがると、そこの階段が足の裏にしっかりした手ごたえを伝えてき、足音を高く響かせた。

左手の薬指の先でドアのフリント・ロックに触れると、扉は抵抗なくひらいた。彼がおずおずと敷居をまたいだあと、扉はまた音もなくしまった。

居間には藤色がかった灰色のセット家具が配してあって、おなじ藤色がかったグレイのカーテンとよく調和していた。暖炉では、節だらけの松の丸太が赤々と燃え、出っ張った造りつけ式の本棚には、彼の蔵書がきっちりと並んでいた。ミランダの細々した飾り物の類が、炉棚をいっぱいに占領していた。

彼の安楽椅子が暖炉のそばに引き寄せてあり、その足もとの床には、彼のスリッパが主《あるじ》を待つようにそろえてあった。手近のエンド・テーブルには、彼のお気に入りのパイプ、そしてそのそばには、これもお気に入りの煙草の缶。椅子の腕にのっているのは、真新しい『新しき最高法院《サンヘドリン》』。

戸口のすぐ内側で、彼は息をはずませながら棒立ちになっていた。それから、どうにか主観的な思考の混沌《カオス》の上に厳正な客観性を重ねあわせ、その部屋を自分の願望するように、ではなく、あるがままに見ようとした。

窓ぎわにともっているランプは、百年前にミランダが窓に吊るしていたランプに似てはいたが、おなじものではなかった。それに似せてつくった複製だった。応接セットもまた、百年前に彼がミランダを抱いて敷居をまたいだときのものに酷似していたが、おなじものではなく、カーテンも同様だった。材料とデザインに相違があった——わずかな相違ではあるが、そのつもりで見れば、はっきり目につく。それに彼の安楽椅子——それもまた複製だったし、スリッパも、パイプも、『新しき最高法院《サンヘドリン》』も、やはりおなじ。

暖炉はむかしとおなじものだったが、まったく同一というわけではなかった。煉瓦の組み方が違っていたし、煉瓦そのものも異なっていた。炉棚も異なっていた。そしてその上の細々した飾り物は……

　それらを仔細に検分するために歩み寄ってみたとき、彼は思わずすすり泣きを押し殺した。それらは複製ではなかったのだ。正真正銘の原物で、歳月はそれらの上に苛酷な足跡を残していた。いくつかはこわれ、全体に緑青《ろくしょう》をふいたり、錆が出たりしていた。それはさながら、雨の日に屋根裏部屋で見つけた、子供のころのおもちゃのようだった……

　かがみこんで蔵書を検《あらた》めてみると、それらもまた原物だった。彼は棚から一冊を抜きだし、ひらいてみた。黄ばんだページが歳月の経過をありありと物語っていて、彼はそっとそれを棚にもどした。そのとき、最上段の棚にのっている、一冊の日記帳が目にとまった。

　ふるえる手で、彼はそれをとりおろすと、ページをめくってみた。なつかしい筆跡を認めたとき、彼はそれがだれの日記帳であるかをさとり、と同時に、とつぜん膝から力が抜けて、立っていられなくなり、そのまま暖炉の前の安楽椅子に沈みこんだ。

　茫然として、彼は最初の記述のあるページをめくった。その日付は二〇四六年九月十五日になっていた……

　わたしはぼんやりと階段を――人間が生きながら埋められる墓所の前の石段を降り、街路をさまよっていった。

そのままふらふらと見知らぬ街路をさまよい、無関心な人びとの群れとすれちがった。そのうち、徐々に、経過する時間が、逃げてゆく一分一分が、矢のように飛び去る一秒一秒が意識されてき、その一秒ごとが堪えられぬ苦痛に、一分ごとが鈍い苦悶に、一時間ごとが押しひしがれるような永遠になっていった……

どうやって宇宙空港まできたのかもわからない。たぶん、神様がわたしをそこへお導きくださったのだろう。だが、微光を放ちつつ九月の空へむかってそそりたつ、巨塔のような新造船を見たとき、〈スウェイク・ドライヴ〉についてこれまでに読んだこと、それが眩暈とともに心のなかで合体し、わたしはなにをなすべきかをさとった。

動いている時計は、静止している時計よりも遅く時を刻むという。通常の速度では、そのちがいは感知できないが、速度が光速に近づくと、その差は厖大なものになる。〈スウェイク・ドライヴ〉は光速に近づいた。それは、乗員と船とが純粋なエネルギーになってしまわない範囲内で、近づけるだけ近く、光速に近づくことができる。〈スウェイク・ドライヴ〉を採用している船の上では、時計はほとんど動かないはずだ……

信じがたい思いで、彼はページをとばした……

二〇四六年九月十八日——みんなは二年かかると言う！　宇宙航路の客室乗務員になるために、わたしの貴重な青春が、大事な寿命が二年も！　だがやるしかない。ほかに方法はないし、すでに申請も出した。受理されることはわかっている——だれもが目の色を変えてほかの星へ行きたがっている現在、宇宙船乗務員の需要は……

手がとめどもなくふるえて、ページが指をすりぬけ、日が、月が、年が、ぱらぱらと狂おしく過ぎ去った。ようやく彼はそれをおさえた……

二〇七二年六月三日（シリウス41にて）——わたしはたくさんの動く時計で時間をはかってきたが、動く時計は、期待にたがわず親切だった。だが惑星に降りて、静止した時計があとを引き継いでからは、静止した時計の不親切さが身にしみる。どことも知れぬ見捨てられた宇宙空港で、帰りの便を待つあいだ、身の細る思いで一分一分を数え、いたずらに過ぎてゆく時間を恨まねばならない。何十年ものあいだには、その一分一分が積もり積もって月となり、年となる。だから、結局は動いている時計で時を計ろうとも、すべては遅すぎるということになるのではないかと……

ふたたびページが指をすりぬけ、彼は最後の記述のところで、やっとそれを止めた……

二〇八一年二月九日――今日、正式に通知が来た。アルクテュルス行きの便への搭乗許可がおりたという！　それ以来、わたしは夢想にふけったり計画をたてたりで、なかば恍惚状態だ。なぜならば、いまこそわたしは夢見たり、計画したりすることができるようになったのだから。いまこそわたしは、ふたたび愛するひとと相見《あいまみ》えることができる。そのときわたしは、髪に白い梔子《くちなし》の花を飾り、彼のいちばん好きだった香水をつけ、わたしたちの家を建てなおして、いっさいのものをもとどおりに修復しよう――六十五年という見積もりが正確なら、時間はたっぷりある。そして、愛するひとが釈放されたとき、わたしはそこにいて、この腕に彼を迎えよう。わたしは彼が覚えているほど若くはないかもしれないが、さりとて年寄りでもない。そのときこそ、星々のあいだで過ごした孤独な歳月は、無駄ではなくなるのだ……

なぜなら、わが愛はひとつ。ほかにはけっして存在しないのだから。

ページの文字がぼやけて、フィリップは日記帳が指から椅子の腕へと滑りおちるのにまかせた。「ミランダ」つぶやきが口からもれた。

彼は立ちあがって、「ミランダ」と呼んだ。

家はしんとしていた。「ミランダ！」彼は呼びつづけた。「ミランダ！」

応えはなかった。彼は居間から寝室へ行ってみた。寝室は百年前そのままだったが、ただ空っぽなことだけがちがっていた。ミランダの姿がないことだけがちがっていた。

居間へひきかえした彼は、つぎにキッチンへ行った。キッチンもやはりもとのままだったが、ミランダの姿はなかった。彼は電灯のスイッチを入れて、磁器の流し、クロムの料理用ストーヴ、白い食器棚、ぴかぴか光った家事台を順ぐりに見つめた……

台の上に手鏡があり、そのそばに、つぶれた梔子の花がころがっていた。とりあげてみると、それはひんやりとして、やわらかだった。彼はそれを鼻孔に押しあて、そのさわやかな香りを吸いこんだ。それにはべつの芳香が、ある繊細な、馥郁たる香りがまじっていた。すぐに彼は、それがミランダの香水であることを感じとった。

とつぜん息が詰まって、彼は家から闇のなかへ走りでた。そのとき、通りの先に、さいぜんも見たあの灯がゆらめくのが見え、彼は夢遊病者のような足どりで、そのほうへ歩きだした。闇のなかから、ゆっくりと公民館が浮かびあがり、明かりはたくさんの灯に、輝く窓に変わった。どこか近くの影のなかから、携帯用発電機のうなりが聞こえてきた。

入り口の階段を昇ったとき、百年の歳月は飛び去った。むろん、七十七セントの夕食が用意されているわけでもなく、ホールは最近、改修されているにもかかわらず、まぎれもない年月の足跡を残していた。だがそこにはミランダがいた。ひとつぽつんと置かれたテーブルのそばに、ミランダが立っていた。ミランダは泣いていた。以前より成熟したミランダ、むかしはなかったところに皺が見えるが、だがかすかな皺、愛すべき皺だ……なぜ彼女が〈急速冷凍機〉まで迎えにこなかったのか、彼は納得した。彼女はこわかったのだ。動いている時計が、結局はさほどゆっくりとは動いていなかったのではないか、そう恐れたのだ。そこで、わが家で彼を迎えることにした。彼が必ずやそこに帰ってくるだろうことを知っていたから。彼女はモノレール・カーが駅に停まる音を聞いたにちがいない、彼がいずれこちらへやってくるだろうことも、知っていたのにちがいない……

とつぜん彼はキッチンにあった手鏡と、梔子の花を思いだした。

おばかさん、かわいいおばかさん……目がうるんで、涙が頰を伝うのが感じられた。つんのめるように部屋にはいると、彼女はためらいがちに彼を迎えて進みでた。その面輪《おもわ》は、新たな年輪を加えて美しかった。部屋に舞いおりた女神、成熟した天女。かつての無器用さは、あとかたもなく消えていた。女学生じみた魅力は、宇宙の深淵のどこかに置き忘れられていた。彼の女神——そしてつぎの瞬間、女神は彼の腕にとびこみ、暖かな体をかたく押しつけてきた。濃い色の髪が、やわらかく彼の顔をくすぐり、声が歳月を越え、時間を超越した無限を越えて、彼の耳にささやきかけてきた。

「お帰りなさい、あなた。わが家へようこそ」

妖精の棲む樹

To Fell a Tree

深町眞理子◎訳

第一日

樹木技術員《ツリーマン》リフトが上昇を開始する寸前、ストロングはその向きを変えて、背中を樹の幹に向ける姿勢をとった。上昇の初期段階においては、なるべく樹を見ないようにするのが望ましいのだ。けれども、リフトは事実上、糸のように細いウインチ・ケーブルからさがった、三角形の鋼鉄の枠というにすぎなかったから、百フィートと昇らぬうちに、またくるりとまわって、もとの向きにもどってしまった。好むと好まざるとにかかわらず、樹は最初からこちらについてまわろうとしているらしい。

いま、幹は十五フィート向こうにあった。それがストロングに連想させるのは、絶壁である。長さ八フィートから十フィートに及ぶ樹皮の突起と、幅三、四フィートもの裂溝のある、生きた、凸型の絶壁——緑色の荘厳な葉叢《はむら》の雲にむかって、どこまでもそそりたつ樹木の崖だ。

見あげるつもりはなかったが、目は自然に幹の表面を上へとたどっていった。唐突に彼は、その目を下へ向けなおした。自分を安心させるために、しだいに小さくなってゆく村の広場を見おろし、そこにいる三人の同僚の姿を探しもとめたのだ。

スーレとブルースカイズの二人は、むかしの墓地のひとつに立って、朝の一服をやっていた。遠すぎて、表情までは見えないが、スーレの鈍重そうな顔は、たぶん、かたくなな憤りにゆがんでいるだろうし、ブルースカイズはおそらく、お得意の〝バッファロー然とした〟表情を浮かべていることだろう。ライトは樹の根もとから百フィート余り離れたところにいて、ウインチを操作している。その顔は基本的に、普段の顔とまったく変わるまい。かすかに気がかりそうに、眉間《みけん》に縦皺を寄せている——たぶん。だが、それでいてなおあの、穏やかさと果敢さとの不思議な混淆《こんこう》を具現している。どこから見ても、まぎれもない指揮官の顔だ。

ストロングは、広場をとりまく家々のほうへ視線をあげていった。下界で見るよりも上から見たほうが、なおいっそう魅惑的に見える。鯨座オミクロン星の赤みがかった金色の光輝が、カメレオンを思わせる家々の屋根を多彩にいろどり、ジンジャーブレッド然としたファサードの上で、明るく躍っている。もとより、近くにある家々は、いまは無人にちがいない——樹の周囲、半径三百ヤード以内の人家は、すべて立ち退きを命ぜられ、その区域にはロープが張られた。だがこうして見おろしていると、ストロングは気まぐれな夢想にふけらずにはいられないのだ——夜のあいだに妖精たちが無人の人家にはいりこみ、留守中の村人たちに代わって、家の内外の雑用を引き受けているのではないかという……

　この空想は、ちょっとのあいだ彼を愉快な気持ちにさせたが、それも長続きはしなかった。巨大な材木運搬車の一隊が村の広場にくりこんでき、そこに長い列をつくって駐車したので、そのような雑念は追い払われてしまったのだ。

　いま一度、彼は樹に向きなおった。いまではさいぜんよりも高く昇っているのだから、幹は細くなっていて然るべきである。だが、そうはなっていない——すくなくとも、目につくほどには。それは依然として凸面の崖に酷似していて、彼はツリーマンというよりも、登山家のような気分を味わった。見あげると、最初の大枝が見えた。それを見ても、彼の頭には、樹木のエヴェレストの垂直な斜面から、真横に伸びているセコイアの樹、という以上の連想は思い浮かばなかった。

　ライトのきびきびした声が、樹上と地上とを結ぶ無線装置を通して聞こえてきた。そのレシーバーと極小型の電池とは、ストロングの左の耳たぶに装着してある。

「樹の精《ドライアド》を見かけたかね？」

「いや、まだ」

　ストロングは舌を動かして、下唇に装着された小さな送信器のスイッチを入れた。

「もし見かけたら、知らせてくれよ」

「とんでもない！　ぼくが草の葉のいちばん長いやつをひいたの、忘れましたか？　あれがぼくに全面的な樹上権を与えてくれたはずだ。ぼくがここで見つけるものは、なんであれ、みんなぼくのものですよ！」

ライトは笑った。「なに、ただ手伝ってやろうとしただけさ」

「手伝ってもらう必要なんかありません、せっかくですがね。高度はどれくらいです？」

ちょっとした間があった。煙草ほどの大きさのライトの姿が、ウインチ操作盤の上にかがみこんでいるのをストロングは見まもった。まもなく、「百六十七フィートだ。あと百二十で、最初の大枝と並ぶ位置まで達する。……気分はどうかね？」

「悪くありません」

「結構。なにか異変があったら知らせてくれ。どんな小さな異変でもだ」

「承知しました」ストロングは舌でスイッチを切った。

あたりはしだいに暗くなりつつあった。いや、暗く、ではない。より濃い緑色に、だ。青ざめた黄緑色の光となって、無数の葉の層を通してさしこんでくるかぼそい日光は、こちらの上昇に比例して、その色調を深めてゆく。ふと、樹木恐怖症が彼をとらえた。が、彼は、樹木技術学校で教わった解決法を用いることで、それを消散させた。その解決法とは、すこぶる簡単――なんでもよい、なにかに注意を集中すること。彼は、リフトの底面にとりつけられた装具の品調べをすることでそれに代えた。樹上くさび、糧食、毛布。樹上テント、暖房器、くさび用ハンマー。ケーブル打ち出し器、カッター、救急箱。登攀用ベルト、サドル・ロープ、枝づな（リフトにとりつけられているのは、枝づなの輪になった一端だけだ——枝づなそのものは、長く尾をひいて、樹の根もとの、しだいに小さくなるコイルへむかって垂れている）。そしてティムケン装置、鉤《かぎ》ばさみ、水筒……

やがてようやく、リフトは彼を下層の葉叢のなかへとひきあげた。この葉を巨大なものと彼は想像していたが、案に相違して、葉は小さく、デリケートで、かつて地球に繁茂していた、あの美しい砂糖楓の葉を彷彿させた。まもなく、最初の大枝の正面に達すると、緋色のハハハ鳥の一群が、すさまじい嘲笑のコーラスで彼の到着を迎えた。小さな半月形の目を光らせた彼らは、もっともらしいシニシズムをもって彼を見つめつつ、何度か彼の周囲を旋回したあと、やがて螺旋飛行で上層の枝のなかへと姿を消していった。

その大枝は、さながらひとつの山の尾根がそっくりもぎとられて、村の上空高くただよっているかのようだった。分岐した枝々は、それぞれが一本のりっぱな大木であって、もし落ちたら、植民者たちがあんなにも大事にしている民家を、すくなくとも一棟は押しつぶすことが可能だろう。

それにしても——と、ストロングはこれで十何度目かに考えた——鯨座オミクロン星第十八惑星最大の大陸の先住民たちは、なぜ彼らの村落を、このような怪物めいた樹木の根もとの周辺に建設したのだろう？　先遣隊の報告によると、ここの先住民は、あのような美しい家屋を建てる能力を有していたにもかかわらず、じつはきわめて原始的だったという。しかし、いくら原始的でも、これほどの巨木が、雷雨のさいに潜在的な脅威になりうることぐらいは気づいていたはずだし、なによりも、過剰な日陰が湿気の発生をうながし、その湿気が腐朽《ふきゅう》の先触れとなる、その程度のことは心得ていて然るべきだろう。

だが、明らかに彼らはそれを心得ていなかった。というのも、彼らが建設した多数の村落のうち、不快をもよおすほどの腐朽の度を示していないのは、いまここにあるこの村だけなのだ。ちょうど、彼の登っているこの樹が、他の植物を弱らせ、枯死させたとされている、仮説上の枯凋《こちょう》病にかからなかった唯一の樹であるのとおなじに。

先遣隊の説によれば、先住民がこれらの樹のそばに村落を建設したのは、樹が彼らの宗教上のシンボルだったからだという。たしかに、これらの樹が枯死しはじめるのと同時に、彼らが北部の荒野にある〝死の洞窟〟に集団移住したという事実は、ある程度までこの説を補強しているように思われる。しかし、ストロングとしては、この説はにわかには受け入れがたい。これらの民家の建てかたから見て、彼らは芸術的であるのと同時に、実際的な種族でもあったと推定されるのだが、実際的な種族というものは、たとえ自分たちの宗教的なシンボルが病害を受けやすいとわかったからといって、それだけで集団自殺などするものではないからだ。のみならず、これまでストロングは多数の新開拓惑星において樹木の伐採《ばっさい》に従事してきたが、その経験からも、先遣隊の見解が誤っていたとのちに判明する、そういうことが、すくなからずあるのを知っているのである。

葉の茂みは、いまや彼の頭上、周囲だけでなく、足もとにもひろがっていた。彼は一個の独立した世界にいた。緑金色にかすんで、そのなかをこの巨木の花が点々といろどる世界（今月は、鯨座オミクロン星第十八惑星の六月にあたり、樹はまさに花盛りだった）。彼と、ハハハ鳥たちと、彼らの餌である昆虫たちだけが棲む世界。重なりあった葉叢を通して、ときおり彼の目にもジグソー・パズルのような広場が見えたが、だがそれだけだった。ライトの姿はもうなかった。スーレやブルースカイズたちの姿もまた。

今日の作業にかかる前に、最初のケーブルをかけた大枝の約十五フィート下まできたところで、彼はライトにウインチを止めるように頼んだ。それから、リフトの底面の横木からケーブル打ち出し銃をとりはずすと、台尻を肩にあて、リフトを前後に揺すりはじめた。約八十フィート上方、目にはいるかぎりのもっとも高い大枝を選んだ彼は、揺れるリフトが樹のウインチ側の最先端に達したところを見はからって、狙いを定め、引き金をひいた。

それはあたかも、蜘蛛が繊細な糸を吐きだすのに似ていた。細いケーブルは空中を小蜘蛛の糸のように舞いあがり、めざす枝にひっかかったかと思うと、そこから、重りのついた先端にひっぱられて、彼ののばした指先数インチのところまで、花や葉叢のあいだをまっすぐに縫って落ちてきた。つぎの揺りもどしで、彼はそれをつかむと、なおもリフトを漕ぎながら、その先端を三角形のリフトの頂点に押しつけた。先端に仕込まれた極微のファイバーが、しっかりリフトの鋼鉄に根をおろすと、彼はその〝新しい〟ケーブルをポケット・ニッパーで打ち出し銃から切り離し、銃を底面の横木にもどした。最後に、はじめのケーブルに手が届くようになるまで、リフトの描く弧を大きくしていった。はじめのケーブルは、重なった葉の茂みを縫って、斜めに下のウインチへと垂れているが、それをつかむなり、二本のケーブル――〝新〟と〝旧〟双方の――が自動的に重ね継ぎされるまで、二本をいっしょに握って、ぎゅっと手に力をこめた。それから、バイパスされて不要になった〝旧〟ケーブルの一部分を切断した。

〝新〟ケーブルに生じたたわみが、リフトを何フィートか落下させた。揺れがじゅうぶんにおさまるまで待ってから、彼はライトにウインチを始動させるように伝えた。糸のように細いケーブルをおおっている極微のティムケン装置が、〝新〟ケーブルの上でいっせいにころがりはじめ、リフトはふたたび上昇を開始した。ストロングは安全ベルトを支えにして身を反らし、煙草に火をつけた。

このときだった、ドライアドを見たのは。

あるいはすくなくとも、見たと思ったのは。

問題は、このドライアド存在説なるものが、もともと、とんでもないジョークだったということである。生身の女性に接する機会が、任務と任務のあいだの短い休暇にだけ限定されている男たち、そのような男たちのあいだで発生するたぐいのジョークだ。

そんなばか話、だれが信じるものか、そう男は自分に言い聞かせる。どこの惑星のどんな樹に登ろうと、そこらの葉っぱの四つ目垣にかこまれた小径を、美少女の妖精が駆けてきて、恋いこがれるこちらの腕に身を投げかける、なんてことがありっこないのはわかっているのだ。だがそれでいて、そんなことはぜったいに起こりえないと自分に言い聞かせている、そのあいだにも、どこか、良識のけっして足を踏み入れない暗い心の周辺界域では、いつの日かそれが現実になることがありはしまいか、などと考えつづけているのである。

地球からここまでの旅のあいだ、そして宇宙空港からこの村までくる車のなかでも、ずっと彼らはこの冗談をやりとりしていた。もしもスーレやブルースカイズやライトの話を信ずるならば……そして彼自身の話もだが、もし信ずるなら――鯨座オミクロン星第十八惑星に残った最後の巨木には、すくなくともひとりのドライアドが棲んでいるという。そして、もしかして自分たちが彼女をつかまえるようなことにでもなったら、なんと愉快なことだろう！

よろしい、ストロングは考えた。おまえは彼女を見た。ならば、彼女をつかまえられないかどうか、やってみようじゃないか。

それはほんの一瞬の印象にすぎなかった――曲線と、色と、妖精めいた顔らしきものが、ちらりと動いたにすぎない——そして、そのイメージが網膜から消えるのと同時に、彼の確信も消えた。彼女を見かけたと思ったその大枝まで、リフトが彼をひきあげたときには、すでに、彼女がそこにはいないと言いきれるまでになっていた。いかにも、彼女はいなかった。

手がふるえているのに気づいた彼は、なんとか努力して、そのふるえを止めた。たかが葉や枝にあたる日光の悪戯ごときで、こんなに動揺するなんてばかげている、そう自分に言い聞かせた。

だがそのあと、四百七十五フィートのところで、またも彼女を見たように思ったのだ。ライトと連絡をとって、高度を確かめたすぐあと、なにげなく樹の幹のほうへ目を向けたときだった。彼女は幹にもたれて、いま彼がちょうどそれと平行する位置まできた大枝に、長い脚を踏んばっているように見えた。かぼそい姿態、妖精めいた顔だち、金色の髪。どう見ても、二十フィートと離れていないところにいる。

「止めてくれ」彼はそっとライトに呼びかけた。リフトの上昇が止まると、安全ベルトをはずして、その枝の上に降りたった。ドライアドは動かなかった。

彼はゆっくりと彼女のほうへ歩いていった。まだ彼女は動かない。このまま消えないでいてくれますように、なかばそう祈りながら、彼は目をこすってみた。依然として彼女はもとの場所に立っている。背を幹にもたせかけ、長い脚を枝に踏んばって。微動だにせず、彫像のように。着ているのは、葉っぱを綴りあわせた短いチュニック、一方の肩にまわしたストラップで、斜めに固定してある。足にはやはり葉っぱで編んだ華奢なサンダル、交差させて編みあげた紐が、ふくらはぎのなかばまで達している。これは本物かもしれん、そう彼は思いはじめた。そのとき、前触れもなく、その姿はまたたいて消えた。

ほかにそれを言いあらわす表現はなかった。彼女は歩み去ったのでもなければ、駆け去ったのでもなく、飛び去ったのでもない。語の厳密な意味では、消えたとすら言えない。たんに、ある瞬間、そこにいたのが、つぎの瞬間には、いなくなっていたというだけだ。

ストロングは立ちすくんだ。その大枝に達し、その上を歩くことに彼が費やした労力は、とるにたらぬものだった。にもかかわらず、彼は汗をかいていた。頬にも、ひたいにも、首筋にも、汗が噴きだしているのが感じられた。それはまた、胸にも背中にも感じられ、樹上シャツが汗で湿っているのも感じとれた。

ハンカチをとりだして、彼は顔を拭《ぬぐ》った。それから一歩、後退した。また一歩。ドライアドは再実体化してこない。彼女のいたところには、一群れの葉の茂みと、円い木漏れ日の影があるばかり。

ライトの声が耳のレシーバーに響いた。「万事順調かね？」

ストロングは一瞬ためらってから、「万事異状ありません」と答えた。「ちょっと偵察してただけですよ」

「彼女はどんなようすかね？」

「彼女は――」言いかけて、やっとライトの言っているのが、この樹そのもののことであるのに気づいた。もう一度、顔を拭い、ハンカチを丸めてポケットにもどすと、どうにか声のふるえがおさまったと信じられるまで待ってから、口をひらいた。「でかいです。とてつもなくでかいです」

「それでもちゃんとかたづけてみせるさ。これまでだって、ずいぶんでかいのを手がけてきたじゃないか」

「これほどでかいのは、まだありませんでしたよ」

「いずれにしても、われわれはちゃんとやってみせる」

「ぼくがやるんです」ストロングは言った。

ライトは笑った。「わかった、わかった、そうだったな。しかし、われわれがここに控えていることは忘れんように。万一の場合は……ところで、もう〝登頂〟を再開できるかね？」

「ちょっと待ってください」

ストロングは急いでリフトにもどった。

「じゃあ、やってもらいましょうか」そう彼は言った。

　五百フィート近辺で、彼はまたケーブル打ち出しを行なわねばならず、五百九十のところでも、もう一度、それをくりかえした。六百五十あたりまでくると、葉の茂みがいっときまばらになったので、ここでは優に百五十フィートをも超える打ち出しを行なうことができた。自分の腕前に満足しながら、彼はすわりなおして上昇を楽しんだ。

　七百フィート近辺で、とある太い枝を見つけた彼は、樹上テントと毛布、暖房器をそこにおろし、くくりつけた。いつの場合も、安眠が得られるのは、より太い枝の上で、であることは言うまでもない。高度があがるにつれて、ときおり足もとに村が瞥見《べっけん》できるようになった。もとより、下方には葉叢が重なっている。けれども、最外縁に位置した家々は見ることができ、そのさらに外側には、遠く地平線まで、化学的手段で肥沃にされた田野がひろがっている。いま田野は衰退期にある——金色の刈り株にまじって、最近播かれた小麦の苗が芽を出しているきりだ。銀河系の他のいかなる土地にも並ぶもののない、この星特有の変種である。だが、やがて真夏になれば、田畑の勢いは最盛期に達し、入植者らは、またしても、一代で彼らを百万長者にのしあげてくれる、厖大な収穫に追われるようになるだろう。

　裏庭でのんびり立ち働いている主婦たち、甲虫のようにのろのろと通りを走りまわるジャイロ・カー、それらを彼は見ることができた。また、一見おたまじゃくしぐらいに見える子供たちが、各地区ごとの特色である、人造湖で泳いでいるのも見えた。その光景に欠けているもの、それは、家々の壁を塗りなおすペンキ屋、あるいは、屋根を修繕する屋根職人の姿だけだった。とはいえ、これにはりっぱな理由があるのだ。これらの家々は、けっして傷むことがないのである。

もしくは、なかった、いままでは。

それらの建造のために投入された木材、そして大工仕事は、およそほかに比類のないものだった。ストロングはこれまで、たった一棟の建物にしかはいったことがない――入植者によってホテルに改造された、先住民の教会である――が、この村の村長でもあるホテルのあるじの保証によると、この建物は基本的に、大きさの点でも華麗さの点でも、村のほかの建物と、完全に同一視してさしつかえないという。いまだかつて、これほどみごとな木造物、これほど完全無欠な羽目板の造りを、ストロングは見たことがない。すべてが完璧な均衡を保ち、すべてが分かちがたいほどに融和しあっていて、どこで土台や基礎部分が終わり、どこから床や壁が始まっているのか、にわかには断定しかねるくらいだ。

壁は窓に溶けこみ、窓は壁に溶けこんでいる。階段はたんに下降しているだけではない。まるで木目のある早瀬のように、小波《さざなみ》だちながら下へ流れているのだ。さらに、人工の光について言えば、それは木部そのもののなかから輝きだしている。

この先住民を原始的と等級づけた先遣隊は、その結論を、おおざっぱに――そしておそらくは愚かしくも、とストロングは思う――彼らがその民族としての寿命の末期にいたるまで、金属の使いかたを知らなかったという事実に拠《よ》っているらしい。けれども、いま入植者たちが、たったひとつ残ったこの村の保存（これは、銀河系土地開発管理局から許可された事業だ）のために、躍起になっているという、この事実それ自体が、先住民が木をもって成し遂げた奇跡こそ、彼らが鉄や銅をもって成し遂げえなかった奇跡を補って余りある、ということを示しているではないか。

彼はさらに三度のケーブル打ち出しをくりかえしてから、リフトを捨てた。それから、最後のケーブルをかけた枝の、その下に位置する枝に立つと、登攀用ベルトを腰に巻き、この先、必要になるだろう道具類を、そのばね錠にぶらさげた。最後に、リフトの底面から枝づなの先端をとりはずし、それを自分の右の尻にもっとも近いばね錠につけた。

現在の高度は、ほぼ九百七十フィート、そして樹は、絶滅して久しい地球の楡《にれ》の木と似たような角度で、梢にかけて先細りになっている。彼は枝の上を幹まで歩いてゆくと、サドル・ロープを安全ベルトがわりに応用して、それに体重をかけ、〝歩行〟姿勢をとった。それから、四十五度の角度で後ろに反ったまま、頭上の枝のようすがよく見える箇所が見つかるまで、幹のまわりを〝歩いて〟いった。

枝づなをかける場所として、約十七フィート上方の中央に位置する、とある樹の叉《また》を選んだ彼は、枝づなの先端の九ないし十フィートを架線作業員式にぐるぐると輪に巻き、残りをたくしあげて、ほぼ三十フィートのゆるみをつくった。輪にした綱を投げるためには、幹の上で横向きにならなければならなかったが、それでも彼はみごとにそれをほうりあげ、輪の核をなす渦巻きは、狙いどおりの樹の叉にひっかかって、するするとほどけながら、こちらが容易にその輪になった先端をつかめるところまで落ちてきた。

枝の上へもどった彼は、安全ベルトを解き、二重になった枝づなを伝って、その叉まで登っていった。鯨座オミクロン星第十八惑星の軽い重力は、八十地球キログラムの体重を、羽毛同然の七十キロにまで落としてくれていたから、彼は荒い息ひとつ吐かなかった。ライトにその旨を知らせたあと、彼はゆったりとそこに落ち着いて、ベルトからV字型のティムケン装置をとりはずし、樹の叉の然るべき位置にしっかり留めつけた。それから、装置の蓋をひらくと、枝づなをそのほとんど摩擦のない精巧なベアリングの上に横たえ、蓋をしめて鍵をかけた。ここから地上を見ることはできなかったが、そこでなにが起こっているかは想像できた。ライトの指示でウインチの位置が変えられ、新しいウインチ・アンカーが打ちこまれ、ウインチ・ケーブルを枝づなに交換する作業が行なわれているはずだ。さしあたり不要になったウインチ・ケーブルは、くさびによって樹の根もとにしっかり固定される。

枝づなを前後に数回ひっぱってみることで、ティムケン装置のテストを終えたストロングは、つぎに、爪のついた挟み具を枝づなの輪になった先端につけた。それから、サドル用に適した樹の叉を探した。まもなくそれが見つかった。約十五フィート上方にあって、彼の狙っている部分に近づく足がかりとしては、絶好の位置関係にある。彼の狙っている部分とは、すなわち、樹の梢から九十フィート下にあたり、ライトが最大の長さとして指定した百フィートの限度を、枝々の長さが超えはじめるところである。

その叉にむかってロープを投げあげた彼は、くねくねとロープを揺さぶって、その先を手の届くところまでひきさげ、そこにサドルを結んだ。サドルについては、樹木技術学校で配布してくれる指導書に、じつにいろいろなことが述べられている。たとえば、サドルの短いほうの一辺に、二重のはらみ綱を結びつければ、そこがシートになる。いっぽう、ぴんと張った結索《けっさく》――サドルの長いほうの一辺に、はらみ綱からのゆるみを加えて結びつけたもの――は、使用者に運動の自由を与える。指導書にはまた、サドル・テクニックについても多くのことが書かれている。いかにしてシートに体重をかけ、圧力を結索のてっぺんに働かせることで下降するか、といった技術解説や、より高い位置に登ったあと、もしくは挟み具の打ち込みを終えてひきかえすさいには、必ず結索を通してロープにゆるみをくれなくてはいけない、といった警告など。正しい使用法さえ心得ていれば、サドルは諸君の最良の友となるだろう、そう指導書は言う。

ストロングは、すぐにはシートに移ろうとしなかった。かわりに、無線を通じて十分間の休憩を宣告すると、枝づなをかけた樹の叉にもたれて、目をとじようとした。だが、陽光がまぶたを通してさしこんできて、長く目をとじたままではいられなかった。陽光と、葉叢と、樹の花、そしてところどころにのぞく真っ青な空。

サドル・ロープは、彼の選んだ高い樹の叉から、さながら銀色の蔓《つる》植物のように垂れさがり、朝の微風に揺れていた。その叉は、樹の最高点から約二十フィート下、もしくは、地表から一千フィート以上の高さにある。

この数字は、おいそれとは把握しがたい。これまでにも彼は、多くの巨木に登ってきた。それらのあるものは、高さ五百フィートにも及ぶものだった。だがこの樹は、それらの巨木をすら、とるにたらぬものに見せてしまう。これはなんと一千フィート超の高さを持つのだ。

一千フィート！……

揺れているサドル・ロープが、にわかに新しい意味を持ってきた。彼は手をのばして、そのごつごつした表面に触れた。それから、二重になったそれをたどって、上を見あげた。自分でもほとんど意識せぬうちに、彼は登りはじめていた。まず、手を上へ上へと動かしてゆく。と同時に、両足をロープにからませ、それが体の上昇につれて、足のあいだを滑ってゆくようにし、新たな手がかりをつかむあいだは、その上に〝立つ〟姿勢をとる。そうした運動に、さらに熱狂が加わった。血が温かく体内を駆けめぐり、五官が歌う。彼はのんびりと、自信をもって登っていった。めざす樹の叉に達すると、彼はその上に体をひきあげ、上方を見た。

幹は十フィートほど上方の最後の二叉《ふた》にむかって、まっすぐにそそりたっている。彼は、樹上靴（ツリー・ブーツ）の甲にある小さなボタンを押して、そこに仕込まれた鋼鉄の拍車を露出させると、やおら立ちあがった。そして両手を濃い灰色の樹の幹にかけた。この高度では、幹はすでに直径一フィートたらずとなり、女の喉のようになめらかである。左足をあげた彼は、それをある角度をもって幹にたたきつけた。強く。拍車が樹の地肌に深く食いこんだ。左足に重心をかけると、つづいて右足をあげた。そして二つ目の拍車をたたきこんだ。

こうして彼は登りはじめた。

樹のてっぺんに近づいているときには、目をつぶっていてもそれがわかる。どんな樹でもだ。高く登るにしたがって、梢はしだいしだいに大きく揺れはじめる。手に触れる幹は細くなってゆく。周囲の葉叢がまばらになるのに伴い、太陽の暖かみは増す。心臓はいよいよ急速な韻律を奏ではじめる……

最後の二叉に達すると、ストロングは片脚をその叉にかけ、世界を見おろした。

樹は一かたまりの緑色の雲だった。こうして上から見ると、下から見るよりも、むしろ強くそう感じる――下界の村の大半をおおった、巨大な緑色の雲。最外縁部に位置する家々だけが、レースのような葉叢のふちにそって、わずかに見てとれる。その向こうには、〈大小麦海《こむぎ》〉――いつしか彼は、心のうちでそう呼びはじめていた――が、水平線にむかって、音もなく波動している。

ことによると、〝海〟というよりは〝多島海〟のほうが、よりふさわしい比喩かもしれない。というのも、いたるところに〝島〟が点在しているからだ。腐朽した村々の〝島〟。ある箇所では、枯死した樹の灯台が無気味な灰色にそびえたち、またある箇所では、倒壊したそれの、灰色の残骸が散らばっている島。かと思えば、耐久性の強い鋼鉄フォイルでできた貯蔵箱の〝島〟もあるし、おなじ材料でつくられた道具小屋の〝島〟もある。これらの小屋のなかには、銀河系土地開発管理局から貸与された播種用コプターや、軽量コンバインなどの農具がしまってあるのだ。

もっと手前には、ほかの、より小さな〝島〟がある。汚水処理工場、焼却炉、火葬場。そして最後の真新しい〝島〟は、この樹からできるだけ多くの木材を得ようとして、入植者たちが建てた製材工場だ。

ある意味で、この樹はそれ自体、ひとつの収穫物である。なぜなら、鯨座オミクロン星第十八惑星では、木材は貴重品——ほとんど地球上におけるのとおなじくらいに貴重な品だからだ。とはいえ、ただでそれを手に入れようたって、そうはいかないぞ、とストロングは思う。この樹を伐採するために、彼らがツリー・キラーズ株式会社に支払わねばならぬはずの、すくなからぬ金額を思うならば。

彼は笑った。彼は入植者らにはほとんど同情などいだいていない。ブルースカイズ同様、彼らが土地にたいしてどんな仕打ちをしているか、いまから半世紀後、鯨座オミクロン星第十八惑星がどんなふうになっているか、よく知りつくしているからだ。ときとして、彼らを憎むことさえある――

だが、いま現在は、彼らを憎む気にはなれないのがわかった。多少なりと憎しみをいだくような、そんな気にはとてもなれない。朝の風が樹上服をはためかせ、朝の日ざしが顔をなで、果てしない青空が肩のまわりにひろがり、足もとにひとつの全《まった》き世界がひらけている、いま現在は。

彼は煙草に火をつけた。世界の頂《いただき》にいるときには、風と陽光につつまれているときには、それはすばらしい味がする。煙草が指を焦がすまで、深々と吸いこみ、そしてブーツの甲にこすりつけて、消した。

手をあげたとき、人差し指と親指とに血がついているのに気づいた。

はじめは手を切ったのかと思った。だが、血を拭ってみると、切り傷どころか、引っ掻き傷ひとつ見あたらない。彼は眉をひそめた。手でなければ、足を怪我したのか？　前かがみになってみると……赤く染まった靴の甲と、血まみれで、ぽたぽた赤いものをしたたらせている拍車とが目にはいった。彼はさらに前へかがみこんだ……そして見た、なめらかな灰色の幹の上に、自分の拍車が残した血まみれの足跡を。それでようやく、それが自分の血ではないと思いあたった――

それは樹の流した血だったのだ。

日ざしと風を受けて葉叢がきらめき、幹はゆったりと前後に揺れていた。もう一度、あちらへ、こちらへ、あちらへ、こちらへ——

樹液！

普通なら、そんな言葉が出てくることは、ぜったいになかったはずだ、そう彼は思いはじめていた。それの不正確な同義語、まやかしの同義語が、永久に自分の心にいすわっていたはずだ、と。

樹液……

それは必ずしも、透明である必要はない。適当な色素さえあれば、それはいかなる色にもなりうるのだ。どんな色にもなる——この太陽のもとでは（鯨座オミクロン星は変光星）。紫。緑。茶。青。赤——

血のような赤……

普通の樹木に、ある特定の性質が存在するからといって、ただそれだけで、おなじ性質がこの樹にも存在するはずだ、そう考えねばならぬ理由はない。どこの世界に、樹液は無色でなければならぬと規定した法律があるだろう。

そう考えると、いくらか気分が楽になりはじめた。赤い樹液か、ま、それもいいだろう。ライトに話してやったら、やっこさん、なんと言うことか！

だが、そのすぐあとにライトが連絡してきたとき、彼はそれについては一言も触れなかった。

「そろそろいいかね？」ライトは問うた。

「いや――もうすこし。いまちょっとした偵察をやってたもんで」

「今朝はおおいに仕事を楽しんでるというわけだ」

「ある意味ではね」

「ともあれ、きみはどこまでもドライアドを自分だけのものにしとくつもりらしいから、おれも縄張り荒らしはせんよ。どっちみち、おれのような中年ツリーマンが登るには、高すぎるからな。いま呼びだした理由というのはだ、これから昼飯のために作業を中断すると伝えるためだったんだ。きみもそうしてはどうかね？」

「そうしましょう」ストロングは言った。

　だが彼はそうしなかった。ポケットには樹上食がはいっていたが、それを食べる気にはなれなかった。かわりに、静かに樹の叉に腰をおろして、もう一本、煙草を吸った。それから、幹を伝わって、サドル・ロープをかけた叉まで降りた。すくなからぬ樹液が手に付着し、彼はそれをハンカチで拭わねばならなかった。

　靴の拍車をひっこめたあと、中間ロープに足をからませて、枝づなをかけたままで下へ滑りおりた。そこでサドルに腰をのせるあいだだけ止まったあと、今度は枝づなの端までサドルで滑りおり、その先端の挟み具をベルトに装着した。一本目の〝百フィートもの〟は、彼の下方約二十フィートのところにあった。彼は後ろに枝づなをひきずって、そこまでの残りの距離をまたサドルを使って滑りおり、枝の上に降りたつと、枝の先端にむかって歩きだした。枝は、幹との接合部では相当に太かったが、先へ行くにつれ、急速に細くなっていった。全体の長さの三分の二まできたと見当をつけたところで、彼は先のとがった挟み具を枝の地肌に固定させ、枝づながぴんと張ったときに、それがしっかりと木質部に食いこむように調節した。

この作業には、心を落ち着かせてくれる効果があり、やがて舌で送信器のスイッチを入れるころには、彼も完全にいつもの樹に登ったときの自分にもどって、ごく自然に、ときおりライトとのあいだで地上と樹上との交信に用いている、わざとしゃちこばった呼びかけ方を用いはじめていた。

「そちらさえよろしければ、行くとしましょうか、ミスター・ライト」

ちょっと間があった。それから、「きみは、たっぷり時間をとった昼休みの効用を認めてはおらんようだな、ミスター・ストロング」

「これほどの大きさの樹と面と向かいあっているときには、とてもね」

「いますぐウインチを作動させよう。たるみがなくなったら、教えてほしい」

「承知しました、ミスター・ライト」

現在の位置では、枝づなはだらんと枝にそって幹まで伸び、そこから幹づたいに上へあがって、枝づなをかけた樹の叉に達していた。だが、ウインチがまわりだすと、それは持ちあがって、たるんだ弧を描き……さらに不明確な弧になって……やがて直線になった。枝がふるえ、きしみはじめた――

「止めてください、ミスター・ライト」

ぴんと張った結索を通してサドルにゆるみをくれながら、彼は幹までひきかえした。幹に達すると、シートに体重をかけ、枝の下側とおなじ高さにくるまで、サドルを使って滑りおりた。それから、サドルに背をもたせて、ピストル型のカッターを抜きだした。ビームの長さを十フィートに設定したうえで、カッターの筒先を枝の下部に向けた。視界の端っこに、曲線と、ある種の色彩とがちらつくのをとらえたのは、いままさにカッターの引き金を絞ろうとしたときだった。手をとめた彼は、その大枝から分かれた枝々が、濃い葉の茂みで真昼の空を掃いているあたりへ目をやった――

そしてドライアドを見た。

「われわれは〝福音〟を待っているんだがね、ミスター・ストロング」

ストロングはごくりと唾をのんだ。ひたいに汗が噴きだして、目に流れこんだ。それを彼はシャツの袖で拭った。ドライアドは依然としてそこにいた。

彼女は、なかばすわり、なかば寄りかかるような姿勢で、その体重を支えるのには細すぎる、とある枝の上にうずくまっていた。その薄い衣類は、周囲の葉の重なりと完全に溶けあっているので、もしもその妖精めいた顔と金色の四肢、目のさめるような金色の髪がなかったなら、彼女の姿など、ぜんぜん見てはいないと断言することができただろう。いや、それらがあってもなお、ほとんどそう強弁すらしていたかもしれない。なぜなら、彼女の顔と見えたものは、咲いたばかりの花であったかもしれないし、四肢は、葉の隙間から垣間見える優雅な金色の小麦畑、そして髪は一握りの陽光と、そう言って言えないことはなかったからである。

彼はいま一度、目を拭った。だが彼女は消えることを拒んだ。われながら愚かしく思いながらも、彼は手をふってみせた。彼女は動こうとしない。さらにばからしく感じながら、彼はもう一度、手をふった。それから、送信器のスイッチを切って、「そこから出ていけ！」とどなった。彼女は聞こえたふりさえ見せなかった。

「どうしたんだ、この中断は、ストロング？」ライトの苛立ちは、その語調と、例のわざと形式ばった〝ミスター〟の省略との両方にあらわれていた。

おい、聞けよ、ストロング——ストロングはそう自分に言い聞かせた。おまえはこれまで何百本という樹に登ってきたが、そのどれにも、ドライアドなんか一匹だっていはしなかった。ただの一匹もだ。ドライアドなんてものは、もともと存在しないんだ。そんなもの、けっして存在しなかった。これからも、けっして存在することはないだろう。この樹にも、ほかのどんな樹にも。だから、いま、あそこの枝の上に、ドライアドなどいはしないということは、おまえの水筒にシャンパンがはいっていないこと以上に確実な事実なのだ！

彼は、いまだにカッターの筒先が向けられたままの枝の下側に、しいて視線を向けなおした。そして、しいて引き金を絞った。樹の肌に細い裂け目ができた。ほとんど自分の身を切られるような苦痛を味わいつつ、彼は舌の先で送信器のスイッチを入れ、「上げろ」と簡潔に言った。枝づなはぴんと張るにしたがって、ぶうんとうなった。枝は溜め息をついた。さらに切れ込みを深くして、もう一度、「上げろ」と言った。今回は、枝は目に見えるほどに持ちあがった。

「結構。じゃあこのまま一定した力でひっぱっていてください、ミスター・ライト」

そう言って、彼は目に見えぬビームの先をゆっくり樹の組織の内部へ向け、そこの分子構造を一インチ、また一インチと凍結させていった。それにつれて、枝は縦に持ちあがり、切り株を残して、幹から離れていった。切断を終えたときには、それは完全に幹と平行にぶらさがり、いつでも下ろせるようになっていた。

「下ろしてください、ミスター・ライト！」

「ほいきた、ミスター・ストロング！」

枝がかたわらを通過してゆくあいだ、彼はおなじ場所にとどまって、下ろす途中でそれがひっかからないよう、大きめの分枝を切断した。枝の最後の部分が目の前にきたとき、彼はそこを入念に観察した。だがドライアドの姿はなかった。

手がまたふるえだしているのに彼は気づき、さらに、その手を越えたその向こうに、それらをいっそう激しくおののかせるあるものを見た。カッターのビームは、切り株を一時的に凍らせてはいたが、いまそこに太陽がまともに照りつけて、切断面から、はや血がにじみでているのだった――

いやいや、血ではない。樹液だ。赤い樹液だ。えいくそ、いったいおまえはどうしたっていうんだ？　このかん、ずっと彼は、万が一、枝が下の枝にひっかかった場合、すぐにその旨をライトに知らせられるよう、枝づなを睨んだままでいた。さいわい、枝はいたって協力的だった。それはスムーズに下の枝のあいだを下りてゆき、やがてライトの声が聞こえてきた。「ようし、着いたぞ、ミスター・ストロング。いますぐ綱を上げるからな」それから、ぎょっとしたように、「おいトム、どこか怪我をしたのか？」

「いや」ストロングは言った。「そいつは樹液ですよ、樹液」

「樹液！　なんてこった！」それから、「スーレはこれがピンクに見えると言ってる。だがブルースカイズは、濃い赤だと言う。きみにはなんと見える、ストロング？」

「血みたいに見えますね」ストロングは言った。そして、切り株の見えない幹の反対側にまわり、枝づなの先が、手の届くところへ上がってくるのを待った。待つあいだを利用して、つぎに切るつもりの枝をじっくり偵察したが、そのどこにも、ドライアドがひそんでいるのは見えなかった。二度目の切断にとりかかるころには、いくばくかの自信がもどってき、〝血〟のこともなかば忘れていられた。

だがそのあと、二本目の枝が下ろされはじめたとき、彼は新しい傷口から新しい〝血〟がにじみでてくるのを見てしまい、あらためて胸のむかつきに襲われた。今回は、しかし、むかつきはさほどひどくはなかった。彼もすこしずつはこれに慣れはじめているのだ。

その後、さらに四本の大枝を、たてつづけに切断した。そしてそのいずれにおいても、幸運に恵まれた。一本たりとも下の枝にひっかかるものはなかったのだ。たしかに、普通の下から上への方法ではなく、上から下へ、樹の枝を払ってゆこうとするときには、ちょっとした幸運を必要とする。そのため、上から下への方式は、現在のこれのような稀なケース、つまり、民家がごく近い距離にあって、下の、より長い枝を落とすのには最大の注意を必要とする、といった場合を除いて、めったに使われない。もしも、頭上の枝が邪魔になって、枝を幹にたいしてまっすぐひきあげることができなければ、この最大の注意というやつを払うことはできないから、したがってこの場合、より容易な下から上への方式は問題外なのである。

ウインチを樹の反対側に移すことが必要になるまでに、ストロングは総計で八本の枝を落とすことができた。ウインチの移動のあと、さらに八本。半日の仕事としては、どのツリーマンの記録にも載せられる、申し分のない量だ。

作業をやめるときになって、ライトは伝統にのっとった申し出をした。

「下界で夜を過ごしたいかね？」

ストロングもまた伝統にのっとった返答をした。「とんでもない！」

「作業完遂まで、担当の樹の上にとどまるという慣行は、これほどの大きさの樹の場合には適用されないよ」ライトは言った。

「とはいうものの、やっぱりそれにしたがいますよ」ストロングは言った。「晩飯はどうなってます？」

「いま村長がきみに特別料理を届けようと準備中だ。届いたら、リフトで送る。それまでにリフトにもどっていたまえ。そうすれば、ケーブルの交換がすんだらすぐ、樹上テントのところまで降りられるからな」

「そうしましょう」

「われわれは今夜、ホテルに泊まる。万が一、きみに用があった場合にそなえて、耳のレシーバーはつけっぱなしにしておこう」

村長が食事を届けてきたのは、それから三十分後だったが、届いた料理は、待つだけの甲斐があったことを示すものだった。待つ間《ま》を利用して、ストロングは樹上テントを設営しおえていて、食事がくると、テントの前にあぐらをかいて、それを食べた。日はすでに沈み、ハハハ鳥は緋色の紋様を葉叢のなかに織りなしながら、しわがれ声で一日の別れを告げていた。

空気は目に見えてひんやりしてき、食事を終えると、すぐに彼は暖房器をとりだして、スイッチを入れた。この戸外暖房器の製造者は、キャンパーの肉体的快感のみならず、その士気をも鼓舞することを考慮に入れていたらしい。いま彼の使っているのは、小さなキャンプファイアの形をしていて、ダイヤルを調節することにより、その人工の薪を、明るい黄色にも、濃いオレンジ色にも、またさくらんぼ色にも輝かすことができる。ストロングはさくらんぼ色を選んだ。そして、そのちっぽけな原子力蓄電池からぽかぽかと放射されてくる熱は、彼の寂寥感のいくぶんかを追い払ってくれた。

しばらくして、複数の月――鯨座オミクロン星第十八惑星は、三個の衛星をしたがえている――が昇りはじめた。樹の葉や、枝や、花に反射して、たえず変化する月光のパターンは、心を穏やかにする効果を持っていた。その新たな気分で見る樹は、美しかった。ハハハ鳥はすでにねぐらに帰ったし、それにこの付近には、美しい声で鳴く昆虫もいなかったから、静けさはまさに絶対的だった。

あたりは急速に冷えこんできた。息が白く見えるほどに気温がさがると、彼はテントにひっこんで、〞キャンプファイア〟を三角形の入り口に据えた。そのさくらんぼ色の孤独のなかに、彼はあぐらをかき、背を丸めてすわっていた。ひどく疲れていた。火の向こうに、この大枝が銀の紋様のある光輝となって伸びていて、銀で食刻された葉が、風のない夜のしじまに、微動だにせず垂れさがっていた……

はじめ、彼女の姿はただ断片的にしか見えなかった。銀色に伸びた脚、ちらちら光るすんなりした腕。チュニックにおおわれた部分だけが、黒く見えるその体。ぼんやりした銀色のしみのような顔。最後に、それらの断片がひとつになると、彼女はそこに、そのほっそりした青白い姿態をさらしていた。やがて、影のなかから歩みでた彼女は、火をはさんで、彼の向かい側にすわった。その顔は、前に見たときよりもはっきりしていた――魅惑的な、小妖精のようにこぢんまりとまとまった面《おも》ざし、青い鳥を思わせる目の輝き。

長いあいだ彼女は口をきかず、彼もまた無言だった。そのまま二人は火をはさんで、黙念と対座していた。夜のしじまが彼らをとりまいていた、銀色に、ひそやかに、黒々と。

やがて、彼が言った。

おまえは今朝、あの大枝にいたな……そのあとはまた、あの枝にもいた、幹にもたれて。

ある意味ではね、彼女は言った。ある意味では、そのとおりよ。

じゃあ、この樹に棲んでるのか――

ある意味ではね、彼女はまた言った。ある意味では、たしかに。それから、なぜ地球人は樹を殺すの？

彼はちょっと考えてから言った。さまざまな理由からだな。もしもあんたがブルースカイズなら、あんたは樹を殺すことにより、あんたがあんたの種族から受け継いだ、わずかな遺産のひとつを示すことができる。それがゆえに樹を殺す。白人が奪い去ることのできなかったわずかな継承財産のひとつとは——つまり、高いものに畏怖の気持ちをいだかないということ。だがそれでいて、そうして樹を殺しているあいだじゅう、あんたのアメリカ先住民としての魂は、自己嫌悪にのたうっている。なぜならば、あんたがそうしてよその土地にたいしてしていることは、本質的に、白人があんたたちの土地にたいしてしてきたこととおなじだからだ。……それから、もしあんたがスーレなら、あんたは猿の魂を持って生まれてきたがゆえに、樹を殺す。そして、そうすることがあんたを、絵を描くことが画家を満たすような意味で、創作することが作家を満たすような意味で、作曲することが音楽家を満たすような意味で、満たしてくれるからだ。

で、もしあなたがあなただったら？

彼は嘘をつけないのを感じた。けっして成長しないから。だから樹を殺すのさ、と彼は言った。あんたが樹を殺すのは、並みの人間たちから崇拝され、背中をたたかれ、酒をおごってもらうのが好きだからだ。きれいな女の子が町であんたをふりかえり、うっとりあんたを見つめてくるのが好きだからだ。あんたが樹を殺すのは、ツリー・キラーズ株式会社のような抜け目のない連中が、あんたの未成熟さ、あんたのようなほかの何百人もの男たちの未成熟さにつけこんで、しゃれたグリーンのユニフォームを提供したり、樹木技術学校へやって、いんちきな伝統とやらをげっぷが出るほど詰めこんだりして、あんたを誘惑するからだ。彼らはまた、切った樹の処分にあたって、きわめて原始的な方法を踏襲している。それというのも、原始的な方法であればあるだけ、地上から見まもるものにとって、あんたの姿はほとんど半神《デミゴッド》のように見え、あんた自身にとっては、一人前の男とさえ見えるからなのだ。

われらのために地球人を捕らえよ、と彼女は言った。かの葡萄園《ぶどうぞの》を損なう地球人を捕らえよ。われらの葡萄園は花盛りなればなり。

おまえさん、そいつをおれの心から盗んだな、と彼は言った。だがすこしちがってるぞ。正しくは〝狐〟だ、〝地球人〟じゃなく。

狐は欲求不満なんか持たないわ。わたしの言ったとおりで正しいのよ。

……ああ。おまえさんの言ったとおりだ。

わたし、もう行かなくちゃ。明日の準備をしなきゃなりませんからね。明日、わたしはあなたの切るすべての枝に姿を見せるわ。落ちてゆく葉はみなわたしの手、しおれゆく花は、みなわたしの顔よ。

すまん。

わかってるわ。でも、いますまないと思ってる、そのあなたの一部分は、夜のあいだしか生きつづけない。朝ごとに、それは死ぬのよ。

おれは疲れた。おそろしく疲れた。もう眠らなきゃ。

じゃあおやすみ、小さな地球人さん。あなたのちっちゃなおもちゃの火のそばで。あなたのちっちゃなおもちゃのテントのなかで。……さあ、横におなり、小さな地球人よ。おまえの暖かな居心地のよい寝床にもぐりこんで、さあ、丸くおなり——

おやすみ……

第二日

ハハハ鳥の歌声が彼をめざめさせ、テントから這いだした彼は、彼らが樹のアーチをくぐり、緑の回廊を抜け、葉のレースのかかった天窓をくぐり、夜明けの光にピンクに染まった、葉叢の窓を縫って飛んでいるのを見た。

枝の上に立ちあがった彼は、思いきり腕をのばして、ひんやりした朝の空気を胸いっぱいに吸いこんだ。それから、舌の先で送信器のスイッチを入れた。「朝飯はなんです、ミスター・ライト？」

ライトの声が即座に返ってきた。「ホットケーキだ、ミスター・ストロング。いまテーブルについて、夢中でそいつを詰めこんでるところさ。だが心配するな。きみの分は、村長のおかみさんが、一竈《ひとかま》そっくり焼きあげてくれたところだから。……よく眠れたか？」

「まあね」

「それを聞いて安心した。今日の作業は、まさにきみのためにお膳立てされたようなものだからな。今日は何本か、大きなやつにとりかからにゃなるまい。そろそろドライアドの一連隊でも手なずけたかね？」

「いや。ドライアドのことは忘れてください。それよりも、早くホットケーキを頼みますよ、ミスター・ライト」

「合点だ、ミスター・ストロング」

朝食を終えると、彼はキャンプをたたんで、テントと毛布と暖房器をリフトにもどした。それから、リフトに乗り、前日に作業を中断した箇所へと昇っていった。作業開始前に、昨日のサドル・ロープと枝づなの位置を、両方ともさげる必要があった。サドル・ロープは、その限られた長さゆえに、また枝づなは、最大の挺効率《てこ》をあげるためには、現在の叉の位置では高すぎるからだった。これが終わると、彼はこの日の最初の枝の上を、先端へむかって歩きだした。

歩測で九十フィートきたところで、彼はひざまずいて、挟み具を装着した。それから、ゆるんだ枝づなをひきあげるよう、ライトに連絡した。はるか下のほうに、人家やその裏庭などが見えた。広場の端には、材木運搬車が長い列をなして蝟集《いしゅう》し、今日の収穫を製材所に持ち帰ろうと待機していた。

枝づながぴんと張ると、彼はライトに止めるように言い、それから幹までひきかえして、枝を払う位置についた。そしてカッターをあげ、狙いを定めた。指が引き金に触れた。

わたしはあなたの切るすべての枝に――

悪夢がどっとばかりに襲いかかってきて、一瞬、彼はそれに溺れた。葉の刺繍にいろどられた分枝が、日ざしと風のなかできらめいている大枝の先、そこを彼は見やった。今回は、そこにドライアドの姿は見あたらない。それを知って、彼は意外の念に打たれた。

長いあいだそうしていてから、やっと彼は本来の位置に視線をもどし、再度、カッターの狙いをつけた。なぜって、人間はみな愛するものを破壊するものだからな、そう胸のうちでつぶやいてから、引き金を絞った。耳あるものよ、こぞって聞け、だ。

「上げてください、ミスター・ライト」彼は言った。

枝が下ろされはじめると、彼は邪魔にならないところへ退いて、通り過ぎてゆく分枝のうちから、大きなものを切断した。切られた分枝の大半は、下方の葉の茂みにひっかかったが、いずれ彼が順々に枝を下ろしてゆくにしたがって、最終的には地上に落ちるはずだった。先端に近いほうの枝は、わざわざ払う必要もないほど細かったから、それらが目の前にきたときには、すでに彼はつぎの枝を検分すべく、それに背を向けようとしていた。

いままさに向きなおろうとした、その直前、やわらかな葉の一枚が頬をなでた。そして、激しく手のひらで頬をこすった。

それは女の手の感触に似ていた。彼はたじろいだ。

頬を離れたとき、その指は赤く染まっていた。

しばらくかかって、やっと彼は、頬をこする前から、指が血に――いや、血ではない、樹液に――染まっていたのだと気づいた。しかし、気づいたときには、すっかり動転していたから、そうとわかっても、ほとんど気休めにはならなかった。しかも、それがもたらしてくれたわずかな気休めさえも、枝づなを点検しにもどって、新たな傷口から〝血〟が噴きだしているのを見たとたんに、けしとんでしまった。

狂おしい一瞬、彼の頭を占領していたのは、無残に切断された女性の腕の切れ残り、ただそれだけだった。

それからまもなく、ようやく彼は心のなかの声に気づいた。

「トム」と、その声は言っていた。「トム！　どうした、だいじょうぶか、トム？」徐々に彼の頭に浸透してきたのは、それがライトの声であって、自分の心のなかの声などではない、心ではなく、耳のレシーバーから響いてくる声だという意識だった。

「なんです？」

「〝だいじょうぶか？〟と訊いたんだよ」

「はあ……だいじょうぶです」

「答えるのにずいぶん手間どったじゃないか！　じつは、いま呼びだしたのは、たったいま製材所の監督から伝言があって、いままで下ろした枝は、どれも半分腐りかけてたと知らせてきたってこと、それを伝えるためだったんだ。使いものになる材木は、ほとんどとれそうもない、そう彼は言ってる。だから、きみも足もとに気をつけたまえ。それから、枝づなをかける樹の叉がしっかりしてるかどうか、それもじゅうぶん確かめるように」

「ぼくにはこの樹、けっこう丈夫そうに見えますけどね」ストロングは言った。

「かもしれん。だが、必要以上に過信するな。それだけじゃない、ほかにもこの樹には怪しいふしがある。おれはこの樹液の見本をいくらか村の実験所に送ったんだ。分析の結果によると、これはその天然のままの段階——つまり、光合成作用を経る以前の段階ということだが——その段階では、異常に高濃度の栄養物を含有している。そして、同化されたのちの段階——つまり、光合成作用を経たあとの段階——においては、たとえ一千フィートを超える健康な樹にしても、自らを維持するのに必要な量の二倍にものぼる炭水化物と、おなじく二倍もの酸素を含有している。それればかりじゃない、彼らに言わせると、この樹液の異常な色を説明しうるような、いかなる色素も存在しないというんだ。したがって、われわれは、たんにこれを、〝血〟を見ているものと思うべきなのかもしれん」

「でなければ、われわれが〝血〟を見ていると思うように、この樹が仕向けているのかも」ストロングは言った。

ライトは笑った。「きみはあまりにたくさんのドライアドとつきあいすぎたようだな、ミスター・ストロング。とにかく、じゅうぶん気をつけるように」

「承知しました」ストロングは言って、送信器を切った。

気分が楽になるのが感じられた。すくなくとも、彼以外にも、この〝血〟を苦にしたものがいたということなのだ。おかげで、つぎの切断作業では、切り株がおびただしく〝出血〟するのを見ても、ほとんど動揺せずにいることができた。つぎの枝までサドルで滑りおりた彼は、枝の先端へむかって歩きだした。と、ふいに、足の裏になにかやわらかいものが触れた。見おろしてみると、樹の梢から落ちたのか、それとも、いましがた切った枝の一本から落ちたのか、落ちた花を足が踏んづけているのがわかった。彼はかがみこんでその花を拾いあげた。踏みつぶされて見るかげもなく、茎も折れているが、それはどういう詐術を用いてか、女性の顔との強烈な相似を伝えることに成功しているようだった。

行動が知覚を鈍麻させてくれることを願いつつ、彼は樹を攻略することにとりかかった。

彼は猛烈に働いた。樹液が手につき、衣類を汚したが、しいてそれらをも無視することに努めた。さらに、樹の花も無視し、ときおり顔を愛撫する葉をも無視した。昼までに、彼の切り払った箇所は、ゆうべ一夜を過ごしたあの大枝を通り越して、その下方にまで達し、頭上には、ほぼ三百フィート近い切り株だらけの幹が、わずかに葉の残った頂にむかってそびえたっていた。

彼はすばやく計算してみた。枝葉の残った頂の部分は、約九十フィート、地上から最初の大枝までは、二百八十七フィート。すでに枝を落とした部分は、ほぼ三百フィートに達する。してみると、おおざっぱに見て、残るは約三百五十フィートというところか……

　樹上食で簡単な昼食をすませたあと、彼は作業にもどった。いまや日ざしは火傷でもしそうなほどに強く、昨日、日陰をつくってくれていた枝や葉叢が、いまさらのように恋しかった。作業を進めるごとに、サドル・ロープの位置を、切り株の叉から叉へ、順ぐりに下へずらさねばならなかったが、枝づなのほうは、下へゆくほど枝が長くなっているため、位置を動かす必要はなかった。それらの枝の大きさに、彼はわれしらずかすかな畏怖を覚えた。たとえ自分の使っている綱が、絶対に切れることはないと確信していても、二百から三百フィートになんなんとする大枝を、そんなにも細いケーブルが水平から垂直の位置まで吊りあげ、そのままそれが地上に下ろされるまで、ずっと支えているさまを見ていると、そこはかとない畏怖に動かされるのは如何ともしがたかった。

　作業が下方へと進んでゆくにつれ、樹はますますおびただしく〝出血〟するようになった。上の切り株からにじみ出る〝血〟が、たえず下の枝にしたたりおちて枝や葉を汚し、彼の作業を、血まみれの指と真紅の斑点に染まった衣類、という悪夢に変えていった。何度か彼は、もうすこしで仕事を断念するところまで行ったが、そのつど、もし自分が断念すれば、あとを引き継ぐのは、二番目に長い葉をひきあてたスーレになるのだと自分に言い聞かせた。なぜか、スーレの無感動な指が、カッター・ビームを操作しているところ、それを想像するのは、〝血〟そのものよりも堪えがたかった。だから彼は歯を食いしばって仕事をつづけ、日が暮れたときには、あと二百フィートたらずを余すのみになっていた。

頂から見て約五百フィート下、残った枝のいちばん上の大枝にテントを張ったあと、水と石鹸とタオルを送るようにライトに依頼した。それが到着すると、裸になって全身に石鹸を塗りつけ、それからその泡をていねいに水で洗い落とした。体を拭い、残った水で衣類をすすぐと、それをキャンプファイアの上に吊るした。それでようやく、ややさっぱりした気分になれた。ライトから夕食――今夜のも、村長夫人心尽くしの特別料理だった――が送られてくると、肩に毛布を巻きつけ、テントの前にあぐらをかいて、食べた。食事が終わるころには、洗った衣類は乾いていたから、それを身につけた。やがて星が出た。

夕食についてきた保温カップ入りのコーヒーをあけると、それをすすりすすり、あいまには煙草をふかした。

今夜、彼女はあらわれるだろうか、そんなことを思った。

夜気が冷たくなってきた。まもなく、最初の月が出、その後いくばくもなくして、ほかの二人の姉妹も顔を見せた。それらの銀色の光輝が、樹を変貌させたようだった。彼のすわっている大枝は、枝々のかたちづくる一個の巨大な造形の一部と化したかのようだった。枝のそれぞれが、ひとつの大輪の花の花弁となっている。だが、そこで彼の目にとまったのは、その花の中心にそそりたつ、醜い切り株だらけの幹。そして、この隠喩的な幻想は砕け散った。

それでも彼は目をそらさなかった。かわりに、立ちあがって幹に向かいあい、自分のつくりだしたその無残なカリカチュアを見あげた。上へ、上へと視線は移ってゆき、空を背景に、梢が黒々と、つややかに、まるで女性の髪の毛のように美しくひろがっているあたりをながめた……一輪の花が、彼女の髪をいろどっていた。やわらかな月の光のなかで、ただ一輪、ひっそりと咲き誇る花。

彼は目をこすって見なおした。花はやはりそこにあった。それは異様な花、ほかのものとはまったく異なる花だった。もっとも高い樹の叉の、そのすぐ上に咲いている——彼がはじめて彼女の血を見た、あの叉の。

月光はいよいよさやかだった。彼の目は、はるか高所にある枝づなをかけた叉を探しあて、そこから枝づなづたいに、今日の作業終了後にそれを確保しておいた箇所へとさがってきた。彼は手をのばして綱に触れ、その確実さを指に感じた。いくばくもなく、彼は月光のなかを登りはじめていた。

上へ、上へ、力こぶを盛りあがらせ、ふくらんだ脇腹の筋肉をシャツになぶらせつつ登ってゆく。月光のなかへ、魔法のなかへ。下方の枝は、銀色の団塊となって足もとに小さくなっていった。サドル・ロープをかけた叉に到達すると、彼はロープをほどいて輪にし、肩にかけた。まったく疲労など感じなかったし、呼吸の乱れもなかった。枝づなをかけた叉に到達したときになってはじめて、腕が疲れ、息づかいが荒くなってきた。彼は肩にかけたロープの先をぐるぐると丸め、十五フィートほど上方の、とある切り株の叉をめがけて、それを投げあげた。さらに八回おなじことをくりかえして、やっと最初のサドル・ロープをかけた樹の叉に達した。そのころには、胸はかたくこわばり、筋肉は痛みに疼いていたが、委細かまわず、ブーツの拍車を出すと、そのまま幹の最後の部分をよじのぼりはじめた。いちばん上の叉に達したとき、彼は彼女が頭上の枝の一本にすわっているのを認め、さいぜん見たあの花が、たしかに彼女の顔だったとさとったのだった。

彼がその枝へ登ってゆくと、彼女は彼のために場所をあけた。彼はそのかたわらに腰をおろした。はるか下方には、樹が倒立した巨大な傘のようにひろがり、そのレースでふちどられたへりにそって、村の明かりが着色された雨滴のようにまたたいていた。見たところ、彼女はさらに痩せ、さらに青白くなったようであり、目には悲しみが宿っていた。

おまえはおれを殺そうとしたんだな、そうだろう？　息がつけるようになると、彼は言った。まさかおれが、こんなところまで登ってこられるとは思わなかったんだ。

あなたが登ってこられることは知っていたわ、と、彼女は言った。明日よ、あなたを殺すのは。今夜じゃなく。

どうやって？

さあ――まだわからない。

なぜおれを殺さなきゃならんのだ。樹ならほかにもまだたくさんある――ここにはなくとも、どこかよその土地に。

わたしにとっては、たった一本しかないわ。

おれたちはいつもドライアドについて冗談を言いあってたものだ。おれや仲間たちがだ。じっさい、おかしな話だよ――もしもこの世の中にドライアドなんてものがいるとすれば、おれたちは銀河系のなかで、真っ先に彼女に憎まれて然るべき相手だってことに、おれたちのだれひとり気づかなかったんだからな。

あなたにはわからないのよ。

いや、わかるさ。おれにはよくわかる、もしおれにわが家と呼べるものがあったとして、だれかがやってきて、そいつをぶちこわしはじめたら、どんな気持ちがするか……

これはぜんぜんそんなことじゃないわ。

どうしてそんなことじゃないんだ？　この樹はおまえの家だろう？　おまえ、ここにひとりきりで棲んでるのか？

……ええ、彼女は言った。たったひとりでね。

おれもひとりぼっちだ、彼は言った。

いまはちがうわ。いまはひとりぼっちじゃない。

ああ。いまはひとりぼっちじゃない。

月光が葉叢を通して降りそそいでき、二人の肩を銀のしずくで濡らした。〈大小麦海〉は、いまは金色ではなく銀色に光り、遠くに見える、ある一本の枯死した樹の幹は、その海に沈んだ沈没船のマストのようだ。枯れた枝々は、かつて帆のはためいた帆桁――かつて一度は、真夏の日光と暖かな風のなかに、最初の微風が吹き起こる春の朝《あした》に、霜がおりるより前の秋日の午後に、それらの帆桁に葉叢の帆がはためいたこともあるのだ……

自分の樹が枯死したとき、そこに棲むドライアドはどうするのだろう、ふとそう思った。

彼女もまた死ぬのよ、と、彼女は問われぬ先に答えた。

しかし、なぜ？

あなたにはわからないわ。

彼は黙りこんだ。それから――ゆうべおれは、おまえの夢を見たと思った。今朝、目がさめたとき、おまえのことは夢だったと確信したんだ。

あなたは夢だと思わなけりゃいられなかったのよ。明日になれば、またわたしの夢を見たと思うわ。

いいや、うそだ。

いいえ、そうよ。あなたはそう思わないではいられないから、そう思う。そう思わなければ、もうこの樹を殺すことはできなくなるから。あの〝血〟を見ることに堪えられなくなるから。自分を正気だと見なすことができなくなるから。

あるいはそうかもしれんな。

かもしれん、ではなくて、そうなのよ、確かに。絶対的に、確かなのよ。明日になればあなたは、こう自問するわ。この世の中に、なんでドライアドみたいなものが存在するなんてことがありうるんだ。それも、英語を話すようなやつが。おれの心のなかにある詩をひっぱりだして、引用できるようなやつが。ただたんに、月光に照らされた枝の上でそいつと話すために、身の危険をも顧みず、五百フィート以上も登ってくる、そんなことをおれにさせるだけの力、おれをそそのかす力を持ったやつが、って。

そう言われてみれば、いかにもそうだ。なんでそんなものが存在しうる？

ほらね、わかったでしょ。まだ朝にもならない。なのにあなたは、もう信じまいとしはじめてる。またしても、わたしの存在はたんに、葉っぱや枝にあたる光の悪戯でしかないと思いはじめてる。あなた自身の孤独感から発した、ロマンチックな空想にすぎないと、そう思いはじめてる。

かどうか、確かめる方法がひとつだけあるぞ。そう言うなり、彼は手をのばして彼女に触れようとした。だが彼女はその手を避け、さらに枝の先のほうへと身をにじらせた。あとを追った彼は、枝が自分の重みでたわむのを感じた。

やめて、お願い。彼女は言った。どうかやめて。彼女はさらに枝の先のほうへ逃げた。いまでは、その姿はあまりにも青白く、あまりにもほっそりしているので、星を散らした夜空を背景にすると、ほとんど見分けられないくらいだった。

おまえが現実のものじゃないことはわかってたんだ、と彼は言った。おまえが現実のものであるはずはない、と。

彼女は答えなかった。彼は目を凝らした——葉っぱと影と月光が見えた。が、それだけだった。彼は幹のほうへもどりはじめた。そのとき、ふいに、足の下の枝が曲がり、樹の組織の折れる音がした。枝はいちどきには折れなかった。かわりに、幹のほうへむかってしない、おかげで彼は、それが完全に折れる寸前に、両腕で幹にしがみついて、ブーツの拍車を突きたてるひまがあった。

長いあいだ、彼は動かなかった。折れた枝がさやさやと葉を鳴らしながら落下してゆく、その音に耳を傾け、それが下方の枝の葉叢を突き抜けるかすかなささやきを聞き、それから、それがどすんと地上に落ちるのを聞いた。

しばらくたってから、ようやく彼はくだりはじめた。その下降は非現実的で、果てしもなくつづくように思われた。

やっと下の枝にたどりつくと、彼はテントに這いこみ、キャンプファイアをあとからひきずりこんだ。疲労がさながら眠たい蜜蜂の群れのように、頭のなかでぶんぶんうなっていた。いまはただひたすらに、この樹と縁を切りたいと切望していた。慣例なんかくそくらえだ、と彼は思った。おれはもうこの樹とは縁を切るぞ、あとはスーレが引き受けるがいい。

とはいえ、自分が心にもない嘘をついているのはわかっていた。自分がたった一本の小枝にたりと、スーレのカッター・ビームなど向けさせはしないだろうことはわかっていた。この樹を倒す仕事を、あんなエテ公ごときにまかせてなるものか。この樹を倒すのは、人間様の仕事だ。

まもなく彼は、最後の大枝のことを思いながら眠りに落ちていった。

第三日

あやうく彼の一命を奪いかけたのは、その最後の大枝だった。

そこまでの枝のすべてを切断したとき、ちょうど昼になり、彼は昼食のために作業を中断した。といっても、ほとんど食欲はなかった。地上から二百八十フィートのあいだは、枝もない優美な姿を見せているが、そのつぎの六百四十五フィートは、切り株だらけでグロテスク、残りの九十フィートは、緑豊かでシンメトリカル——そんな樹の姿は、見るだけで胸をむかつかせる。ただ、スーレがそれらの死にかけた枝に登ってゆくように、それを想像することだけが、いま彼に作業の続行をうながす力になっていた。かりにも愛するものが殺されねばならないのなら、自分の手でそうしてやるのが、せめてもの慈悲というものだ。なぜなら、殺人という行為の一部に、慈悲をかけてやることも含まれるのであれば、愛人にこそ、それを与えてやる最高の資格があるというものではないか。

最初の枝がついには最後の枝になってしまったが、それは広場から村の上へかけて、ほとんど五百フィートもの不釣り合いな長さに伸びていた。食事が終わると、彼は歩幅で距離をはかりながら、その上を歩きはじめた。三百三十フィートきたところで、挟み具をとりつけた。それは会社の所有する挟み具のうちでは最大のもので、軽いとは言いながら、扱いにくいこと、このうえもなかった。それでもやっと、満足のゆくようにそれを固定すると、立ちあがって、一息入れた。

このあたりでは、枝はかなり細くなっていて、そのふちから下を見ることもできた。地上には、相当数の観衆が集まっていた。ライトとスーレとブルースカイズはもとより、材木運搬車の運転手たち以外にも、何百人という村人たちが、ロープで遮断された区域の外側の道路に蝟集し、驚嘆と畏怖とがこもごもまじった顔で、こちらを見あげている。どういうわけか、いま彼らの存在は、いつも素人の観衆が彼に与えてくれる、あの喜ばしいスリルを感じさせなかった。それどころか彼は、もしもこの枝を枝ごとそっくり落っことしてやったら、やつらはどうするだろう、などと考えている自分に気づいた。もしそうすれば、すくなくとも二十棟の民家が犠牲になるだろう。そして、もしもこの枝をはずみで跳ねあがるように切断してやれば、犠牲はさらにその一倍半にもふえるはずだ。

自分が背信行為を冒そうとしていることに唐突に気づいて、彼は送信器のスイッチを入れ、「上げてください、ミスター・ライト」と言った。

ぴんと張った枝づなは、さながら、たった一本のケーブルで支えられた吊り橋のような趣《おもむき》をそなえていた。幹へひきかえした彼は、切断作業のための位置についた。そしてカッターを抜き、狙いを定めた。引き金をひいたとき、一群のハハハ鳥が、枝の先の葉叢から、ぱっと飛びたった。「もうちょっと上げてください、ミスター・ライト」

枝づなはうめいて、さらにすこし持ちあがった。ハハハ鳥たちは、三度、幹のまわりを旋回してから、梢へむかって舞いあがり、姿を消した。彼はまた切れ目を入れた。それは樹の日照側にあたっていたから、みるみるそこから樹液がにじみでて、幹を伝ってしたたりはじめた。彼は身ぶるいし、さらに切れ込みを深くした。

「そのまま一定した力でひっぱってください、ミスター・ライト」

大枝は、一インチまた一インチ、一フィートまた一フィートと持ちあがった。堂々と、おごそかに。ほかの枝のいくつかも、すでに巨人と呼んでさしつかえなかったが、この枝は、それらをも矮人のように見せた。

「もうちょっと速く頼みます、ミスター・ライト。ぼくのほうへ曲がってきてますよ」

枝の位置が安定し、それからさらにすこしずつ、すこしずつ幹のほうへ持ちあがっていった。彼はちらりと下を見た。スーレとブルースカイズは、すでに彼が最後に下ろした枝を、運搬車のウインチで処理できるだけの短い丸太に切断しおわり、いまはじっとこちらを見あげている。ライトは樹のウインチのそばに立って、持ちあがってゆく枝を凝視している。彼らのいる広場は、赤っぽい色合いを帯びていた。三人の男たちの衣類も、また同様。

しみに汚れたシャツの袖で顔面を拭うと、切断作業に注意を向けなおし、なんとかそれに集中しようと努めた。枝はいまやほとんど垂直になり、決定的な瞬間が近づいてきていた。彼はまた顔を拭った。くそ、なんて暑いんだ！　しかも、日ざしをさえぎってくれる影ひとつないときている。どこにもこれっぽっちの影もない。これっぽっちの痕跡も、これっぽっちのかけらも、これっぽっちのしるしも、影なるものはまったく……

もしもこの世の中に、ひどい影飢饉というものがあるとしたら、木陰にはいったいどのくらいの値がつくものだろう？　そして、もしもこっちに売るだけの影があったら、なにを基準にして、それを売ることになるだろう？　体積か？　温度か？　質の良否か？

おはようございます、奥様。木陰販売会社のセールスマンでございます。貴重な木陰が、各種とりそろえて用意してございますですよ。なにがお望みですか、柳の木陰、樫の木陰、りんごの樹の木陰、楓の木陰、なんでもそろっております。じつは本日、とくにおすすめしたいのは、鯨座オミクロン星第十八惑星から新たに輸入されました、とびきり上等の木陰でしてね。こんもりして、暗くて、涼しくて、さわやかで——一日、太陽に照りつけられていたあとでは、ほんとに一息つきたくなるような緑陰でございますよ——しかもこのてのやつが市場に出まわるのは、これが最後なんです。あなたはいっぱし木陰についてはご存じのつもりかもしれない。しかしね、奥様、このてのやつをこれまでご存じなかったってことは、これはもう賭けてもいい。涼風がそのなかを吹きわたり、鳥が歌い、ドライアドが一日じゅう遊びたわむれていた——

「ストロング！」

まるで深海から浮かびあがってくる泳者のように、彼は白昼夢からさめた。見れば、自分の入れたでこぼこな切れ込みにそって、枝は切り株からもぎとられつつ、無気味に揺れて、こちらへ迫ってこようとしている。樹の組織の裂けるけたたましい音が響き、樹皮と樹皮とがすれあって、耳ざわりな音をたてる。〝血〟がほとばしるのも目にはいった。

あわてて枝の前からとびのこうとしたが、なぜか両脚が鉛と化してしまい、ただなすべもなくその仮借ない接近を見まもり、その何百トンという強固な組織が、完全にもぎとられて自分の上へ落ちかかってき、自分の血が樹本体の血とまじって流れるのを待つ以外に、できることはなにもなかった。

彼は目をとじた。明日よ、あなたを殺すのは。今夜じゃなく。そう彼女は言ったっけ。

枝の全重量を受けとめて、かたく張りつめた枝づなが、低くぶうんと鳴るのが聞こえ、と同時に、樹がふるえるのも感じとれた。だが彼は、わが身を粉砕する衝撃も知らなかったし、つぶされた体が幹をこする感触も感じなかった。意識にあるのはただ、とじたまぶたの裏の暗黒のみ、そして、時が停止したというその感覚、それだけだった。

「ストロング！　なにをしている、早くどかんか！」

彼ははっと目をあけた。枝は、最後の瞬間になって、反対側へと揺れもどっていた。いまそれが、またもこちらへ向かってこようとしていると気づくと、とたんに、両脚に生命がよみがえった。彼は幹にへばりつき、横這いで向こう側へまわった。樹は依然としてふるえていたから、サドルで体を確保することはできなかったが、さいわい、衝撃波がおさまるまで、樹皮の突起にしがみついていることはできた。それから、もう一度、幹をまわって、枝づなの先端にぶらさがった大枝が、静かに前後に揺れているところへともどった。

「ようし、ストロング。きみの任務はこれで終わりだ。いますぐ樹上勤務を解く！」

見おろしてみると、ウインチのそばに立ったライトが、腰に手をあてて、腹だたしげにこちらを睨んでいるのが目にはいった。ブルースカイズがウインチ操作を交替し、スーレは登攀用ベルトを締めている。最後の大枝は、急速に地上に近づきつつあった。

するとと、おれは降ろされるのか、ぼんやりと、ストロングはそんなことを考えた。

それにしても、解放感を感じないのはなぜなのだろう？　おれは地上に降ろされるのを待ち望んでいたはずではなかったか？

彼はサドルの上で反りかえって、自分の手仕事の結果をながめた。無気味な切り株だらけの幹と、手足をもがれた梢。その梢には、なにかたまらなく美しいもの、泣きたくなるほど美しいなにかがあった。それは緑というよりも金色、枝や葉というよりも、女性の髪の毛のようだった――

「聞こえたのか、ストロング？　樹上勤務を解くと言ったんだぞ！」

とつぜん、彼はスーレがその美しい髪のなかへよじのぼり、その野蛮な手でそれを穢し、冒瀆し、めちゃめちゃにしてしまうさまを思い浮かべた。かりにそれがブルースカイズだったなら、彼も意に介さなかったろう。しかし、スーレだとなると！

彼は視線をさげて、枝づなをかけた叉を見た。最後の枝は、すでに地上に達し、枝づなももはや動いてはいなかった。目は銀色に光るそれにそってさがり、数フィート向こうで、それが揺れている箇所までできた。ここで彼は、いきなり手をのばしてそれをつかむと、たったいま自分がつくったばかりの切り株の上まで登っていった。そして、サドル・ロープを解き、それをひきおろすと、輪にして肩に投げかけた――

「最後通牒だぞ、ストロング、いますぐ降りてこい！」

「命令なんかくそくらえだ、ライト」ストロングは言いかえした。「こいつはこのおれだけの樹なんだ！」

彼は枝づなを登りはじめた。最初の百フィートのあいだは、ライトはひっきりなしに彼を罵りつづけていたが、中間点を過ぎると、しだいになだめるような口調に変わった。耳を貸そうともせず、ストロングは登りつづけた。最後にライトはようやくあきらめたのか、言った。「よしわかった、トム、そんなら、きみの手でかたをつけろ。だが、てっぺんまでそうやってよじのぼろうとするのはよせ。せめてリフトを使え」

「リフトなんか置いとけ」ストロングは言った。

自分の行動が不条理だとはわかっていたが、意に介さなかった。ただひたすら登りたかった。自分の腕力を使いたかった。思いきり肉体を痛めつけたかった。苦痛を知りたかった。枝づなをかけた叉から二百フィート下あたりまでくると、彼はそれを感じはじめた。やがてその叉に達するころには、それをよく知るようになっていた。だが、自らそれを知りたいと思っているほど深く、ではなかった。だから、一息入れることすらせず、ロープを架線作業員式にぐるぐると丸めるなり、頭上の切り株の叉のひとつへ投げあげ、さらに登高をつづけた。三回、それをくりかえしたところで、頂上の枝のいちばん下の一本に達し、ほっとしながらその涼しい葉叢まで身をひきあげた。全身の筋肉が悲鳴をあげ、肺臓は焼けるかのよう、喉はさながら、かたまった泥が詰まっているかのようだった。

いくらか呼吸が楽になったところで、彼は水筒の水をちびちびと飲み、そのまま身動きすらせず、なにも考えず、なにも感じずに、その緑陰に横たわっていた。ぼんやりと、ライトの言っているのが聞こえた。――「きさまは大馬鹿野郎だよ、ストロング、だが、いまいましいほど優秀なツリーマンだ！」おだてられても、こちらはあまりに疲れきっていて、返事をする気にもなれなかったが。

徐々に全身の力がもどってきたところで、彼は枝の上に立ちあがって、煙草を吸った。吸いおわると、頭上の葉叢を見あげ、最初にサドル・ロープをかけたあの叉を探しあてて、それにむかってロープを投げあげた。やがて、その叉に達した彼は、そこから梢のあたりを仔細に点検した。必ずしも彼女が見つかると期待していたわけではなかったが、それでも、最初の樹頭切除を始めるより前に、彼女がそこにいないことだけは確認しておかねばならなかった。

ハハハ鳥たちが、半月形の目で彼を見つめてきた。枝々のあいだに、この樹の花が咲いていた。かすかな風を受けて、斑日《まだらび》のあたった葉がふるえた。

彼女に呼びかけたいと願ったが、あいにく、名を知らなかった。かりにも名があれば、の話だが。訊いてみることをついぞ思いつかなかったとは、なんと気が利かなかったことか。その不思議な枝のよじれを、類のない葉の紋様を、彼は見つめた。長いあいだ、枝に咲いた花を凝視しつづけた。もしもここにいないのなら、彼女はどこにもいないということになる――

ひょっとして、夜のうちにこの樹を去って、無人になっている家々のひとつにでも身を隠したのでないかぎり。とはいえ、彼女がそうしたとは思えなかった。もしも彼女が現実のものであり、彼の空想でないのなら、この樹を離れることはけっしてないだろう。またもし彼女が実在せず、彼の空想の産物でしかないのなら、この樹を離れることは、実際問題としてありえないということになる。

明らかに彼女はそのどちらでもなかった。頂にはなにもなかった――彼女の花のかんばせも、葉のチュニックも、小麦色のすんなりした手足も、明るく輝く髪も――いっさいが空《くう》だった。彼は吐息をついた。ほっとすべきか、がっかりすべきなのか、自分でもよくわからなかった。彼女を発見することを、内心では恐れていた。なぜなら、もし彼女が梢にいたら、どうしたらよいか、判断に迷っただろうから。だがいまさとったのは、彼女を発見しないこと、それをもまた自分は恐れていたのだということだった。

「そこでなにをしてるんだ、ミスター・ストロング。きみのドライアドにさよならを言ってるのかね？」

はっとわれにかえって、彼ははるか下の広場を見おろした。ライトとスーレとブルースカイズの三人組は、ほとんどそれと見分けられないほどのちっぽけな点だった。「ただ彼女をながめてるだけですよ、ミスター・ライト」彼は言った。「つまり、梢のことですがね、ぼくの言ってるのは。梢は約九十フィートあります。これをぜんぶ、いちどきに処理できると思いますか？」

「いちかばちか、やってみようじゃないか、ミスター・ストロング。しかしだ、それからあとは、五十フィートずつに切ってもらいたい——樹の直径が許すかぎりは」

「じゃあ、どいていてください、ミスター・ライト」


倒れはじめたとき、樹頭はさながら空にむかって頭をさげ、別れの挨拶でもしているように見えた。ハハハ鳥がいっせいにそれから飛びたち、緋色の靄となって地平線のほうへ飛び去っていった。梢はちょうど緑の雲のように、ふわふわと地上へ舞いおりてゆき、それに伴って葉のさらさらと鳴る音が、大粒の夏の雨を思わせた。

樹はあたかもすすり泣く女性の肩のようにふるえた。

「ようし、よくやった、ミスター・ストロング」やがてライトの声が聞こえてきた。「さてと、いよいよつぎの作業だが、おれの見積もったところでは、このあときみは五十フィートものを十一本ぐらいはとれるはずだ。そこまでゆくと、幹の直径が太くなって、それがむずかしくなるから、以後は、百フィートものに切り替えて、それを二本とるしかあるまい。うまく落としてくれさえすれば、なにも障害はないはずだ。そうなると、残りは約二百フィートのベース・カットということになるが、これは、最後の五十フィートがうまく村の通りのひとつに倒れるよう、按配する必要がある。まあ、これについては、きみが降りてきてから、また相談するとしよう。というわけでだ、総計できみは、あと十四回、切断作業を行なわねばならんということになる。今日のうちにぜんぶ終えられると思うかね？」

ストロングは腕の時計を見た。「ちょっと無理ですね、ミスター・ライト」

「もしできれば御の字だが、もしできなくても、明日という日がある。ただし、くれぐれも言っておきたいのは、急いては事を仕損ずるということだ、ミスター・ストロング」

最初の五十フィートものは、頭から広場の黒い土に突き刺さり、一瞬、静止していてから、どうと横倒しに倒れた。二本目もそのあとを追った。

つづいて三本目、四本目——

じっさい、おかしなものだ、とストロングは思った。肉体的活動がすべてを健全な状態にひきもどし、良識的な思考を保つというのは。いまとなると、わずか半時間たらず前の自分が、ドライアドを探しもとめていたことなど、とても信じられない。ほんの二十四時間たらず前に、そのひとりと話していたことなど、とても信じられない……

そして五本目、六本目——

七本目にかかると、彼のペースは落ちはじめた。いまや作業は中間点に近づいていて、幹の直径は、三十フィートにも達しようとしていた。それにしがみつくことは、もはや不可能だった。幹を切り払う姿勢をとるには、まず樹上くさびを打ちこんで、その端にあいた細い穴に、応急の安全ベルトを通さねばならない。とはいえ、ペースが落ちたことは、反面、スーレとブルースカイズに、しだいに太くなる丸太を運搬車に適した寸法に切り分ける、そのチャンスを与えてやれることにもなった。これまでは、彼のペースに追われて遅れぎみだったのだが、いま彼らは追いつきはじめていた。ライトの伝えてきたところによると、入植者らはすでに、この樹から使える木材を救おうという望みを放棄し、製材所からじゅうぶん離れた空き地にそれらを積み重ねて、焼却処分に付する準備をしているとのことであった。

午後のはじめごろ、わずかに風が起こった。いま、それは静まりかけていた。太陽はますます熱くなり、樹はますますおびただしく〝出血〟しつづけた。ストロングは、たえず下の広場を見おろしていた。赤く染まった草や、切り株に刺されて穴だらけになった芝生などのせいで、そこはいささか遺体安置所に似た趣を呈していた。だが彼は、足の裏に触れる大地の感触を渇望していて、たとえ〝血〟まみれでも、大地をながめることは、なにがしかの安らぎを与えてくれた。

彼はしきりに目を細めて太陽を見やった。これでもう三日近くも樹上で過ごしていて、ここでさらに一晩、それらの枝々のあいだで過ごすのは、ありがたくなかった。もしくは、その切り株のあいだで。けれども、最後の五十フィートものを下ろしおえたときには、不本意ながら、そうするしかないと覚悟を決めた。そのころには、太陽ははや〈大小麦海〉の向こうに沈もうとして、夕闇がおりるまでに、最初の百フィートものを下ろせるかどうかも心もとなかったからだ。

いますわっているいちばん下の切り株は、樹上にテントを優に二十張りも張れるほど広かった。ライトはそれをめがけてケーブルを打ち出し（リフトは午後、早いうちに降ろされていたし、ウインチ・ケーブルも巻きもどされていた）、そのケーブルで、彼の夕食その他を送ってきた。夕食はまたしても村長心尽くしの特別料理と判明した。樹上テントを設営しおわると、ストロングはとくに感動もなく、それらに手をつけた。ゆうべの食欲は、まったく失われていた。

今夜は激しい疲労を感じていたから、ライトが石鹸と水を送り届けてきたのにもかかわらず、体を拭おうとさえしなかった。そして、食事を終えると、ごつごつした樹皮の上に横たわって、銀色にのぼる月をながめ、青白くまたたきつつよみがえってゆく星々を見まもった。今回は、姿をあらわしたとき、彼女は忍び足で彼のそばまで近寄ってき、そこに腰をおろして、青い悲しげな目で彼の顔をのぞきこんだ。彼女の肌の白さは彼を愕然とさせ、その頬のげっそりやつれているようすは、彼を泣きたい気持ちにさせた。

今朝、おまえを探したんだぞ、彼は言った。だが見つからなかった。ここから姿を消したときは、どこへ行くんだ？

どこにも行かないわ、彼女は言った。

だが、どこかに行かなきゃならんはずだ。

あなたにはわからないわ。

ああ、そうかもしれんな。おれには永久にわからないんだ。

いいえ、わかるわよ。明日になれば、みんなわかるわ。

明日では遅すぎる。

遅すぎると言うのなら、今夜だって遅すぎるわ。昨日だって遅すぎたわ。あなたがこの樹に登る前から、すでに遅すぎたのよ。

教えてくれ、彼は言った。おまえはあの村を建設した種族の一員なのか？

ある意味ではね。

年はいくつになる？

さあ。

おまえがあの村の建設に力を貸したのか？

わたしがひとりであの村をつくったのよ。

嘘をつけ。

わたしは嘘は言わないわ。

ここの先住民族は、どうなってしまったんだ？

彼らは成長したのよ。単純であることをやめたの。複雑になり、洗練された。つまり文明化されたわけ。そして文明化されるのと同時に、先祖たちの伝えてきた風習を、無知で、迷信的だとして、ばかにするようになった。彼らは独自の新しい風習を打ちたて、鉄や銅で道具を造るようになった。やがて彼らが、ある生態学上のバランスをくずすまでには、百年とかからなかったわ。それまで彼らの生存を助けてきたばかりでなく、彼らに生きる目的をも与えてきた、ひとつのバランスをね。その目的は非常に強いものだったから、ほとんど彼らの生命力にさえなっていたの。自分たちのしでかしたことに気づいたとき、彼らはおびえたわ。でも、気づくのがちょっと遅すぎたってわけ。

そうして彼らは絶滅した？

あなた、彼らの村を見たでしょ？

ああ、村ならいくつか見た。それから、先遣隊の報告書も読んだ。北部の荒野に死の洞窟があって、彼らが子供連れでそこへ死ににいったという報告をね。だが、ここにあるこの村はどうなんだ？　彼らはわれわれがやったのとおなじように、樹を取り除くことでこの村を救うことだってできたはずだぜ。

彼女は首をふった。あなたはまだわかっていないんだわ。いいこと、受け取るためには、ひとは自分からも与えることをしなきゃならないのよ。彼らが破ったのは、この原則なの。なかには、他人より早くこれを破るものもあったし、遅く破るものもいたけれど、結局は、みんながそれを破って、天罰を受けなきゃならなくなったわけ。

おまえの言うとおりだ。おれにはさっぱり理解できん。

明日になればわかるわ。明日になれば、なにもかもはっきりするわよ。

ゆうべ、おまえはおれを殺そうとしたな。なぜだ？

殺そうとなんかしていないわ。あなたが自分で自分を殺そうとしたのよ。今日だわ、わたしがあなたを殺そうとしたのは。

あの枝で？

あの枝でよ。

でも、どうして？

どうでもいいのよ、そんなことは。大事なのはね、わたしがそうしなかったってことだけ。できなかったってことだけ。

明日、おまえはどこへ行く？

どこへ行こうと、あなたが心配しなきゃならないわけがあって？

だが、気になるんだ。

まさか、わたしに恋してる、なんて言うんじゃないでしょうね——

どうしてまさかそんなことはない、なんて言えるんだ?

なぜって——なぜって——

なぜなら、おまえが現実じゃないと思ってるからか?

そう思っているんでしょ? そうじゃない?

なんと考えたらいいのか、おれにはわからん。ときおり、現実だと思うこともあるし、ときには、そうじゃないと思うこともある。

わたしはあなたがそうであるのと同様、現実の存在よ。ただ、存在のしかたがちょっと異なるというだけなの。

だしぬけに彼は手をのばすと、彼女の顔に触れた。彼女の肌は、やわらかく、冷たかった。月光のように冷たく、花のようにやわらかい。それは彼の目の前でゆらめいた。彼女の全身がゆらめいた。彼はすわりなおし、彼女のほうを向いた。彼女は光であり影であり、葉であり花であった。真夏の香りであり、夜の吐息であった。彼は彼女の声を聞いた。それはあまりにかすかだったので、ほとんど言葉として聞きとれないほどだった。

そんなこと、しちゃいけなかったのよ。あるがままのわたしを、あなたは受け入れるべきだった。でもいまあなたは、それを駄目にしてしまった。こうなったらもうわたしたちは、いっしょにいられる最後のこの夜を、べつべつに、ひとりぼっちで過ごさなきゃならないわ。

じゃあ結局、おまえは現実じゃなかったんだ。一度だって、実在のものであったためしなんかないんだ。

答えなし。

しかし、もしおまえが実在しないとなると、おれの想像の産物だったってことになる。そして、もしおまえがおれの想像の産物なら、どうしておれの知らないことを、おまえが話してくれるなんてことができたんだ?

答えなし。

おまえはおれのやってることを、まるで犯罪みたいに思わせてくれた。しかしそれは犯罪なんかじゃない。もしもある樹が一個の村落にとって脅威となれば、それは切り倒されるのが妥当なんだ。

答えなし。

とはいえ、かりにこうしなくてもすむ方法があったなら、おれはなんだってやっていただろうがね。

静寂。

たとえどんなことであれ——

彼のかたわらのスペースは、依然として空《あ》いたままだった。ついにあきらめて、彼は向きなおると、テントに這いこんで、あとからキャンプファイアを引き入れた。疲労感が彼を麻痺させていた。彼は麻痺した指で毛布をまさぐり、麻痺した体にそれを巻きつけた。そして麻痺した膝をひきあげ、麻痺した腕でその膝を抱いた。

「たとえどんなことであれ」彼はつぶやいた。「たとえどんなことであれ……」

第四日

テントの壁を透過してくる日ざしが、彼をめざめさせた。彼は毛布をはねのけ、朝の空気のなかへ這いだした。

今朝はもう、あたりを飛びまわるハハハ鳥の姿はなかった。朝を告げる鳥の歌も聞こえなかった。樹は日ざしを浴びて静まりかえっていた。

ひっそりと。息絶えて。

いや、まだ完全に死にきってはいない。一群れの葉叢と花が、テントの入り口のそばに、美しく、緑に、白に、息づいている。それを見ることに、彼は堪えられなかった。

切り株の上に立ちあがり、朝の空気を胸いっぱいに吸いこんだ。穏やかな朝だった。〈大小麦海〉から靄が立ちのぼり、澄みきった青空にかかる白い巻雲は、洗いたての洗濯物のようだ。彼は切り株の端へ行き、下を見おろした。ライトはウインチに油をさしていた。スーレは昨日、最後に下ろした五十フィートものを、小さく切っていた。ブルースカイズの姿はどこにもなかった。

「どうして起こしてくれなかったんです、ミスター・ライト？」

ライトは上を見て、こちらの顔を探しあてた。「いくらか朝寝するのは悪くないけども、かね、ミスター・ストロング？」

「まさに図星ですよ……ときに、インディアン野郎はどうしました？」

「また例のバッファローが襲ってきたのさ。ホテルのバーで、そいつを酔いつぶそうとしてるところだ」

一台の二輪ジャイロ・カーが広場にはいってきて、バスケットをさげた肥った男が降りたった。村長だな、とストロングは思った。朝飯の到着だ。手をふると、村長もふりかえしてきた。

バスケットの中身は、ハム・エッグズとコーヒーと知れた。ストロングは急いで詰めこむと、テントをたたみ、毛布やキャンプファイアといっしょにまとめて、リフトで地上に下ろした。いよいよ今日の作業開始である。最初の一本は、ちょうど三百フィート地点に大きな切り株があったため、百フィートよりもかなり短く切らねばならなかった。切断作業は申し分なく運び、彼は二本目にとりかかるために、サドルで滑りおりた。今度のやつは、最後のベース・カットを最大二百フィートにとどめるため、すくなくとも百二十フィートの長さに切る必要があった。彼は入念に距離を見積もった。ライトがそれを倒したいと望んでいる側に刻み目を入れると、すこしずつサドル・ロープをくりだしながら、幹の反対側にまわった。樹皮の突起や裂溝のおかげで、この横断は比較的容易だったから、途中で二、三度、広場を見おろす余裕さえあった。ここ数日に比して、広場はいまやぐっと近くなり、新たな角度から見おろす家々や道路は、どこか異様に見えた。その点では、無人化された地区の外側に集まって、作業を見まもっている村人たちも同様だった。

彼が刻み目の中心のちょうど反対側にくると、ライトがそうと教え、彼はくさびを打ちこんだ。頭上の切り株の叉から、そのハーケンの穴にサドルを移すのには、ほんの短時間で足りた。彼はシートの上で体をのけぞらせると、両足を樹皮の突起のひとつにしっかりと踏んばり、切断作業を開始した。

はじめのうちは、慎重すぎるほど慎重に仕事を始めた。いま相手にしているのは、何千トンという重量であり、ほんのわずかな判断の狂いでも、その何千トンもが頭上に倒れかかってくるという結果を招きかねないのだ。厄介なのは、打ちこんだくさびの上を切断せねばならないということであり、そのためには、腕をいっぱいにのばして、カッターを頭上にさしあげ、と同時に、ビームの先が適切な角度で幹にあたるよう、それを支えていなければならない。

これはきわどい作業であり、また、よい視力とすぐれた判断力とを要求した。普段のストロングなら、この両方を持ちあわせているのだが、如何せん、今日の彼は疲労しきっていた。ライトの叫び声が聞こえるまで、彼は自分がいかに疲れているか、それに気づいてさえいなかった。

彼の足をすくったのは、樹皮の突起だった。瞬時に彼はそれをさとった。ビームの角度を見積もるにあたって、彼は目にはいるかぎりの幹の表面全体を見ず、ごく限られた部分だけを計算に入れていた。そして、その限られた部分にある突起が、見た目ほど堅固ではなかったのだ。とはいえ、いまさらそれがわかっても、なんにもならない。長さ百二十フィートに及ぶ大木の幹は、すでに彼のほうへむかって倒れかかってこようとしていて、彼にはそれを食いとめるいかなる手だてもないのだった。

それはさながら、断崖の面にへばりついたまま、頭上の崖がそっくり剝がれて、外側へ落ちかかってくるのを見ているのに似ていた。その落ちかたは緩慢だが、いずれは不可避的に、その土の腭《あぎと》にはさみこまれ、押しつぶされてしまうだろう。いまの場合、それは木の腭だが、このたとえは基本的に当を得ている。二山の土のあいだで押しつぶされるブヨの運命と、二本の棒にはさまれてつぶされるブヨの運命と、いったいどこがちがうというのか。

彼はなにも感じなかった。恐怖はいまだ意識の底まで根をおろしてはいなかった。倒れてくる丸太が日ざしをさえぎり、樹皮の突起のあいだの裂溝が暗い洞穴に変わるのを、驚嘆の目でぼんやりとながめているばかりだった。ぼんやりと彼は、おのれの脳髄から発してくるのにちがいない、ひとつの声に耳を傾けていた。だがその声は、彼の心をその発生源と見なすには、あまりにも甘く、痛切そのものだったから、とても自分自身の脳髄から発してくるものとは思えなかった。

裂溝のなかへ。急いで！

彼女の姿は見えなかった。それが彼女の声だという確信もなかった。けれども、肉体はおのずとそれに反応し、自らを手近の裂溝へと押しこんだうえ、さらに、できるかぎり奥へともぐりこませていた。あと一秒遅ければ、その努力も無益に終わっていただろう。というのも、肩が裂け目の奥の壁に触れたか触れぬかの瞬間に、さかさになった丸太の末端が、通り過ぎざま、彼が樹に打ちこんだくさびをひっかけ、ひっこぬきながら、ざざざっと目の前を落下していったからだ。ひとしきり、めりめり、どすん、どう、とすさまじい大音響がとどろき、最後にそれは視界から消えた。

とたんに、あたりに日光がみなぎった。彼自身がいるだけで、裂構のなかはからっぽだった。

ほどなく、丸太が地上に激突したのだろう、ずしんと腹に響くような音が伝わってきた。つづいてもう一度、今度はもうちょっと長い地響きが聞こえ、彼は丸太が真っ逆さまに落下したあと、横倒しに広場に倒れたのだとさとった。木が粉砕され、ガラスがこわれ、その他、重い物体が落ちてきたときに家屋が発するだろうさまざまな音響、それを彼はなかば期待にも似た気持ちで待ち受けた。だが、なにも聞こえてはこなかった。

裂溝には、床に相当するものが存在しなかった。彼は膝を片面の壁につっぱり、背中をもういっぽうに押しつけることで体を支えていた。音がやむと、彼はそろそろと裂け目の口までにじり寄り、広場をのぞいた。

丸太はやや傾いて地上に落ち、そこの地面に巨大な溝をえぐって、古代の副葬品や人骨のたぐいを露出させていた。そのあとそれは、最寄りの人家とは反対の方角へ倒れていた。長々と横たわった丸太にそって、ライトとスーレがあたふた駆けまわり、同僚のつぶれた死体を探していた。彼は笑っている自分の声を聞いた。その笑い声の主《ぬし》が自分であるのはわかっていた。声を聞きわけたからではなく、いまこの裂溝にいるのは、自分ひとりだったからだ。胸が痛くなり、息が詰まりそうになるまで、彼は笑った。笑って、笑って、笑い抜き、ヒステリーの徴候が自分の内からすっかり拭い去られるまで、笑った。やがてようやく息がつけるようになると、舌で送信器のスイッチを入れて、言った。

「ぼくをお探しですかね、ミスター・ライト？」

ライトが硬直するのが見えた。彼は向きなおり、上を見あげた。スーレもそれに倣った。ちょっとのあいだ、だれも一言も発しなかった。それから、やっとライトが腕をあげて、シャツの袖で顔面を拭った。

「おれに言えるのはこれだけだ、ミスター・ストロング」そう彼は言った。「どうやらきみには、おそろしく親切なドライアドがついてるようだ、ってな」それから――「さあ、降りてきたまえ、早く。きみと握手したいんだ！」

ややあって、ようやくストロングの頭にも、これで地上に降りられるのだという思いが浸透してきた。ベース・カットを除いて、自分の仕事は完了したのだという意識が。

すっぽ抜けてぶらぶらしているくさびをひきあげた彼は、あらためてそれを打ちなおし、サドル・ロープを使って、一気に五十フィートぐらいずつ滑りおりた。ラスト・スパートだけは、中途で滑るのをやめ、そこでシートから抜けだすと、地上までの残る数フィートをとびおりた。

太陽はちょうど子午線上にあった。彼は三日半にわたって樹上にいたのだった。

ライトが近づいてきて、彼の手を握った。スーレもおなじことをした。しばらくして、やっと彼は、三人目の男と握手をしている自分に気づいた。村長がもどってきたのだった。今回は、全員に特別料理を用意し、ついでに組み立て式テーブルと、椅子数脚までたずさえてきていた。

「われわれはけっしてあんたを忘れんでしょう」村長は唾で口をぴちゃぴちゃさせてしゃ

べっていた。「ええ、けっして忘れませんとも！　ゆうべわたしはあんたのために、特別議会を招集しましてな、満場一致で、この切り株が焼却されたあとの広場に、あんたの銅像を建てることを決議しました。像の台座には、こんな碑銘を刻もうと思っとります――〈われらが愛する村を救った男〉とね。どうです、感動的な碑銘でしょう？　あんたの功績をたたえるには、これでもまだ足らんかもしれんが。しかし、これで終わりではないんです。今日――今夜、わたしはもっと具体的な形で、感謝の意を表明しようと思っとります。それは今夜、あんたに――そしてむろん、ここにおられるご同輩がたにも、だが――わたしのホテルの賓客《ひんきゃく》となっていただきたいということ。当然ながら、いっさいの費用はホテル持ちです」

スーレが言った。「その言葉を待ってたんだ！」

ライトが言った。「喜んでうかがいますよ」

ストロングは、なにも言わなかった。最後にようやく村長は彼の手をはなし、四人は待望の食卓についた。ステーキは、はるばる南半球から運ばれてきたもの、マッシュルームは、鯨座オミクロン星第十四惑星からの輸入品、ほかに、サラダ、グリーンピース、焼きたてのパン、アプリコット・パイ、コーヒー、といったところがおもなメニューだった。

ストロングは、それらを無理やり流しこんだ。食欲はまるでなかった。いま、ほんとうに欲しているのは酒だった。浴びるほどの酒だ。だが、それにはまだ早い。まだあと一回、切断作業が残っている。それが終われば、天下晴れて飲める。そのときこそ、ブルースカイズがバッファローを酒びたしにしようとするのを手伝ってやれるのだ。勘定向こう持ちで。〈われらが愛する村を救った男〉か。さあ、ついでくれ、バーテンダー。さあ、もう一杯。おれは赤いマントをひるがえしてなんかいなかったぞ、バーテンダー。なぜかといえば、血もワインも、どっちも赤いからだ、バーテンダー。そして血とワインとは、おれが死体といっしょに発見されたとき、おれの手を汚していた。おれが愛し、その寝床で殺してのけた、哀れな女の死体と……

村長は旺盛な食欲の主だった。彼の愛する村は、いまや安泰だ。いまこそ彼は暖炉のそばにすわって、安心して儲けを数えることができる。もはや樹のことを思いわずらうには及ばないのだ。ストロングは、話に聞くあのオランダの少年になったような心地がしていた。堤防に穴があいているのを発見して、そこに手をつっこむことで、多くの市民の家を浸水から救ったという少年の美談。

やっと食事が終わって、ライトが椅子の背にもたれ、「さあ、どうする、ミスター・ストロング?」と問いかけてきたとき、彼は心底からほっとした。

「早いところかたづけてしまいましょう、ミスター・ライト」

一同は立ちあがった。村長はテーブルと椅子をたたんで、ジャイロ・カーに乗りこみ、危険区域外にいる他の村民のところへもどっていった。村は陽光にきらめいていた。通りはたったいま洗いあげられたばかりのように見えたし、複雑な装飾をほどこした家々は、竈から出したばかりのジンジャーブレッドのようだった。ストロングは、オランダの少年のように感じるのをやめ、巨人殺しのジャックになったように感じはじめた。いよいよ豆の木を切り倒すときがきたのだ。

幹の根もとに位置を定めた彼は、刻み目を入れはじめた。ライトとスーレとは、すぐ後ろに控えている。ライトの予定している方向に幹が倒れない、などということがないように、彼は慎重に刻み目を切っていった。刻み目はじゅうぶんに深く切ったから、彼が仕事を終えれば、幹はこちらの思いどおりになってくれるはずだった。つづいて彼は反対側にまわった。ライトとスーレもついてきた。だれも口をきかなかった。堅固な地面上を歩くということには、なんとはない違和感があった。彼はたえず、ありもしないサドル・シートの存在を腰のまわりに感じたし、枝づながベルトをひっぱるのも感じていた。靴の爪先は真っ赤に汚れていた。〝血〟に浸かった草の汚れが付着したものだった。

最終的な切断の姿勢をとると、彼はカッターを上げた。そして引き金をひいた。臆病者はそれを、接吻をもって行なう、そう彼は思った。ツリーマンはそれを、剣《つるぎ》をもってする。裂溝のある幹に、細い裂け目が見えはじめた。そのふちが赤く染まりだした。現存するもっとも近代的な剣、金星はニュー・アメリカ製の、けっして鈍磨することがないと保証つきの剣――

けっして慈悲を示すことがないと保証つきの。

〝血〟が樹皮の上を流れ落ち、草を変色させた。目に見えぬカッターの刃は、向こうへ、こちらへ、向こうへ、こちらへと往復した。かつては丈高く、誇り高い樹であったもの、いまその二百フィートばかりの切り株に、おののきが走った。ゆっくりと、それは地面にむかって倒れはじめた。

倒壊につれて、ざざざーっと長く尾をひく音が響いた。それから、鈍い落雷のような音。そして追いかけて、短い急速調の地響き……

残った巨大な切り株の表面が、日ざしを浴びて鮮紅色に光りだした。ストロングはカッターを地面に落とした。そして、何度もつまずきながら、その切り株をまわって、大きなビルディングほどもある丸太が倒れているところへ行った。それはまさしく、彼が望んだとおりの倒れかたをしていた。頭の部分は、みごとに二つの家並みを避けて、その中間に倒れこんでいた。だが、家々がどうなろうと、もはや彼には関心などなかった。正直なところ、最初から家々などどうでもよかったのだ。彼は仔細に地面に目を凝らしながら歩きつづけた。まもなく、広場の端に近いところで、彼は彼女を見つけた。注意して調べさえすれば、必ず見つかると信じていたとおりに。彼女は日光であり、牧場の花であり、うつろいやすい草の紋様だった。彼女のすべてを見ることはできなかった――ただ彼女のウェストと胸、そして腕と、美しい断末魔の顔、それだけだ。残りの部分は、樹の下に押しつぶされていた――腰も、脚も、葉っぱのサンダルをはいた小さな足も――

「許してくれ」彼は言った。そして彼女がほほえんで、うなずくのを見た。それから彼女はこときれた。とともに、草がよみがえり、牧場の花が、日光がもどってきた。

エピローグ

大事な村を救った男は、かつて教会であったホテルの、かつて祭壇であったバーに肘をついた。「バッファローを酒びたりにさせるためにきましたよ、村長」と、彼は言った。

とくにこの日を祝って、臨時のバーテンダーを買って出ていた村長は、いぶかしげに眉をひそめた。

「こいつの言うのはね」ライトが言った。「ひとわたりみんなについでやってほしいってことなんです」

村長は破顔した。「ならば、ちょうどおすすめのがあります。最上の火星産バーボンですよ。エリュトラエ海の精選とうもろこしから蒸溜されたものでして」

「じゃあそいつを、蜘蛛の巣の張った地下室から持ちだしてくるがいい。われわれが試飲してやるから」ストロングは言った。

「めっぽういいバーボンだぜ、こいつは」と、ブルースカイズが言った。「しかし、バッファローを酔いつぶすことはできん。おれは午後じゅうずっと飲みつづけてるけどね」

「おまえのそのくそいまいましいバッファローの話、もう聞き飽きたぜ！」スーレが言った。

村長はライトとストロングとスーレの前にグラスを並べると、金色の液体を罎からついだ。「おれのグラスもからだぜ」ブルースカイズが言った。村長はそれにも酒を満たした。

村人は、敬意からか、ツリーマンたちにバーを独占させていた。けれども、テーブル席は満員で、しばしばそのうちのひとりが立ちあがっては、ツリーマン一同のために、あるいはとくにストロングのために、乾杯を要求する。そして、男も女も、そのつどいっせいに立ちあがっては、喝采し、グラスを空けるのだった。

「もう引き揚げてくれないものかな」ストロングは言った。「おれをほっといてもらいたいんだ」

「そうはいかんよ」ライトが言った。「連中はきみを新しい文化英雄としてあがめている。いわば神様みたいなものなのさ」

「もう一杯、バーボンをいかがです、ミスター・ストロング？」村長が訊いた。

「一杯と言わずに、どんどんついでくれ」ストロングは言った。「記憶を抹殺するためにな、この傲慢さの――」

「どんな傲慢さです、ミスター・ストロング？」

「おまえの、だよ、たとえば。おまえの、この小さな地球人のだ。肥った、卑しむべき、ちっぽけな地球人の、だよ！」

「あいつらが地平線の向こうから、蹄で砂塵を蹴たててやってくるのが見えたはずだ」ブルースカイズが言った。「やつらは美しかった。毛がふさふさして、堂々としてて、死に神のように黒く、崇高なんだ」

「われらのために地球人を捕らえよ」と、ストロングは言った。「かの葡萄園を損なう肥った小さな地球人を捕らえよ。われらの葡萄園は花盛りなればなり——」

「トム！」ライトがたしなめた。

「この機会を利用して、辞表を提出させていただけますかな、ミスター・ライト？　おれはもう、二度と樹は殺しません。あんたたちの薄汚ない職業とは、もう縁切りだ！」

「なぜだ、トム？」

ストロングは答えなかった。かわりに、自分の手を見おろした。少量のバーボンがカウンターにこぼれて、濡れた指がねばねばしていた。彼はバーの奥へ目をやった。バーの奥とはすなわち、修復された先住民の教会の、その内陣の壁であり、以前はさまざまな宗教上の用具を飾るのに使われていた、精巧な彫刻をほどこした壁龕もいくつかあった。いまその壁龕には、ワインやウィスキーの壜が並べられている——一カ所を除いて。その一カ所には、小さな人形がひとつ置かれていた。

こめかみがずきずきと脈打つのをストロングは感じた。彼はその壁龕をゆびさした。

「あれは――あれはなんの人形かね、村長？」

村長は後ろの壁をふりかえった。「ああ、あれですか。あれはここの先住民が、家の護り神として炉端に置いていた彫像ですよ」そう言って、村長はそれを壁龕からとりあげると、ストロングの立っているところへ持ってきて、カウンターに置いた。「なかなかみごとな細工でしょう、ねえ、ミスター・ストロング？……ミスター・ストロング？」

ストロングはその小像を凝視していた――その優美な腕と、長くほっそりした脚。小さな乳房と、すんなりした喉。妖精めいた顔と、金色の髪。体をつつんでいる、繊細に彫られた葉っぱの衣裳。

「より正確な用語は、〝呪物〟でしょうな」と、村長は言葉をつづけた。「彼らの主神である、女神の姿をかたどって造られているんです。わずかな資料から判断するに、どうもこの土地の先住民は、この女神を狂信的に信仰するあまり、実際に彼女の姿を見たと主張するものすら、一部にはいたらしい」

「樹の上で？」

「ときにはね」

ストロングは手をのばして、その小像に触れた。それから、こわごわとそれを持ちあげてみた。像の基部は、彼がバーにこぼした酒のため、わずかに濡れていた。

「そんなら——そんなら彼女は、〝樹の女神〟だったのに相違ない」

「いや、それはちがいますよ、ミスター・ストロング。彼女は炉端の神、家庭を護る神でした。あれらの樹が宗教的シンボルだったとした先遣隊の報告、あれはまちがっていたんです。われわれはここに住むようになって、それを理解しました。先住民がほんとうはどんな思想を持っていたのかを。彼らが崇拝していたのは、彼らの家だったのです、樹ではなく」

「炉端の女神？」ストロングは言った。「家庭の？……じゃあ彼女はあんな樹の上で、いったいなにをやってたんだ」

「失礼、なんとおっしゃいましたか、ミスター・ストロング？」

「樹の上でだ。おれは樹の上で彼女を見たんだ」

「ご冗談でしょう、ミスター・ストロング！」

「冗談なものか！　いいいたんだ、彼女は、たしかにあそこに！」ストロングは力いっぱいこぶしをカウンターにたたきつけた。「彼女は樹の上にいた、そしておれは、この手で彼女を殺したんだ！」

「おい、しっかりしろ、トム」ライトが言った。「みんながおまえを見てるぞ」

「おれは一インチずつ、一フィートずつ、彼女を殺した。腕を一本一本、脚を一本一本切りとっていった。おれは彼女を虐殺したんだ！」

ストロングは口をつぐんだ。なにかがおかしかった。なにか、起こるべきことが起こっていなかった。ふと気づくと、村長がこちらのこぶしを凝視している。それを目にしたとたん、そのおかしなこととはなんなのかに思いあたった。

力いっぱいこぶしでカウンターをたたいたとき、手は痛みを感じていなければならぬはずだった。なのに、痛みはなかった。いま、それがなぜだかわかった。彼のこぶしは、カウンターの板からはねかえるのではなく、逆に木のなかへめりこんでいた。まるで木が腐っていたかのように。

のろのろと、彼はこぶしをあげてみた。こぶしの抜けたあとのぎざぎざの穴から、ぷうんと腐朽のにおいが立ちのぼってきた。木はやはり腐っていたのだ。

炉端の女神。家庭の護り神。村。

彼はいきなりカウンターを離れると、満員のテーブルで埋まった部屋を横切り、道路側の壁に歩み寄った。そして思いきりこぶしを後ろにひくと、その磨きあげられた、精緻な木目の浮きだした羽目板を殴りつけた。

こぶしは壁板を突き抜けた。

自分のつくった穴の、その下の端に手をかけるなり、彼はひっぱった。その部分の壁板がそっくり、ぼこりととれて、床に落ちた。鼻をつく腐敗のにおいが室内にひろがった。

入植者たちは、おびえた目をみはって見まもっていた。ストロングはやにわに彼らに向きなおって、言った。「おまえたちの大事なホテルは、土台から腐りかけてるぞ。いや、おまえたちの村そのものが、そっくりぜんぶだ！」

彼は笑いだした。ライトが近づいてきて、彼の頬を平手打ちにした。

「いいかげんにしないか、トム！」

笑いがやんだ。彼は深く息を吸いこみ、心を落ち着けた。「だけどわかりませんか、ライト？　あの樹を見て？　村を見て？　いったい全体、あれだけの大きさにまで成長しうる樹は、その成長を持続させるため、そして成長したあとはまた、自分自身を維持するため、なにを必要とするでしょうかね？　栄養です。何トンも、何トンもの栄養物。そしてそのための土壌としては、どんな種類の？　動物の死骸とか、その他の廃棄物によって肥やされた土、そしてただ大規模な人間の村落のみが供給しうる人造湖や、貯水池などによってうるおされる土地。

さて、もしそうだとすれば、このような樹はいったいどういう戦略をとるか。何世紀もかかって、おそらくは何千年、何万年とかかって、いかにして人間をそばにおびきよせるかを学ぶんです。いかにして？　家を生やすことによってです。そうですとも。自分自身の根っこから、きれいな、しゃれた家を生やす――人間が見たら、つい住んでみなくてはいられなくなるような家を。これでわかったでしょう、ライト？　わかりませんか、ねえ？　なぜ、光合成以前の樹液が、樹それ自体の必要とする以上の栄養物を含んでいるのか。なぜ、光合成を経たのちの樹液が、濃厚すぎるほどの酸素と炭水化物を含んでいるのか。樹は、それ自体を維持しようとしていたんじゃない。この村全体をも維持しようとしていたんです。しかしそれも、もうこれ以上はつづけられなかった——人類の果てしない身勝手さ、果てしない愚かさのおかげでね」

ライトは頭をどやされたような顔をしていた。ストロングはその腕をとり、二人は連れだってカウンターへもどった。入植者たちの面は、灰色の土のようだった。村長はいまだにカウンターの板の、ぎざぎざのくぼみを見つめていた。

「なあおい、あんた、あんたの大事な村を救った男に、もう一杯おごる気はないかね？」

ストロングは言った。

村長は動かなかった。

ライトが言った。「古代人は、そういった生態学上のバランスのことも知ってたにちがいない——そしてその知識は迷信に転化された。その後の世代から世代へと、長らく受け継がれてきたのは、彼らの知識ではなく、迷信のほうだった。ところが、彼らの種族が成熟すると、彼らは、あまりに速く成長しすぎたほかのあらゆる種族、それらがやるのとおなじことをした。つまり、迷信を軽視し、ついには完全に捨ててしまったのだ。そしてやがて金属を使うことを覚えた彼らは、汚水処理システムを整備し、焼却炉や火葬場を造った。なんであれ樹の提供していたシステムを軽んじ、樹の根もとにあった古来の墓地を、村の広場に変えてしまった。こうして、彼らは生態学的なバランスをくつがえしたのだ」

ストロングは言った。「意図せずにね。そしてようやく気がついたときには、それをもとにもどすのには遅すぎた。樹はすでに枯死しはじめていた。そして最初の樹が枯れ、それと同時に最初の村が腐りはじめると、彼らは恐怖にかられた。おそらく、心中深く植えつけられた家への愛着があまりに強くて、家なしではどうやって生きていったらいいのか、途方に暮れるばかりだったんでしょうな。それに、目の前で家が腐ってゆくのを見ることにも、明らかに彼らは堪えられなかった。それで、北部の荒れ地に集団移住したんです。それで、あの死の洞窟のなかで、餓死するか凍死するか、でなければ集団自殺するかしたんです……」

ブルースカイズが言った。「あいつらは五千万頭もいたんだ。あの大きな、毛のふさふさした、堂々たるけものが、現在、〈大北米砂漠〉になっている、肥沃な草原に棲んでいたんだ。そして彼らを養っていた草は青く、彼らはまたその草を糞として大地に返すことによって、草をふたたび青々と繁茂させていた。五千万頭だぞ！　そして白人たちが殺戮を終えたとき、やつらは五百頭しか残っていなかった」

ライトが言った。「この村は、最後に〝近代化〟した村のひとつなんだろうな、きっと。それでも、樹は入植者たちのやってくるずっと以前から、すでに枯れかけていたのにちがいない。だからこそ、いまこの村が、こんなにも急速に腐りかけているんだ」

ストロングは言った。「樹が死ぬことで、その退化作用にはますます拍車がかかる。おそらく、あと一カ月もすれば、満足に建っている家は一棟もなくなるだろう……とはいえ、もしも彼らが、あんなにも熱心に彼らの大事な不動産を保存しようとしていなければ、樹はまだ百年ぐらいは生きのびられたかもしれん。あれだけ大きな樹が枯死するまでには、長い年月がかかるはずだからな……それにあの樹液の色――あれもいま、おれには理解できたような気がする。われわれの良心が、ないはずの色素を補っていたんだ……だけどおれは、ある意味で、彼女は……あの樹は、むしろ死にたがっていたんじゃないかと思う」

ライトが言った。「入植者の連中は、まだこの先も土地から収奪をつづけるだろう。しかし、収奪してるあいだはずっと、泥の小屋に住まなきゃならんのさ」

ストロングは言った。「ひょっとするとおれ、慈悲をほどこしてやったのかも――」

スーレが言った。「いったいあんたたち二人、さっきからなんの話をしてるんだ？」

ブルースカイズが言っていた。「五千万だぞ、ちくしょう。五千万頭だぞ！」

時をとめた少女
The Girl Who Made Time Stop

小尾芙佐◎訳

　六月のあの金曜日の朝、公園のベンチに腰かけたロジャー・トンプソンは、オーブンのなかのガチョウさながら、自分の独身主義が危機にさらされているとは少しも考えてはいなかった。それから数分後に、曲がりくねった小径をこちらへ歩いてくる、ぴっちりした赤いドレスを着た背の高いブルネット娘を見たときは、なにかがおこりそうな予感がしなくもなかったが、よもやその予感が、かれの独身生活との訣別がまもなく行なわれようという時空間の大渦巻の前ぶれであろうとはゆめゆめ知らなかった。

　長身のブルネットがベンチの真向かいにさしかかり、月並な恋物語に霊感をふきこむような椿事《ちんじ》がおこったとき、ロジャーのガチョウも、焙り焼きの危機にはまだ直面していないような形勢になってきた。女の靴のとがったヒールが舗道の割れ目にはまりこんで、女は前につんのめった。このときわれらがヒーローは、あっぱれこの場に処したのである——

―とりわけ、かれが目下研究中の、科学の詩的分析というかくべつ深遠なテーマについて瞑想にふけっていた最中で、ふだんほど女に目がいかなかったという事実にかんがみれば、である。かれは間髪を容れずに駆けより、さっと女の腰をかかえた。それから足を靴からぬいてやり、ベンチまで歩くのを助けたが、靴をぬがせるとき、女の足首からちょっとあがったところに三本の細い金色のアンクレットがはまっているのが目にとまった。

「靴はすぐとってあげますよ」とかれはいった。

その言葉にたがわず、数秒もしないうちに、靴を女のきゃしゃな足にはかせてやった。

「まあ、すみません、ミスタ……ミスタ……」と女は口ごもる。

ハスキーな声、面長な顔、赤いふっくらとした唇。グレイの瞳の、真珠のような深みをのぞいていると、なんだか墜ちていくような感覚――ある意味ではまさしくそう――におそわれ、かれはふらふらと女の横に腰をおろした。

「トンプソン、ロジャー・トンプソンです」とかれはいった。

真珠のような深淵はいよいよ深みをまして、「よろしく、ロジャー。あたしは、ベッキー・フィッシャー」

「よろしく、ベッキー」

そこまではまずまず。若者が娘にめぐりあう、娘が若者にめぐりあう。若者はぞっこん惚《ほ》れこんでしまう、娘もそれを受けいれる。二人は若い。時は六月。ロマンスの花はいままさに開こうとし、そして花は開く。ところがこのロマンスは、時の記録に決してとどめられることはなかったのだ。

なぜ？　とあなたは訊くだろう。

それはいまにわかる。


二人はその日一日いっしょにすごした。〈シルバー・スプーン〉のウェイトレスをしているベッキーは、この日がたまたま非番だった。ロジャーのほうは、レイクポート工科大学を卒業してから、これが六度目の就職活動中で、目下は毎日が非番というわけだ。その夜は、まあまあのカフェで食事をし、そのあとジュークボックスの音楽でダンスをした。ベッキーのアパートの玄関における真夜中のひとときはすばらしかった。はじめてかわしたキスはとても甘く、その感触はいつまでも唇にたゆたい、ホテルの部屋にたどりつくまで、自分のような若者が——かねがね、恋は科学者のキャリアの妨げだと思っていた若者が——これほどあっけなく、恋の深みにはまってしまったのを不思議とも思わなかった。

かれの心の眼に、あの公園のベンチは、すでに聖堂のごとく映っていた。そしてあくる朝、その聖なるものにふたたびあいまみえようと、曲がりくねった散歩道を歩いていくかれの姿が見受けられた。最後の角をまがったところで、かの女神が清めたもうた神聖なるもののその上に青いドレスの娘がすわっているのを見たときのかれの無念さは察してあまりあろう。

かれはその娘からできるかぎりはなれてベンチにすわった。娘が魅力的だったらこんな気づかいはしなかっただろう。だが娘は魅力的ではなかった。顔はたいそう細長く、脚はたいそう長かった。ベッキーの赤いドレスにくらべれば、着ているものはくすんだ色のぼろドレス、フェザーカットの赤褐色の髪は美容院に対する侮辱だった。

娘は赤い小さなノートになにやら書いていてかれには気づかないようすだ。だがやおら腕時計をちらりと見ると——まるで時刻がかれの存在を教えてくれたとでもいうように——あらためてかれのほうを見た。

おとなしそうな——びっくりしてはいても——表情で、かれが投げつけた嫌悪の表情にはそぐわない。娘がそそくさとノートに視線をもどす前に、かれは、顔にちりばめられた金色のそばかす、るりつぐみの羽の色のような目、きびしい初霜の洗礼を受けたウルシの葉の色をした小さな口もとなどを、ひと目で見てとった。もしぼくがベッキーよりおとった女を基準にしていたら、最初の反応はちがっていたかもしれない、とかれは漫然と考えた。

娘がまたこちらを見つめているのに、かれはとつぜん気がついた。

「夫婦関係《マトリモニィ》って、どういうスペルですか？」

かれはびっくりした。「夫婦関係？」

「ぞう、どういうスペル？」

「スペルはね、Ｍ－ａ－ｔ－ｒ－ｉ－ｍ－ｏ－ｎ－ｙ」

「ずみません」娘はノートの文字を訂正したのち、ふたたびかれのほうに向きなおった。

「あたしって、字をよくじらないの――ことに外国の言葉は」

「ああ、外国から来たんですね？」ひどい発音もそれでうなずける。

「ぞう。ブゼンボルグから。あなたがたが、アルタイルとよんでる星の第六惑星の南極大陸にある小ざな国。けさ地球に着いたばかりなの」

　いともあっさりと、娘がこういってのけたものだから、おそらくあなたは、アルタイルⅥというのは、このレイクポートから、太陽系第三惑星の南極大陸までぐらいもはなれていないんじゃないかと思うかもしれないし、宇宙船なんか自動車ぐらいに俗なものかと錯覚してしまったかもしれない。科学者としてのロジャーが怒るのは、さほど不思議ではない。さっそく断固戦うほぞをきめたのも、さほど不思議ではなかった。

　この場合の最善の策は、質疑応答作戦によって、この娘を水中に深く深くさそいこんでアップアップさせてしまうことだろう。

「名前はなんていうの？」とかれはさりげなく口を切った。

「アレイン。あなたのぜい（姓）名は？」

　それに答えてからかれはこうきいた。「姓はないの？」

「ええ。ブゼンボルグでは、ぜい（姓）は、一世紀も前に廃じ（止）されたの」

それはまあ聞き流すことにした。「なるほど、じゃ、きみの乗ってきた宇宙船はどこにあるの？」

「町から数マイルはなれたところに、さびれた農場があって、ぞこの納屋のぞばにおいてある。宇宙ぜん（船）の力場がざどう（作動）中は、ザイロみたいに見えるの。人間って、明白な形をもった物体は、周囲の環境を損なわないかぎり、鼻ざきにあっても、目にもとめないわ」

「ザイロ？」

「ぞう。あ——サイロね。またざじずぜぞとさしすせそを混同してしまった。あのね」と、こんどは一語一語注意深く発音して「ブゼンボルグではね、さしすせその発音にいちばん近い音が、ざじずぜぞなのよ、だから注意していないと、さしすせその発音をするつもりで、ざじずぜぞの発音をしてしまうの」

ロジャーは娘の目をじっと見つめた。しかし青い目は邪気がなく、わずかな笑みもそのおだやかな唇の線を乱してはいなかった。で、かれは、相手に調子をあわせることにした。

「きみに必要なのは、発声法の教師だな」とかれはいった。

娘は真顔でうなずいた。「でもどうやって探せばいいのかしら？」

「電話帳にたくさんのっている。だれかひとりをえらんで予約をとればいい」もしベッキーが視野に入りこんでこないうちなら、この娘《こ》の発音もかわいいと思ったかもしれないし、発声法の教師のところになど行くなと忠告したかもしれない、とかれは皮肉な思いで考えた。「ところで、話をもとに戻そうか」とかれは言葉をついだ。「きみはさっき、宇宙船を人目につくところにおいてきた、なぜなら、それが周囲の環境を損ねないかぎり、そういう明白な物体は、かえって人目をひかないものだといったね、とすると、きみが地球にいることは秘密にしておきたいんだね。そうだろう？」

「そう、そのとおりよ」

「じゃ、なぜ真っ昼間からこんなところにすわりこんで、ぼくに秘密をぶちまけるようなことをするの？」

「それはさっきの明白さの法則がひとにも適用できるからよ。あたしが、アルタイルⅥからきたのではないとみんなに信じこませる確実な方法は、あたしはアルタイルⅥからきたといいつづけることよ」

「なるほど、ま、いいでしょう」ロジャーはいさみたって作戦の第二段階にとりかかる。

「それでは、きみの宇宙旅行について考えてみよう」

かれは内心にんまりとした。これでこっちのものだと思ったのだ。ところがさにあらず、おおいに目算がはずれた。というのも、彼女を水中深く深くさそいこんでやれという計画にあたって、充分にありうる可能性をかれは見すごしていたのだ——相手が泳げるという可能性を。彼女は泳げるばかりか、科学の海に入っては、かれよりも慣れていたのだ。

一例をあげれば、進行する物体の質量と速度を考慮すると、光速には達しえない、したがって、アルタイルⅥから地球までの旅は、その距離を進む光が要する時間、つまり十六年という歳月以上の時間がかかるだろう、とかれが指摘すると、彼女はこう答えたものだ。

「あなたは、ローレンツ変換を考慮に入れてないのね。動いている時計は静止している時計より、時間の経過がおそいのよ。だから、あたしがほとんど光速で進むとしたら、数時間しかかからないのよ」

一例をあげれば、それにしても、アルタイルⅥでは十六年余という歳月は経過していくのだから、きみの家族や友達は、それだけ年をとってしまうだろうと指摘すると、彼女はこう答えたものだ。

「ええ、でもね、それはあなたが、光速には達しえないという前提に立っているからよ。じっさいは、二倍も三倍も四倍もだせるの。というのも移動しつつある物体の質量は速度に比例して増大する、ただし質量相殺装置をつかえばそれは防げる——わが国の科学者が、質量を相殺するために発明した機械だけど」

一例をあげれば、かれが、議論をすすめる便宜上、光速を超えることができる事実をみとめ、もしきみが光速の二倍と少々の速度で宇宙へ飛びだした場合、きみは時間を逆行するばかりか、旅行をはじめないうちに旅行がおわっていることになる、したがってかなり厄介なタイム・パラドックスが生じることになるがと指摘すると、彼女曰く――

「パラドックスは生じないの、なぜなら、パラドックスがまさに起きる瞬間に宇宙的時間の転移によって相殺されてしまうから。いずれにしても、もう超光速エンジンは使わないわ。前には使っていて、宇宙船にもそのエンジンが装備されているけれども、いくつもの時間転移が起こると同時に時空連続体を乱すことになるので、緊急の場合をのぞいては、それを使ってはいけないことになっているの」

さらに一例をあげれば、では、きみはいかようにして宇宙を旅してきたのかと問うと、こたえて曰く、「近道をしてきたの、アルタイルⅥのひとたちはだれでも膨大な距離を旅行したいときは、みんなこの方法を使うのよ。あなたがたの科学者が仮説をたてたように、空間はワープさせられるの、だからアルタイルⅥの科学者が開発した新しいワープ・エンジンを使えば、しろうとだって、銀河系のどこへでも、二、三日で行けるのよ」

それは使い古されたごまかしだったが、ごまかしであろうがなかろうが、否定しえない。ロジャーは立ちあがった。自分の負けとわかったからだ。

「まあ木製の流星にぶつからないようにね」とかれはいった。

「どこへ――どこへ行くの、ロジャー？」

「行きつけの酒場へ行ってサンドイッチにビールをひっかけながら、ニューヨーク対シカゴの試合をテレビで見るつもり」

「だけど――だけど、あたしをさそわないの？」

「さそわないとも。どうしてさそわなくちゃいけない？」その目はかすんだ不信の
ローレンツですら思いもよらぬ変化が彼女の目に生じ、その目はかすんだ不信の青にな青になった。彼女は不意に腕時計に目をおとした。「どうも――どうもわからない。あたしのジェットは九十を指しているのにね、八十だって高い適合性を示しているのにねえ」

大きな草の露ほどの涙がほろりと頬をつたわって、青い胸のあたりに音もなくおちた。

ロジャーのなかの科学者の部分はびくともしなかったが、詩人の部分が動かされた。

「ああ、じゃあ、よかったらいらっしゃい」とかれはいった。

酒場は表通りをちょっと入ったところにある。アルタイルのアレインの頼みで、まず発声法の教師に電話をして、午後四時半の予約をとってやってから、テレビがよく見える席に陣どって、ローストビーフをはさんだキュンメルベックのサンドイッチ二人前とビールを二杯注文した。

アルタイルのアレインのサンドイッチは、かれと同じスピードで消えていった。「もうひとつたのもうか？」とかれはきいた。

「ううん、いいの。でもこのビーフ、地球の草が葉緑素の含有量が低いわりには、とてもおいしいわね」

「じゃあ、きみのところにはもっといい草があるんだね。車やテレビももっといいものが

あるんだろう！」

「ううん、似たようなもの。宇宙旅行の驚異的発展を除いたら、工業技術はたいしてかわらないわ」

「野球はどう？　きみのところにもあるの？」

「野球ってなに？」とアルタイルのアレインは知りたがった。

「いまにわかるよ」と地球のロジャーはほくそえみながらいった。アルタイルⅥからきたふりをするのと、野球を知らないふりをするのとでは大ちがいだ。いくらもたたないうちに、ちょろりと口をすべらせて、化《ばけ》の皮がはがれるだろう。

ところが彼女は、そういうたぐいのことはいっさいしなかった。じっさい、その反応ときたら、彼女が地球外からきたという主張を強めこそすれ、弱めはしなかった。

「どうしてみんな、〝いけ、いけ、いけ、アパリシオ〟なんて叫んでいるの？」四回の裏で彼女がきいた。

「だってアパリシオは名うての盗塁王だからね。見ててごらん――いま二塁をねらってるんだ」

アパリシオはねらっていた塁を、見事ものにした。「わかった？」とロジャーはいった。

わかっていないということは、アルタイルのアレインのどぎまぎした表情でわかった。

「それはおかしいじゃない」と彼女はいった。「それほど盗塁とやらがおとくいなら、あんなところに突ったって、あんなばかげた球なんかたたいてないで、どうして一塁を盗塁しないの？」

ロジャーは呆気にとられた。「なんだ、ちっともわかってないんだな。一塁は盗塁できないんだ」

「でも、だれかがやったらどうする？　かれをあんなところに立たせておきたいの？」

「でも一塁は盗塁できないんだ。不可能なんだよ！」

「なにごとも不可能はないのよ」とアルタイルのアレインはいった。

ロジャーは不愉快になって、返事をしなかった。そして試合がおわるまで、彼女を無視した。しかしかれはホワイトソックスのファンだったので、ごひいきのチームが五対四で勝利をおさめると、不機嫌も夏の朝霧のごとく消えて、深い幸福感を味わっているうちに、発声法の教師のところまで送っていってやろうと申し出る気にもなった。みちみち、かれは、科学の詩的分析という自分の研究について語り、原子をうたった自作の十四行詩の数行を引用したりした。彼女が示した熱っぽい興味は、かれの陶酔をいっそう深めた。

「たのしかったならいいけど」発声法の教師の教室のあるビルの前までくるとかれはそういった。

「ええ、とても！」と彼女は勢いこんでノートになにやらしたため、ページをひきちぎってかれにさしだした。「あたしの地球の住所よ」と彼女はそう説明した。「今晩は、何時に電話してくださる、ログ?」

かれの陶酔はたちまちにして消えうせた。「どうして、今晩ぼくとデートするなんて思ったの?」

「そう——そうだとばかり思っていた。あたしのワジェットによると——」

「やめろよ!」とロジャーはいった。「ワジェットだの質量相殺装置だの、超光速エンジンだのと、一日きけばたくさんだよ。それに今晩はたまたま先約がありましてね、そのデートのお相手のお嬢さんというのが、ぼくがこれまで無意識に求めつづけていた、そしてきのうの朝やっと見つかった理想のひとで……」

かれは口をつぐんだ。悲しみがにわかに、アルタイルのアレインの目の青い深みをかきみだし、その口は、十一月の風に凍《こご》える、霜の洗礼をうけたウルシの葉のようにふるえていたのだ。

「あたし——やっとわかった。ワジェットは肉体の化学作用と知的性向の適合性を検出する。でも、表面的な感情の起伏を検知するほど敏感ではないのね。あたしが——あたしがくるのが一日おそかった」

「それをぼくで立証するのはむりだ。じゃブゼンボルグのみなさんによろしく」

「あの——あしたの朝、また公園に来ますか?」

かれは、断固ノウといおうと口を開いたが——そのとき二粒めの涙が見えた。それは一粒めの涙よりも大きくて、左目の目じりに、透明な真珠のように光っていた。「たぶんくると思うけど」かれは不本意ながらそういった。

「ベンチで待っている」と彼女はいった。

かれは映画で三時間つぶし、七時半にベッキーをアパートまで迎えにいった。体の線が悲鳴をあげそうなぴっちりした黒の服を着て、爪先に金具のついたとがった靴が、くるぶしに巻かれた三本の金色のアンクレットによくあっていた。かれは、そのグレイの瞳をひと目見ただけで、今夜のうちに彼女にプロポーズするだろうということがわかった。

二人は同じカフェで食事をした。食事がなかばにさしかかったころ、アルタイルのアレインが、身なりだけはエレガントな、物ほしそうな痩せた顔の、ぼさぼさの長い髪をうしろで束ねている若者の腕にすがって入ってきた。ロジャーは椅子からころげおちそうになった。

彼女はたちまちかれに気づき、連れの男性を従えたまま、かれのテーブルにやってきた。「ロジャー、こちらアシュリー・エイムズよ」と彼女は興奮気味にいった。「発声法のお稽古がつづけられるようにってお食事にさそってくださったの。このあとアパートに案内してくださって『ピグマリオン』の初版本を見せてくださるんですって」そのときようやくベッキーの姿に気づいて、あっと驚いた顔をした。彼女の視線はやにわに床のほうにおち、テーブルクロスのかげからのぞいているベッキーのほっそりしたくるぶしに注がれたが、ふたたび目をあげたときには、目の色は青からグリーンに変色していた。「三人ものにして、あとひとりか」と彼女はいった。「あんたたちのひとりだって知ってたらねえ！」

ベッキーの目も変態をとげていた。グレイが黄色になった。「最初に見つけたのはあたしよ、ルールはわかっているでしょ。だから、ほっておいて！」

「行きましょ」アルタイルのアレインは、すぐうしろで物ほしげに、いまにも襲いかかりそうなアシュリー・エイムズに高飛車《たかびしゃ》にいった。「地球にはここよりましなレストランがあるはずよ！」

ロジャーは当惑顔で二人を見送った。そのときかれの頭にうかんだことといえば、赤頭巾ちゃんと狼だった。「彼女を知っているの？」とかれはベッキーにたずねた。

「〈シルバー・スプーン〉にときどきやってきて、よその惑星に住んでいるとかなんとか、くだらないことばかりいっている宇宙狂よ。話題を変えない？」

ロジャーはそうした。食事がすむとベッキーをショウへ連れていき、そのあと、公園で散歩しないかとさそってみた。彼女はかれの腕をきゅっとつかんで雄弁な答えをした。あの聖なるベンチは、清浄な月光の小湖にうかぶ島さながらに横たわり、かれと彼女は、鉄細工の岸辺へと銀色の浅瀬をわたり、ゆるやかに傾斜するベンチの丘にすわった。二度目のキスは、はじめのキスを兄妹でかわすキスかと思わせるほどで、唇をはなしたとき、かれはもう二度ともとの自分にもどれないことを知ったのだった。

「結婚してくれる、ベッキー？」とかれはだしぬけにいった。

彼女はかくべつ驚いたようすもない。「ほんとにあたしと結婚したい？」

「もちろんさ！　仕事がきまればすぐにでも――」

「キスして、ロジャー」

彼女のアパートの玄関に立つまで、かれは、この話題にはたちもどらなかった。

「むろん結婚するわ、ロジャー」と彼女はいった。「あした田舎へドライブにいって計画をたてましょうよ」

「いいとも！　じゃあ、車を借りて、ランチを食べて――」

「ランチの心配はいらないわ。二時にお迎えにきて」彼女がはげしくキスしてきたので、かれの爪先が宙にういた。「おやすみ、ロジャー」

「じゃ、あしたの二時に」かれは息がつけるようになるとそういった。

「お部屋でカクテルでもどうかしら」

ホテルへ戻るみちみち、かれの足は地につかなかった。だが夜勤のフロントの男がわたしてくれた手紙を読んだとたん、いきなり地面にひきもどされた。手紙の文章は、これまで書いた五通の願書に対する返事と言葉づかいは異なっていても要点は同じだった。「電話は不要、当方から電話する」

かれはしおしおと部屋にあがると、服をぬいでベッドにもぐりこんだ。たてつづけに五度も失敗したなら、六度目の面接官には、科学の詩的分析について話すより、もっとましなことを話すべきだということぐらいわかってしかるべきだ。現代の企業が望んでいるのは、小宇宙にシンメトリイを求めようとやっきになっている詩人ではなく、もっとたしかなあるがままの現実を頭につめこんでいる人物なのだ。しかし、いつもながら、かれの情熱が、自分を押し流してしまうのだった。

ねむろうとしてもなかなか寝つかれなかった。やっと寝ついたと思うと、淡青色の服の少女と、ブルックス・ブラザーズのスーツを着た狼と、黒いはちきれそうなドレスをきた魔女がでてくるこみいった長い夢を見た。

よくあさ公園へ行ってみると、アルタイルのアレインは言葉どおりあのベンチにすわっていた。「こんにちは、ログ」と元気よくあいさつする。

かれのほうはむっつり顔で、彼女の横に腰をおろした。「アシュリーの初版本はどうだったの？」

「まだ見せてもらってないの。ゆうべは、お食事がすむと、あたしとっても疲れたので、まっすぐ家まで送ってもらったの。今晩見せてくれるのよ。かれのアパートで、ろうそくの明かりでお食事をすることになっているの」彼女は、ちょっといいよどんでいたが――ものすごい早口でこういった。「彼女はあなたにふさわしくないわ、ログ。ベッキーのことだけど」

かれは、背筋をぴんと伸ばした。「なんでそんなことをいうんだ?」

「あたし──実はね、ゆうべフレグリンダーであなたを追跡したのよ。見たり聞いたりしたい人物にビームをむけるテレビ受信装置なの。ゆうべ──ゆうべね、あなたとベッキーにビームをむけたのよ」

「ぼくたちをつけたというのか! きみは、のぞき屋か──」

「どうか怒らないで、ロジャー。あたし、あなたのことが心配でたまらなかったの。ああ、ログ、あなたはムッゲンボルトからきた魔女にたぶらかされているのよ」

そこまで聞けばたくさんだった。かれはすっくと立ちあがったが、彼女に腕をつかまれ、ひきもどされた。「まあ、聞いてよ、ログ。まじめな話なのよ。彼女があたしのことをなんていったか知らないけれど、なにをいったにせよ、それはでたらめよ。ムッゲンボルトの女ときたら、残酷で、手管《てくだ》にたけていて、よこしまな目的を達するためには、なんだってするのよ。あたしたちブゼンボルグの女たちのように、宇宙船で地球へやってきたの──ただ彼女たちの船は二人乗りじゃなくて五人乗りなの──適当な名前をつけて、男が大勢出入りするようなところに就職して、それから夫四人という割り当て数を、こなしにかかるの──」

「きみは、真っ昼間からこんなところにすわって、ぼくが結婚しようとしている相手は、夫を四人もかきあつめるためにやってきたムッゲンボルトの魔女だというつもりか？」

「そう――四人かきあつめて、ムッゲンボルトへ連れてかえるのよ。あのね、ムッゲンボルトというのはね、アルタイルⅥの赤道の近くにある小さな女系国家で、あそこの結婚制度は、あたしたちのとちがうように、あなたたちのともちがっているのよ。ムッゲンボルトの女がムッゲンボルトの社会に受けいれられるためには、夫を四人もたなければならないの、ところがムッゲンボルトには、もうそんなに男がのこっていないから、よその惑星にさがしにくるわけなの。でもそれだけじゃない。四人つかまえたらムッゲンボルトへ連れかえって、一日に十二時間、クリッチ畑で働かせて、自分たちは一日じゅう、クーラーのきいたバークン材の家で、ルーテンスーツーガの実をボリボリ食べながらテレビを見てるのよ！」

　こうなるとロジャーも怒るより、おもしろくなってきた。「で、その夫たちはどうなの？　おとなしくいわれるとおりにして、妻をほかの三人の男と共有していても平気だというんだね！」

「わかっちゃいないのね！」アルタイルのアレインは刻一刻といきりたってくる。「夫側に選択の余地はないのよ。かれらはたぶらかされているんですからね――ベッキーがあなたをたぶらかしているように。彼女に結婚してくれってたのんだのは、自分の意志だと思っているの？　それが、そうじゃないのよ！　それは彼女の意志で、催眠術を使ってあなたの心に植えつけたのよ。グレィの光る目に気がつかなかった？　あれは魔女よ、ロジャー、ひとたび、がっちりとあの手につかまれたら、あなたは一生彼女の奴隷になるのよ。もうだいたいものにしたと思っているにちがいないわ、さもなきゃ、今日、あなたを彼女の宇宙船に連れていきはしないわ！」

「ほかの三人の夫候補はどうするの？　田舎へドライブにいくぼくたちにくっついてくるのかい？」

「まさか。かれらはもう船の中よ、すっかりたぶらかされて、彼女を待っているわ。彼女の足首に、三本のアンクレットがはまっていたでしょ？　あれは彼女が仕とめた男の数をあらわしているのよ。ムッゲンボルトの古い習慣なの。おそらく今日は四本はめているでしょうね。毎年地球から消えていく男たちが、ほんとはどうなっているか考えたことはないの、ロジャー？」

「ああ、ないね。ただひとつだけ不思議に思うことがあるよ。きみこそ地球へなにしにやってきたの？」

アルタイルのアレインのるりつぐみのような青い目は伏せられた。

「あたし――あたしがきたのはね、あのね、ブゼンボルグでは、男が女を追いかけるかわりに、女が男を追いかけるの」

「アルタイルⅥじゃ、それがふつうの手口らしいね」

「そのわけは、ムッゲンボルトばかりじゃない、惑星全体にわたって男が払底しているからなの。押しボタン方式の宇宙船ができてからは、ブゼンボルグの女もムッゲンボルトの女と同じように、その船を賃借りして、よその惑星に夫さがしに出かけるようになったのよ。それから、ブゼンボルグの女子校でもムッゲンボルトの女子校でも、よその星の言葉や習慣を教えるようになったの。情報はかんたんに手に入るのよ。アルタイルⅥの世界政府は、地球や地球型の惑星に、数年前から、文化人類学研究班をひそかに送りこんでいるから。だから、われわれは、あなたがたが宇宙旅行をマスターして、超惑星連盟の一員となる資格を得たあかつきには、あなたがたと接触する準備はしてあるんです」

「ブゼンボルグの夫の割り当て数は？」とロジャーは皮肉たっぷりにいった。

「ひとりよ。だからブゼンボルグの女は、ワジェットを携帯しているの。あたしたちはムッゲンボルトの女とはちがうのよ。彼女たちはどんな男をつかもうと気にしないの、面《つら》の皮があついから。でもあたしたちブゼンボルグの女は気にするわ。とにかくワジェットが九十を示したら、あたしとあなたは、おたがいに理想のカップルというわけなの。それであなたと話をはじめたのよ。あたしはあのときあなたがすでにたぶらかされているとは知らなかった」

「きみのワジェットが正しかったとしよう。それからどうする？」

「ええ、むろん、あなたをブゼンボルグへ連れてかえるわ。ああ、あなただって、あそこが気にいるわ、ログ」と彼女はまくしたてる。「われわれの企業は、あなたがやっている科学の詩的分析にはとびつくと思う。仕事なんかどっさりとあるし、それからあたしたちの家は建ててもらえるし、そこにおちついて、それから、あの——子供を——」彼女の声は次第に悲しげになる。「でもたぶんアシュリーぐらいで我慢しないといけないのね。かれはワジェットでは六十しか示さないけれど、六十ならゼロよりまし」

「今晩、かれのアパートに行ったら、かれがきみと結婚して、ブゼンボルグへついていくと信じこむほどきみはうぶかねえ？」

「とにかくやってみるよりしようがないわ。宇宙船は一週間しか借りられないの、お金がなかったから。あたしのこと、なんだと思ってるの——ムッゲンボルトの金持ちの魔女だとでも？」

彼女は目をあげた。その目に、まやかしの色を見ようとしたがむなしい努力だった。彼女をなんとか罠にかける方法があるにちがいない。タイム・パラドックスの罠も、野球の罠もうまくかわされたが——

ちょっと待てよ！　タイム・パラドックスの罠は、すっかりかわされたわけではないかもしれない。もし彼女がほんとのことをいっているのだとしたら、そしてベッキーにとってかわりたいと本気で思っているのだとしたら、そして超光速エンジンをほんとにもっているのだとしたら、彼女は、袖の中のとてつもない切り札を見のがしていることになる。

「きみ、ミス・ブライトをうたった五行戯詩《リメリック》を知らないか？」彼女はかぶりをふる。「こういうんだ」

ブライトという娘がおってさ
その速さときちゃ、とんでもない超光速
ある日、特殊相対性でとびだして
戻ってきたら、
きのうの晩だったとさ

〈アーサー・H・R・ブラー作Ⓒ〈パンチ〉〉

「ちょっと考えてみよう」とロジャーはいった。「ぼくは、きみに会う二十四時間とちょっと前にベッキーに会った、きみと会ったのと同じように――いますわっているこのベンチで会った。だから、もしきみが真実を語っているのだとしたら、なにも問題はないはずだ。きみがしなければならないことは、きみが最初に地球に到着したよりも二十四時間早く、地球に戻ってこられるような超光速で、アルタイルⅥまで往復してくればいいんだ。そうすればきみは、ぼくがすわっているベンチのほうに、舗道を歩いてくることになるし、もしきみのワジェットが、ちょっとでも信頼できるしろものなら、きみがぼくに対して感じているのと同じような気持を、ぼくはもつだろう」

「でもそれじゃ、タイム・パラドックスが生じるわ、そして宇宙は、それを補正するために時間転移を行なわなければならないわ」とアルタイルのアレインは反論する。「あたしがほぼ光速に近い速度をだした瞬間に、パラドックスの生じる限界に達して、時間が、バーンとひっくりかえる！　そしてあなたもあたしも、その宇宙の中にいるみんなは、パラドックスが生じた瞬間にひきもどされて、過去数日間の記憶がなくなってしまうのよ。あたしはあなたに会ったこともないし、あなたはあたしに会ったこともなくなって――」

「それからぼくはベッキーに会ったこともなくなるわけだ。それ以上なにがおのぞみかな？」

彼女はまじまじとかれを見つめた。「まあ――ほんと、うまくいくかもね。まるで――まるでアパリシオが一塁を盗塁するようなものね。ちょっと待って、あの農場までバスで行けば、一時間足らずであそこへつくわね。それからグロジェルを推力2にあわせて、ボルクを――」

「ああ、たのむ、もういいかげんにしてくれよ！」とロジャーはいった。

「しーいっ！」とアルタイルのアレインはいった。「考えているんだから」

かれは立ちあがった。「じゃあ、考えろよ！　ぼくは部屋にかえって、ベッキーとデートする支度をするんだから！」

かれは憤然と歩きだした。部屋にかえると、いちばん上等の服をベッドの上に出した。ゆっくりと髭をあたり、シャワーを浴び、時間を充分にかけて身支度をした。それから部屋を出るとレンタカーを借りて、アパートまで行った。ベッキーの部屋のベルを押したのはちょうど午後二時だった。シャワーを浴びているところだったらしい、ドアを開けてくれた彼女は、バスタオルと三本のアンクレットを身につけていただけだった。いや、アンクレットは四本だ。

「いらっしゃい、ロジャー」と彼女はやさしくいった。「お入りなさいな」

かれは勢いこんで中へ入り、そして——

バーン！　と時間がひっくりかえった。

六月のあの金曜日の朝、公園のベンチに腰かけたロジャー・トンプソンは、オーブンのなかのガチョウさながら、自分の独身主義が危機にさらされているとは少しも考えてはいなかった。それから数秒後に、曲がりくねった小径をこちらへ歩いてくる、青いドレスのかわいいブロンド娘を見たときは、なにかがおこりそうな予感がしなくもなかったが、よもやその予感が、かれの独身生活との訣別がすでにはじまっていた時空間の大渦巻の前ぶれであろうとはゆめゆめ知らなかった。

そのかわいいブロンド娘は、ベンチの向こうはしにすわって、赤い小さなノートをとりだすとなにやら書きはじめた。やがて彼女は腕時計をちらりと見た。するとびっくりしたように顔をあげて、かれのほうを見た。

かれもあたたかな視線をかえした。そして顔にちりばめられた金色のそばかすと、るりつぐみの羽の色のような目と、きびしい初霜の洗礼を受けたウルシの葉の色をした小さな口もとを見た。

ぴっちりした赤いドレスを着た背の高いブルネットがこちらへやってきた。ロジャーは彼女にはほとんど気づかない。彼女はベンチの真向かいまでやってくると、靴のとがったヒールが舗道の割れ目にはまりこんで、前につんのめった。彼女は靴をぬいで、かがみこむと、両手で靴をひっこぬいた。そしてその靴をはくと、かれのほうをじろりとながめてそのまま歩きだした。

かわいいブロンド娘はふたたびノートに視線を移していた。やがて顔をあげた。ロジャーの心臓は三度とんぼがえりをして、一度だけアントルシャ（バレエ用語でとびあがって踵をうちあわせること）をした。

「夫婦関係《マトリモニィ》って、どういうスペルですか？」と娘はいった。

花崗岩の女神

Goddess in Granite

岡部宏之◎訳

I

前膊部上部の尾根に着いた時、マーテンは休息を取った。これまでの登りで息が切れたわけではないが、顎までまだ数キロあるので、最後に顔へ登るのに備えて、力を貯えておきたかったのだ。

振り返って、今まで登ってきたところを見降ろすと——先細りになった前膊の尾根がゆるやかなスロープを描き、幅一・五キロの手の平に続いている。そこから、花崗岩の巨大な女の指が、切り刻まれた岬のように水の中に突き出している。人さし指と親指のあいだの入江には、借りてきたモーターボートがぷかりぷかりと浮いているのが見え、入江の向こうには、まぶしい南の海が広々とひらけている。

マーテンは背中の荷物をゆすりあげると、くもの巣ベルトにつけた登山用具を点検した——安全ホルスターに入ったピトン・ピストル。予備のピトン弾クリップ。酸素錠と水筒を入れた気密袋。ひと通りそろっているのを確かめると、水筒の水を惜しそうに飲み、もとの冷蔵ケースにもどした。それから、タバコに火をつけ、朝空に煙を吐きだした。

雲ひとつない濃紺の空。そして、その青空からはおとめ座アルファ星がまぶしく輝き、〈乙女《おとめ》〉という名で知られている、女体そっくりの山脈の上に、熱と光をそそいでいる。

彼女は仰向けに横たわり、青い湖の目が永遠に天空を見つめていた。マーテンのいる前膊部の景勝の地から、乳房の二つの山がよく見えた。かれはそれらをじっくりと眺めた。胸板の部分から二千四百メートルぐらいはそびえているだろう。だが胸板そのものが海抜三千メートルはたっぷりあるから、本当の高さは五千四百メートルをこえるだろう。だが、マーテンはへこたれなかった。登りたいのは、その山ではなかったから。

やがて、雪をかぶったその山頂から目を落してマーテンは登攀《とうはん》を再開した。花崗岩の尾根はしばらく登りになり、それから、ゆるやかに下って、しだいに幅を広げながら、まろやかな上腕の関節に連なっている。ここまでくると〈乙女〉の頭部のすばらしい眺めが開ける。といっても、まだ横顔が見える高度ではない。この距離から眺めると、三千三百メートルの頰の絶壁がものすごい。そして、髪の毛の正体がはっきりする——広大な森林が荒々しく低地までなだれ落ち、がっしりした肩のまわりから、海のあたりまで広がっている。今は緑色だが、秋は褐色に、それから金色に、そして冬には黒くなる。

何世紀もの神雨も、上腕の優雅な輪郭をそこなってはいない。まるで高い遊歩道でも歩いているようだ。マーテンはずんずん進んだが、まだ肩のスロープにかからないうちに、昼ちかくなってしまった。そして、〈乙女〉の大きさをひどく過小評価していたことを悟った。

肩のスロープは、自然の侵食作用をいくらか強く受けていた。それで、浅い谷間に道を取ったり、岩の割れ目をさけたりしながら、ゆっくり登らなければならなかった。花崗岩は、ところどころ別の種類の火成岩にかわっていたが、〈乙女〉の体全体の色調には影響はなかった――桃色がかった灰白色で、人間の皮膚の色に、おどろくほどよく似ている。

いつのまにか、マーテンはこれを作った彫刻家たちのことを考えていた。これまでも、なんどとなく考えたのだが、かれらはいったいなぜ、こんな彫刻を作ったのだろう。この問題は多くの点でエジプトのピラミッドとか、サクサファマンの砦、バールベックの太陽の神殿などの、地球上の謎に似ている。第一に、解決不能である。たぶん永久に解決できないだろう。なぜなら、おとめ座アルファ星第四惑星に住んでいた古代の種族は、何世紀も昔に絶滅したか、ほかの星に移住したかどちらかなのだから。どちらにしても、かれらは記録を残していない。

しかし、この二つの謎は根本的に異っている。ピラミッド、砦、太陽の神殿のことを考える時には、それらをなぜ作ったかということは問題にならない――問題はどうやって作ったかということだ。〈乙女〉の場合にはこの逆になる。彼女はもともと自然現象――巨大な土地の隆起——として誕生したのだった。そして、実際に彫刻家たちがやったことは、その労力は、たしかに途方もないものであったろうが、要するに、最終的にちょっと手を加えて仕上げをしたことと、何世紀にもわたって目の人造湖に海から水を供給し続けた、地下の自動給水装置を取りつけたことだけなのである。

そして、たぶん、ここに答がひそんでいるだろう、とマーテンは思った。もしかしたら、かれらの唯一の動機は、自然に改良を加えたいという欲望だったのかもしれない。五十人もの地球の考古学者たちが（だれ一人実際に彼女を見てはいないのだが）五十冊もの専門書で仮定した神智学的、社会学的、心理学的動機などに、なんの根拠もないのは明らかだった。おそらく、答は単純な……

肩のスロープの南側の部分は、中央や北側よりも侵食が少ないので、マーテンはじりじりと南の縁に近づいていった。〈乙女〉の左側の眺望がすばらしかった。その壮麗な、紫色の陰影をおびた断崖絶壁が、地平線の果てまでえんえんと連なっているのを、マーテンはうっとりと見つめた。肩のスロープとの接点から八キロ先で、断崖は急にくびれて腰になり、さらに四・八キロ先で、ぐっと張り出して、左の尻になる。そして、遠方の紫色のもやに呑《の》みこまれる寸前で、太腿の壮大なカーブが始まるのであった。

肩はとくにけわしいわけではなかったが、頂上に着いた時には、マーテンの胸は苦しく、唇は乾いていた。かれは休むことにきめ、荷物を降ろし、それによりかかってすわった。

そして水筒を口にあてて、冷たい水をたっぷり飲み、またタバコに火をつけた。

こんどの高台からは〈乙女〉の頭がずっとよく見えた。かれは魅せられたように、それを見つめた。もちろん、顔の高原はまだここからは見えない――花崗岩の高い鼻の先は別として。だが、頰と顎の細部はくっきりと見えた。頰骨は山の丸い突出部が受けもっており、その曲線は変化するともなく変化して、頰の縁の斜面に続いている。誇り高き顎は、ものすごく切り立った絶壁そのものだった――首の優雅な尾根にくらべて――こいつはひどすぎる、とマーテンは思った。

だが、細部まで入念に仕上げようとした制作者の意図にもかかわらず、このような至近距離から見ると、〈乙女〉は、かれらが狙った美しさや完璧さとはほど遠いものだった。なぜなら、頰、髪、乳房、遠い太腿の輪郭など、いちどにほんの一部分しか目に入らないからである。しかし適当な高度から眺めれば、事情は一変する。一万六千メートルの高度からでも、その美しさは感じ取れる。二万三千メートルでは疑うべくもない。だが、もっと高く昇らねばならない――最適高度まで昇って、はじめて――制作者が意図した姿を眺めることができるのだ。

マーテンの知るかぎりでは、その高度を発見し、彼女の本当の姿を見たのは、ただ一人、地球人であるかれだけだった。その位置から見ると、〈乙女〉は独得の美しさを持った生身の存在として現出するのだ――その生々しい美しさは忘れ難く、これに匹敵するものを、地球でも、ほかの場所でも、かれは見たことがなかった。

マーテンが彼女から受けたショックは、おそらく唯一の目撃者だったということが、多少関係しているであろう。そして、当時かれがたった二十歳だったということも。二十歳か、かれはしみじみ思った。もう今は、三十二歳だ。だが、その間の歳月は一枚の薄いカーテンにすぎない。かれはそのカーテンを、もう千回も開いている。

今また、それを開くのだ――


母親の三度目の結婚のあと、マーテンは宇宙船員になる決心をし、大学を中退して、恒星間宇宙船ユリシーズ号の船室給仕《キャビン・ボーイ》の職を得た。ユリシーズ号の行く先は、おとめ座アルファ星第四惑星だった。埋蔵鉱物資源の地質図を作るのが目的だった。

もちろんマーテンも、〈乙女〉の噂は聞いていた。なにしろ、宇宙七百不思議のひとつにかぞえられていたのだから。だが、そのことは二度と思い返すようなことはなかった――周回軌道にのったユリシーズ号のメインポートから、その姿を見るまでは。だがそれからあとはなんども〈乙女〉のことを思い浮かべた。そして、着陸後数日たつと、船の救命艇を無断借用し、探険に出かけた。この探訪旅行から帰って、かれは一週間の禁固刑を受けたが、気にもしなかった。〈乙女〉にはそれだけの価値があったからだ。

はじめて〈乙女〉の姿が見えた時、救命艇の高度計は一万六千メートルを指していた。

かれはその高度を保ったまま接近した。やがて、すねの尾根と太腿が、じりじりと目の下に迫ってきた。それから、腹の白い砂漠、へそのデリケートなくぼみ。乳房の二つの山の上にさしかかり、顔の高原が見えてきた。その時になってやっと、艇を上昇させれば、もっとずっとよく見わたせるだろう、ということに気づいた。

水平モメントを解除し、上昇ボタンを押すと、艇は急上昇した。一万八千メートル、一万九千……二万。まるで望遠鏡のピントを合わせていくみたいだ。二万四千……胸がどきどきする。二万七千……酸素計は正規の圧力を示しているが、マーテンはほとんど息ができないくらいだった。

三万……三万一千――まだ高度は充分でない。三万一千百……〝おう、わが愛するものよ、そなたの麗《うる》わしきことテルザのごとく、華《はな》やかなることエルサレムのごとく、恐るべきこと旗をあげたる強者《つわもの》のごとし……三万一千四百六十……そなたの膝は宝石のごとし、名工の手にて刻《きざ》まれ〟……三万一千四百八十……

かれは目を据えながら、上昇ボタンを強く押し続けた。もはや、まったく息がつけなかった――初めてだというわけではないが、恍惚の瞬間だった。こんなに美しい女性は見たこともない。季節は早春で、髪は黒く、目は春の青空の色だ。そして、顔は暖い同情の表情をたたえており、唇の赤い岩は、優しくほほえむようにカーブを描いている……

彼女は海のほとりに、身動きもしないで横たわっている。永遠に日光を浴びて暖まっている水辺には、ガリヴァーの巨人国《ブロブディンナグ》を思わせる美しさがただよっていた。荒れはてた低地は、夏の浜辺。近くの町の輝く廃墟は、彼女の耳から落ちたイヤリング。海は、夏の湖。救命艇は、その上を舞う金属のかもめ——

そして、かもめの透明な腹の中にすわっているのは、二度ともとに戻ることはない極微の人間……

マーテンはカーテンを閉めた。だが記憶の残像が消えるには、いくらかの時間がかかった。やっと、それが消え失せた時、マーテンの目は、遠くの〈乙女〉の顎の断崖をおびえたように見つめていた。高さをざっと見積ったところ、崖の尖端、つまり山頂はだいたい頬の絶壁と同じレベルだった。海抜三千三百メートルだ。だから、顔の高原に登る距離は、それから首の尾根の高さを差し引けばよい。首の尾根は二千四百メートルぐらいだから、三千三百マイナス二千四百は九百——

九百メートルだ!

とてもだめだ。たとえ、ピトン・ピストルがあっても、だめだ。勾配は上から下まで、垂直だし、今すわっている位置から見たところでは、花崗岩の表面に、ひびひとつ、割れ目ひとつ見当らない。

絶対にむりだ、とマーテンは思った。試みようとするだけでも馬鹿げている。命をおとすことにもなりかねない。たとえ登れたとしても、たとえ、顔の高原まで、磨きあげた絶壁を登れたとしても、降りてくることができるだろうか？　たしかに、ピトン・ピストルがあるから、降りるのは比較的やさしいだろう。だが、充分な体力が残っているだろうか？　おとめ座アルファ星第四惑星の大気は三千メートルをさかいに、急激に稀薄になる。そして、酸素錠が効いているあいだは、ごくかぎられた時間だけ、平気でいられることはいられるのだが、それが切れたら——

だが、こんな議論は、とうの昔にすんでいる。マーテンにとって、すでに百回も、千回も自問自答した問題だった……マーテンは、断固として立ちあがった。背中の荷物を揺りあげ、海に突き出している女巨人の指までの、十数キロの腕のスロープを、これを最後とばかりに見降ろした。それから、首の尾根のつけ根に向かって、胸の上部の台地を歩き始めた。

II

二子山の中間のなだらかな鞍部《あんぶ》に着いた時には、太陽はとっくに子午線を過ぎていた。鞍部特有の風がスロープを吹き降り、台地を吹きわたっていった。その風に、よい匂いが混っているところをみると、山頂には花が咲いているにちがいない——雪が柔らかく積もった高い山頂に咲くのは、たぶんクローカス、あるいはそれに相当する、この星の花だろう。

なぜ、おれは二子山に登りたくないのか？　なぜ、高原でなくてはならないのか？　あの山のほうが登るのは難しい。だから、それだけ挑みがいがある。ではなぜ、高原に魅かれて、そちらを捨てるのか？

マーテンにはわかっていた。あの山の美しさは浅薄なものだ。高原のような、深い意味のある美しさに欠けている。たとえ千回登ったところで、自分が求めているものは得られないだろう。なんといっても高原だ――青く美しい湖があるんだから――あれがなければ登る必要はない。

かれは二つの山から目をそらし、首の尾根に通じる長いスロープに注意を向けた。勾配はゆるやかだが、かえって油断できない。かれはゆっくりと進んでいった。ひとつ足を滑らせたら、転げ落ちる。しかも、つかまって止まる場所はない。気がつくと、息が切れていた。マーテンは不思議に思ったが、やがて高度のせいだとわかった。だが、酸素錠にすぐ飛びつきはしなかった。もっとあとで、どうしても必要になるだろう。

尾根に着いたころには、太陽は午後の行程をなかば終えていた。だがマーテンはあわてなかった。今日じゅうに顎の断崖を攻めるという考えは、すでに捨てていたのだ。最初のうちは一日で〈乙女〉を征服できると、想像していたのだが。

どうやら、最低二日はかかりそうな形勢だ。

尾根の幅は一・六キロ以上あり、カーブはほとんど認められなかった。マーテンはかなりの距離を稼いだ。進むにつれて、顎の断崖がしだいしだいに高く、のしかかってくるのを感じたが、そちらは見なかった。見るのが恐かったのだ。だが、しまいには、空をなかば隠すほどに、崖は目前に迫ってきた。そして、いやおうなしに見なければならなくなった。喉の花崗岩のふくらみから目を上げて、行く手に立ちはだかっている、途方もない岩壁に、目のピントを合わせなければならなくなった。

行く手の壁は荒涼としていた。ひびも、割れ目も、出っぱりもなく、手がかりも足がかりもない。ある意味で、マーテンはほっとした。なぜなら、顎の断崖を登る方法がないということは、登ることができないということなのだから。だが、ある意味では、ひどくがっかりした。顔の高原に登ることは、単なる野心どころか、ひとつの強迫観念になっていた。しかも、それに要する肉体的な努力、危険、障害——すべてがその強迫観念の不可分な構成要素になっていたのだから。

その気になれば、今まで登ってきた道を、腕からモーターボートまで引きかえして、隔離コロニーに戻ることもできるし、ボートを借りたのと同様、ごく容易に気難しく無口な先住民から飛行器《フライヤー》を借りることもできるだろう。そうすれば、離陸後一時間たらずで、顔の高原に降りられる。

だが、それではだますことになる。マーテンはそれを考えていた。〈乙女〉をだますのではなく、自分自身をだますことになるのだ。

道はもうひとつある。だが、前に検討した時と同じ理由でマーテンはこんどもしりぞけた。〈乙女〉の頭のてっぺんの地質は未知数だ。そして、髪の毛になっている樹木のおかげで、登りが容易になるとしても、距離は、顎の断崖の高さの三倍をはるかに超えている。しかも、勾配はおそらく垂直に近いだろう。

だめだ、顎の断崖を登るか、やめるかだ。いまの形勢では、どうやらやめることになりそうだ。だが、まだ崖のほんの少しの部分しか調べていないと考えて、みずからを慰めた。ひょっとしたら、外側の部分に、もっと見込みのある場所があるのではなかろうか。ひょっとしたら――

マーテンは頭を振った。希望的観測はなんの役にもたたない。希望を持つのは、登る方法が見つかってからでよい。それ以前ではなんにもならない。かれは断崖の基部をずっと見わたし、それから、じっとたたずんでいた。こうして、もの凄い壁を眺めて、たたずんでいる間に、おとめ座アルファ星はいつのまにか夕焼けの映える海に沈み、東の空にはすでに一番星が光っていた。そして、〈乙女〉の乳房の色は金色から紫色に変わっている。

マーテンはしぶしぶ、調査を明日にのばすことにきめた。結果的には、それがよかった。スリーピング・バッグを広げないうちに、まっくらになり、同時に、宇宙じゅうに悪名の高い、この星の突きさすような寒さが襲ってきた。

　マーテンはスリーピング・バッグのサーモスタットを入れると、服を脱いで、暖まったバッグの中にもぐりこんだ。そして、夕食にビスケットをかじり、水筒の水をふた口飲むことにした。ふと、昼食を食べなかったこと――そのくせ空腹も感じなかったこと――を思い出した。

　今とまったく同じことを、以前にしていたような気がする。一種の既視感覚《デジャ・ヴュ》だ。だが、その関連は、あまりにあいまいで、いつのことだったか、しかと突きとめられない。いずれ、そのうちに思い出すだろうが。しかし、ある体験が、連想の糸をたぐっていくと別の体験に結びつくように見えながら、最初の関連がどうしても思い出せないということが、人間の心にはあるものだ。

　マーテンは星を見つめながら、横たわっていた。その横には、〈乙女〉の顎の黒い塊《かたまり》が、そそり立ち、空を半分隠していた。淋しく、恐い気持がしそうなものだが、そうではなかった。マーテンは安らかに護られているように感じ、長いあいだ味わったことのない満足感を覚えた。

　見慣れぬ星座が、手をのばせば届きそうに見える。どう見ても、馬に乗った男だ。その男は肩に細長いものをかついでいる。見かたによって、なんにでも見立てられる――まあ、ライフル、それとも杖か。釣り竿でもよかろう。

マーテンには、大鎌のように見えた……

かれは寝返りを打ち、自分だけの小さな熱のオアシスを楽しんだ。〈乙女〉の顎も、いまは星明かりを浴びて柔らかく見える。そして、夜は柔らかく静かに壮麗に眠っている……あれは自分の文章だった、とかれは夢うつつで思った――『起きよ、恋人！』という題名で、十一年前につづった、あの幻想的な言葉のごった煮の一部だ。名声と富と――そしてレリアをもたらした、あの本の一部だ。

レリア……ずいぶん昔の女に思える。ある意味では、たしかにそうだ。しかし同時に、ある意味では、不思議に、生々しく、ほんのきのう会った女のようにも思える――

最初に出会った時、彼女は、当時オールドヨークでひどく流行していた古風な小さいバーのなかに立っていた。ひとりぼっちで、背が高く、黒く、女神のように立ったまま、こんな女は宇宙の中に掃いて捨てるほどいる、とでもいうような風情で、午後の飲み物をすすっていた。

彼女がこちらを向く前から、きっと青い目をしているだろうなと、マーテンは思っていた。すると、やはり青だった。春の山の湖の青さを帯びた青、愛されることを待っている女の美しさを表わす青だった。

マーテンは、今やらなければチャンスはないと感じて、思い切って歩み寄り、その横に立ち、一杯おごらせてもらえるだろうか、と尋ねてみた。

おどろいたことに、彼女は承諾した。マーテンの顔を知っていたのに、彼女はしばらくのあいだ、そのことを打ち明けずにいた。当時マーテンは、自分がオールドヨークで名士になっていることに気づかないほどうぶだったのだ。うかつな話だった。かれの小説は大成功をおさめていたのに。

その作品をものしたのは前年の夏だった——それは、宇宙船ユリシーズ号がおとめ座アルファ星第四惑星から帰ってきた夏であり、宇宙船員になりたいという熱が永久にさめて、船室給仕《キャビン・ボーイ》の職を辞した夏でもあった。かれが宇宙旅行でさんざんな目にあっていたあいだに、母親はまたもや再婚していた。それを知ると、かれはできるだけ母親から離れたい一心で、コネティカットに避暑用の別荘《コテジ》を借りた。それから、憑《つ》かれたように無我夢中で書き出したのだった。

『起きよ、恋人！』は、神に代わるものを求めて、星々のあいだを放浪する、ある若い探険家の話で、主人公は結局、神に代わるものを女性のうちに発見するという物語であった。批評家たちは〝叙事詩だ！〟と絶賛し、四世紀ものあいだ不遇をかこちながら、いまだに作家の精神分析をやめられずにいるフロイト学派の心理学者たちは、〝死の願望だ！〟と叫んだ。幸運にも、さまざまな賛辞が入り乱れて、せまい文学界の関心を呼び起こし、第二版、第三版と出版の道が開けた。一夜のうちにマーテンは、文学現象のうちもっとも不可解なもの――あの文壇の寵児《ちょうじ》なるもの、になっていたのである。

だが、かれは今の今まで、有名になるということは、顔が売れるということだと気づかずにいたのだ。「あなたのご本、読みましたわ、マーテンさん」横に立っている、髪の黒い女がいった。「つまりませんでした」

「きみの名前は?」かれは尋ねた。そして、「なぜ?」

「レリア・ヴォーン……なぜって、あんなヒロインはありえないんですもの」

「ありえないとは思わないな」とマーテン。

「では、モデルがあるっておっしゃるのね」

「まあね」バーテンが飲み物を持ってきた。マーテンはグラスを取り、火星ジュレップの冷たい青さをすすった。「なぜ、ありえないんだい?」

「だって、あれ、女じゃありませんもの」とレリア。「あれは象徴よ」

「なんの象徴?」

「さあ――わかりませんわ。とにかく、あれは女じゃありません。美しすぎるし、完全すぎるし――あれは、ひとつの理想ですわ、ほんとに」

「きみに生き写しだよ」とマーテン。

すると、彼女は目を落し、しばらく黙っていたが、やがて、「古い殺し文句ね。きっとだれにでも、そういうんだわ――だけど、なんとなく、そうでないような気がする」

「そうさ」とマーテン。「いうもんか」それから、「ここは狭苦しいね——どこか歩かない？」

「いいわ……」

オールドヨークは、古い建物、古い街路、古い生活様式のかもし出す厳《いか》めしい雰囲気を溺愛する、ひとにぎりの文人墨客《ぶんじんぼっかく》のおかげで、生きながらえている時代錯誤の町だった。

火星にできた美しい姉妹都市にくらべれば、ここは陰気な谷間みたいなグロテスクな町である。だが、長い年月のあいだに、むかしパリの左岸にあったのと似た、情緒や雰囲気を漂わせる部分が生まれていた。だから、春ともなれば、そして恋でもしていれば、オールドヨークは住むのによいところであった。

二人は、夢みるような昔の街の廃墟の、時の流れに洗われてしっとりと落ち着いた建物の涼しい陰を、歩いていった。セントラル・パークの荒野を散歩すると、春の空は青く、木々は薄緑に芽吹いていた……このうえもなく美しい午後だった。それから、このうえもなく美しい夕方がやってきた。こんなに明るく輝く星は見たことがなく、こんなに見事な満月を見たこともなかった。こんなに時間が速く経ったことも、一分一分がこんなに甘美だったこともなかった。マーテンは頭が軽くなった。そして、足が地につかない感じで、レリアを家に送り届けた。だが、自分のアパートの段階に腰を降ろすと、たちまちひどい空腹をおぼえた。それと同時に、朝からひとかけらも食事をしていないのに気づいた……

異星の夜もふけたころ、ふと目がさめて、マーテンはもぞもぞと体を動かした。見慣れぬ星座が目に入って一瞬ぎょっとしたが、やがて、自分がどこにいて、なにをしようとしているか思い出した。眠りが忍び足で戻ってきた。かれは電子のまゆの暖かさの中で、うとうとしながら寝返りを打った。そして片腕を外に伸して、星の光がキスしている顎の断崖の岩肌に指を触れ、ため息をついた。

III

夜明けは桃色の服を着て、内気な少女のように陸地に忍び寄ってきた。その後から、姉の〈朝〉が青い服を着て、胸にきらめく太陽のロケットをつけて、やってきた。

マーテンの心は緊張した。それは期待と恐怖からくる緊張だった。かれは強いて考えないことにした。機械的に、濃縮食料の朝食をとり、スリーピング・バッグをたたむと、〈乙女〉の顎を順序立てて調べ始めた。

朝の光で見ると、絶壁はゆうべほど恐ろしくは見えなかった。だが勾配も同じだし、すごくなめらかな岩肌も変わりなかった。マーテンは、ほっとしたと同時に、くやしくもあった。

やがて、首の尾根の西の端近くにチムニーが見つかった。

それは、かれの体の倍ほどの幅を持つ、浅い岩の裂け目だった。おそらく、最近の地震活動でできたものだろう。マーテンはふと思い出した。特に尋ねてもみなかったが、最近の地震活動の兆候なら、コロニーにも表われていた。だが、十二年間も悩まされ続けたコンプレックスにかたがつくかどうかという瀬戸ぎわだったから、土地の人間が一ダースやそこら押しつぶされたからといって、あまり重大事件だとは思えなかったのである。

チムニーは上のほうまで、見渡すかぎりジグザグに続いて、少なくとも基盤から三百メートルは、容易に登れそうに見えた。無数の手がかり、足がかりがあり、ところどころに岩棚もある。ただ、問題は、それらの足場、岩棚――いや、チムニーそのもの――が頂上までずっと続いているかどうかわからない、ということであった。

双眼鏡を持ってくるんだったと、マーテンは歯ぎしりした。その時、自分の手が震え、心臓が肋骨にへばりついているのに気づいた。そして、自分はこの絶壁を登るつもりになっている、なにものも、いや自分自身もそれをとめることはできないと、とっさに覚《さと》った。たとえチムニーが行きどまりだと知っていても、登るだろうと。

ピトン・ピストルを引き抜き、ベルトにつけている一ダースのクリップのひとつを装塡した。そして、慎重に狙いを定め、引き金を引いた。長いあいだ練習していたかいがあった。宇宙空港からコロニーへの便を待っているあいだも練習していたのだった。釘はほとんど目に見えぬナイロンの綱を引いて、かれが最初の綱どめに選んだ高い岩棚に突きささった。弾着音が上から響いてきて、消えかかっている発射音とまじった。それで、釘の鋼鉄の先端が花崗岩に深く喰いこんで、まず百五十メートル分の安全が確保されたことがわかった。

マーテンは安全ロック付きのホルスターにピストルを戻した。これから、綱はかれが岩棚に着くまで、登攀の速度に合わせて、自動的に元のケースに巻きこまれるのである。

かれは登り始めた。

手はもう落ち着いていた。心臓の鼓動も正常に戻っていた。心の中に歌が湧きあがり、体じゅうをふるわせ、いままでに経験したこともなく、また二度と経験することはあるまいと思われる力が体じゅうにみなぎった。最初の百五十メートルは、拍子抜けするほど楽だった。手がかり、足がかりは途中いたるところにあり、まるで石のはしごでも登っていくようだった。そして二、三カ所突き出ている部分もあり、割れ目の幅は反対側の壁を押すのに理想的だった。岩棚に着いた時には、息も弾んでいなかった。

マーテンは休まないことにきめた。遅かれ早かれ、薄い大気が体にこたえてくる。だから、陽のあるうちに、できるだけ高く登っておいたほうがよい。大胆にも立ちあがり、ピトン・ピストルを抜いて、狙いをつけた。新しい釘が新しい綱を引き、古い綱をはずしながら舞いあがり、今立っている岩棚から六十メートル上の岩棚の根元に突きささった。ピストルの射程は三百メートルだが、チムニーが狭いのと、うまい姿勢がとれないために、ひどく限定されてしまうのである。

かれはひと足ごとに自信を深めながらまた登り始めた。だが、下を見ないように充分注意していた。チムニーは首の尾根のずっと西の端に寄っているので、下を見ると、いま登った高さだけでなく、尾根から低地までの二千四百メートルの断崖が、どうしても目に入ってしまうからだ。その恐るべき高度の恐怖を、あらたに生まれた自信が吸収できるとは思えなかった。

第二の岩棚までの登りは、第一の岩棚までと同様平穏無事だった。かれは、ここでも休まないことにした。そして、七十五メートル上の、次の岩棚に釘を打ちこみ、登り始めた。その途中で、酸素不足の最初の苦痛が襲ってきて、手足が重くなり、息が切れた。マーテンは酸素錠を一箇、口に放りこんで登り続けた。

錠剤が溶けるにつれて元気が回復し、第三の岩棚に着いた時には、まだ休む気が起こらなかった。だが、狭い花崗岩の棚に、むりに腰を降ろし、チムニーの壁にもたれて休もうとした。その時、日光が目を射た。それで、登るスピードが主観的なものだったとわかって、愕然とした。実際には、首の尾根を出発してからとても時間がたっており、おとめ座アルファ星はすでに南中していたのだった。

これでは、休んではいられない。時間がない。夕方前に顔の高原に着かなければならない。さもなければ、おじゃんになる。かれはぱっと立ちあがり、ピトン・ピストルを抜いて狙いをつけた。

こんどの登りは、ちょっと勝手が違った。自信が弱まったわけでもなく、体の中には、しだいに高まるカデンツァがあいかわらず鳴り響いているのだが、手足の重さと息苦しさが、ますますひんぱんに襲ってくるようになり、夢の中で冒険をしているような気分になってくるのだった。そして、酸素錠を飲むたびに、この気分が中断されて、頭の冴える瞬間が一時的に訪れるのであった。

しかし、チムニーの性質は、ほとんど変化しなかった。しばらくのあいだ、幅が広くなったが、一方の壁に背中を、もう一方に足を押しつけて、少しずつにじりあがるようにすると、一番楽に登れることがわかった。やがて、チムニーの幅はせばまり、もとの登りかたにもどった。

マーテンがしだいに大胆になるのはやむをえなかった。それまでには三点支持を守り、四肢のうち三本が確実に定まらなければ、残る一本を決して動かさないようにしていた。だが、大胆になるにつれて警戒心が薄れてきた。三点支持を守らない回数がしだいにふえていき、最後には全然やらなくなってしまった。そして、ついに、落ちたってかまうもんか、と思うようになった。五十センチも落ちないうちに、ピトンの綱でとまるじゃないかと。

だから、こんどもそうなるはずであった——いま発射したカートリッジが故障していなかったら。ところが、気がせいていたので、ナイロンコードが自動的に巻き戻っていないのに気づかなかった。それで、全体重をあずけた足場の石が、突然くずれ落ちた時、マーテンはハッとしたが、体の落下はすぐにとまるだろうとたかをくくっていた。

ところがとまらなかった。最初はうそみたいに、ゆっくりだった。とっさに、これはおかしいと覚った。近くでだれかが悲鳴をあげた。ちょっとのあいだ、それが自分の声だとわからなかった。次の瞬間、落下のスピードが増した。チムニーの壁が、虚空をつかんだ手のそばを目にもとまらぬ速さで流れ、くずれ落ちる小石が、かれの恐怖にゆがんだ顔に降りそそいだ。

六メートル下で、マーテンはチムニーの一方の壁にぶちあたり、その反動でこんどは反対側の壁にたたきつけられた。それから、いま登り始めたばかりの岩棚が足にあたり、かれはぎゃふんとばかり、うつ伏せに倒れた。額が割れ、血が目に流れこんだ。

息ができるようになると、かれは注意深く手足を動かし、骨が折れていないか調べ、大きく呼吸してみた。そして、まだ命があり、たいして怪我もしていないことに安心して、長いあいだ腹這いのまま横たわっていた。

やがて、目が閉じているのに気づき、なにげなく血をぬぐってみると、その目に、三千メートル下の〈乙女〉の髪の森林がまともにとびこんできた。かれは、はっと息をのみ、岩棚の硬い花崗岩に爪を立てた。しばらくのあいだ気分が悪くなったが、やがてそれもおり、恐怖も薄らいだ。

森林は、壮麗な首と肩の絶壁と、十五キロの腕の尾根に縁取られて、ほとんど海にとどくまで広がっていた。海は午後の日光に照らされ、金色に輝いており、低地が金緑色の波打ちぎわのように見え――

この景色はなにかに似ている。マーテンは思い出そうとして顔をしかめた。ずっと昔に、こんな岩棚――いや崖縁だったかな――にうずくまって、こんな波打ちぎわ――本物の――を見降ろしていたことはなかったか？　あの時、目に入ったのは――

突然、記憶がよみがえって、顔が火のようにほてった。かれは、その思い出したくない記憶を、むりやりに意識の下に押し戻そうとした。だが、それは心の指のあいだをすり抜けて、白日のもとに赤裸々な姿を現わしてしまった。それで、マーテンは否応なしに、それに対面し、ふたたび一部始終を反芻せざるをえなくなった――

結婚後、かれとレリアは、コネティカットの、『起きよ、恋人！』が生まれたのと同じ別荘《コテジ》を借り、第二作にとりかかった。

コテジは海を見降ろす崖の上に建っていて、なかなかしゃれていた。らせん階段で昇り降りするのだが、その下は狭い砂浜になっており、小さな入江の両端の岬には木が茂っていて、俗界の好奇の目を防いでいた。午後になるときまって、かれは書斎の机上の原稿マシンにむかって、空虚な言葉やおざなりな文句を吹きこんだ。その間、一糸まとわぬレリアが日光浴をしてすごすのが、この砂浜であった。

新作の進み具合ははかばかしくなかった。

『起きよ、恋人！』は自然に湧き出るようにできあがったのだが、その自発性はもう残っていなかった。アイデアも浮かばず、たとえ浮かんでも、それをものにする力がなかった。こんな状態になった原因の一部は、結婚したことにあるのはわかっていた。レリアがあらゆる点で典型的な新妻だったのは事実だが、同時に、それだけではないなにかが、なんとも説明しがたいものが、夜となく、昼となく、かれの心にひっかかるのであった……

八月のその日の午後は、むし暑かった。海から微風が吹いてはいたが、書斎の窓のカーテンを揺り動かすだけで、カーテンが惨憺たる気持で机に向かっている書斎の中まで吹きこみ、よどんだ空気を動かすほどではなかった。

こうして、語句や文章をひねくりまわし、アイデアと格闘しながらすわっているうちに、下の浜辺の柔らかな波音が耳につき、金色の日光を浴びて横たわっている、黒髪のレリアの姿が、頭の中にたびたび浮かんできた。

いつのまにか、かれはレリアが横たわっている状景を想像していた。彼女の脇腹に、たぶん……いや、背中かな。金色の日光が降りそそいでいる。太腿に、腹に、乳房に……

マーテンのこめかみがかすかにうずき、机上の朱筆をもてあそんでいる指が、いっそう落ち着かなくなった。レリアは海辺に、身動きもせずに横たわっている。黒髪は頭のまわりから肩のあたりに広がり、青い目を見開いて空を見つめ——

上から彼女を眺めたらどうだろう？　崖の上からでは？　別の浜辺で横たわっていた別の女と似ているだろうか？——不可思議な力でかれの心をとらえ、文学の翼を与えてくれた、あの女に？

マーテンは考えた。そして、考えているうちに、いらいらはいっそうひどくなり、こめかみのうずきが強く、ゆっくりとしてきて、しまいに波音とリズムが一致した。

書斎の時計を見あげた。二時四十五分だ。もうほとんど時間がない。あと三十分もすれば、彼女はシャワーを浴びにあがってくるだろう。マーテンはぼんやり立ちあがると、書斎を横切り、居間に入っていった。そして居間を抜けると、緑の芝生と崖の縁と、きらめく夏の海に面している格子造りのポーチに出た。

足の下の芝生は柔らかく、夢みるように午後の日が照り、波音がひびいていた。マーテンは崖に近よると、ばかばかしいと思いながら四つん這いになり、用心深く進んでいった。二メートルほど手前で、肘をついて腹這いになると、縁までにじり寄った。そして、丈の高い草を注意深く押し分け、下の白い砂浜を見降ろした。

　真下にレリアが横たわっていた——上向きに。左手を海の方に投げ出し、指を水になぶらせながら。立てた右の膝は、肌が日光に金色に輝いて、優雅な岡のように見え……なめらかな腹部の広がりも金色、優しく盛りあがった乳房も金色。首はすばらしい金色の尾根となって、誇り高き顎の絶壁と、顔の広い高原に続いている。そして、青い湖のような目を閉じて、彼女はすやすや眠っていた。

　幻想と現実が入りまじり、時間が後退し、空間が存在をやめた。きわどいところで、青い目が開いた。

　レリアはすぐマーテンに気づいた。最初、その顔に当惑の表情が浮かんだが、やがて、理解の表情に変わり、（もっとも、まったく理解していなかったのだが）最後に、唇を曲げて、招くような笑顔になり、かれのほうに両手を差し出して、呼びかけた。「おりていらっしゃい、あなた。おりてきて、わたしを見てちょうだい！」

　浜に通じるらせん階段を降りていくと、マーテンのこめかみのうずきがひどくなり、波音も聞えないほどになった。彼女は波打ちぎわで待っていた。いつもと同じように、かれを待っていた。すると、突然かれは、低地を歩いていく巨人となり、肩は天にとどき、巨人国《ブロブディンナグ》の住人のような足の下で大地が震えた。

〝おう、わが愛するものよ、そなたの麗《うる》わしきことテルザのごとく、華《はな》やかなることエル

サレムのごとく、恐るべきこと旗をあげたる強者《つわもの》のごとし……〃

二子山の間の紫色の影から生じた微風が、高い岩棚にいるマーテンのところまで吹いてきて、そのほてった顔を冷し、打ちのめされた体を生き返らせた。かれはゆっくりと立ちあがり、謎めいたチムニーの岩壁を見あげて、頂上と自分をまだへだてている三百メートルのあいだ、これがずっと続いているだろうかといぶかしんだ。

そして、ピトン・ピストルを抜き、故障したカートリッジをはじき出すと、充分に狙いをつけて、引き金を引いた。ピストルをもとに戻した時、めまいの発作がおそってきた。それで、本能的にベルトの酸素錠の包みに手を伸し、必死でくもの巣ベルトの端から端まで手さぐりした。さっきの転落で包みは破れてしまっていたが、残っていた小さな錠剤が、やっと指に触れた。

しばらくのあいだ、マーテンは動かずにいた。論理的にはとるべき行動はひとつしかない、それはよくわかっている。首の尾根まで降り、そこで一夜を明かし、朝になったらコロニーに帰る。それから宇宙空港への乗り物を手配し、ゆきあたりばったりに宇宙船に乗って、地球に帰り、〈乙女〉のことは忘れてしまえばいいのだ。

マーテンは思わず吹き出しそうになった。論理とは、言葉としても立派なものだし、概念としても同様に立派なものである。だが、それでは処理できないことが、天にも地にもたくさんある。〈乙女〉もそのひとつだ。

かれは登り始めた。

Ⅳ

六百六十メートル付近から、チムニーの状態が変わり始めた。

マーテンは最初、その変化に気づかなかった。酸素不足のために意識が薄れて、ゆっくりと続く一種の昏睡状態の中で、重い手足を一本ずつ動かしては、不安定な足場から、同様に不安定な足場へと、鉛のように重い体を、のろのろと持ちあげていたのである――だが、ごくわずかずつでも、ゴールに近づいてはいた。しまいに、その変化に気づいた時には、恐怖も感じないほど疲れ、落胆もしないほど、もうろうとしていた。

祭壇のような狭い岩棚にはいあがり、ピストルを向けるべき、次の岩棚を探そうと、目をあげたところだった。チムニーは、沈みゆく太陽の最後の光に青白く照らされていた。かれはふと、薄れていく光の中で錯覚を起こしたのかと思った。

岩棚が、もうない。

それどころか、チムニーさえももうなかった。チムニーは少し前から、しだいに広がっていたのだが、ここで突然、じょうご形に広がり、頂上までのっぺりと続く、くぼんだ斜面になってしまっていた。厳密にいえば、はじめからチムニーなど、ありはしなかったのだ。全体的に見れば、この割れ目はむしろ巨大なじょうごの縦断面に似ていた。これまで登ってきた部分は筒にあたり、この先が開いた口にあたるのである。

まずいことになったぞ、ひと目みてマーテンは思った。斜面はあまりになめらかだった。すわっているところから、ただのひとつも突起は見えなかった。だからといって、かならずしも突起がまったくないということにはならない。しかし、ピトン・ピストルを使えるほどの大きさのものがない、ということは確実だった。打ちこむ的《まと》がなければ、ピトン・ピストルも宝の持ち腐れだ。

マーテンは自分の手を眺めた。手はまた震えていた。タバコに手を伸したが、朝からまだなにも食べてないのを、ふと思い出して、包みからビスケットを取り出した。そして、ゆっくりとそれを食べ、一杯の水で無理に飲み下した。水筒はほとんど空《から》になっていた。マーテンは苦笑いした。顔の高原に登らなければならない論理的な理由を、とうとう発見したのだ。青い湖で水を補給しなければならない。

マーテンはふたたびタバコに手を伸した。こんどは一本抜き出して、火をつけ、たそがれの空に煙を吐き出した。足を岩棚に引きあげ、両手で膝を抱いて、ゆっくりと体をゆすりながら、小さな声で鼻歌を歌った。それは古い古い歌で、まだほんの小さな子供のころのものだった。ところが、それを聞いた場所と、歌ってくれた人を、だしぬけに思い出した。それで、かっとなって立ちあがり、しだいに濃くなっていく夕闇の中にタバコを投げ捨て、斜面のほうを向いた。

マーテンは上向きの旅を再開した。

記憶に残るべき旅だった。斜面は見た目どおり、ひどいものだった。垂直に登るのは不可能で、指先がやっとかかるだけの凹凸にすべてを託し、あちらこちらジグザグに登るよりほかなかった。だが、短いながら休息を取ったことと、濃縮食料のおかげで、力が回復したので、はじめのうちはまったく困難を感じなかった。

しかし、薄れゆく大気の影響が、また、じょじょに現われ始めた。マーテンの動きはしだいにのろくなった。時には、自分がいったい進んでいるのかどうか、わからなくなることもあった。しかし、頭をあげて見あげる勇気はなかった。なぜなら、足場がひどく頼りないので、ほんのちょっとでもバランスを崩すと、踏みはずすおそれがあったからだ。それに夕闇もしだいに濃くなってきていたのである。かれはさっきの岩棚に、荷物を置いてこなかったのを後悔した。荷物が邪魔になり、ひと足登るごとに重くなるように思われた。もしかしたら、皮ひもをゆるめ、肩から滑り落としていたかもしれない――手にそれだけの余裕があったら。

なんども、汗が目に流れこんだ。それでいちど、濡れた額を花崗岩の斜面でぬぐってみた。すると、かえって額の傷口を開かせることになり、汗に血が混って、しばらくのあいだまるで目が見えなくなってしまった。絶壁が永久に続くのではないかという気がしてきた。最後には、どうやら袖で目をぬぐうことができた。ところが、やはりなにも見えなかった。もう真の闇になっていたのだ。

時間の感覚が鈍り、わけがわからなくなった。星がでているかどうか、マーテンは気になった。それで、いくらか頼りになる足場に取りついた時、注意深く頭をのけぞらせて、上を見た。ところが、またもや血と汗が目に流れこんで、なにも見えなくなった。

血まみれの指が岩棚を探り当てた時、かれはびっくりした。大ざっぱに調べておいただけだが、それでも、岩棚がもうないことは確実だと思っていたのだ。だが、ここにある。かれは震えながら、疲れた体をすこしずつ持ちあげ、ついに両肘の置き場を見出した。それから右足を振りあげて、花崗岩の上に乗せ、首尾よく体を引きあげることができた。

そこは広い岩棚だった。ごろりと上向きに寝ころがり、両手を右左に投げ出した時、その広さが感じ取れた。身動きもできぬほど疲れていたので、じっとそのまま横たわっていた。やがて、片手をあげて目から血と汗をぬぐい去った。星が出ていた。夜空は、美しくまたたく無数の星座に飾られていた。ちょうど真上に、ゆうべ目にとまった星座――大鎌をかついで、馬に乗った男――が見える……

マーテンはため息をついた。こうして、岩棚の上で、柔らかな星明かりを顔に浴び、〈乙女〉がすぐそばにいることを感じながら、永久に寝ころがっていたいと思った。こうして、安らかな幸福感に包まれ、過去と未来の間に永遠に宙づりになって、時間も動きも奪われたまま——

だが、過去はじっとしていてくれなかった。思い出すまいと努力したのに、ザイラが黒いカーテンを開いて、舞台に現われた。すると、その背後でカーテンが消え失せ、ありえない劇が始まった。

マーテンが小説の第三作で失敗した後（第二作は処女作のおかげでよく売れ、つかのまの成功をおさめることができた）、レリアはかれに執筆を続けさせるために、香水関係の会社に勤めるようになった。その後、家事の雑用からかれを解放するために、レリアはメイドを雇った。

ザイラは異星人《ET》——つまり、ミザール第十惑星の先住民だった。ミザール第十惑星の先住民には二つの特徴がある。巨大な体と、低い知能である。ザイラも例外ではなかった。身長は二メートルをかなり上まわり、知能指数《IQ》は四十を下まわっていた。

だが背の高さのわりには、よく釣り合いがとれ、優雅といってもいいほどだった。実際、顔にいくらかでも取柄があれば、魅力的な女性として通用しただろう。ところが、顔は平たく、牛のようなとろんとした大きな目をしていて、頬骨が張り出していた。口はあまりにも大きく、下唇が垂れ下っているので、いっそうその大きさが目立った。髪の毛は、もうちょっとましな色でもしていたら、多少は花をそえて救いになったのだろうが、実につまらない茶色をしていた。

お目見えの時、マーテンはその姿をつくづく眺め、「こんちわ」といっただけで、彼女のことは心から追い出してしまった。おれよりこの女のほうが家事をうまく切りまわせるとレリアが考えるなら、それもよかろう、といった気持だった。

この年の冬、レリアは西岸へ転勤になり、二つの家をかけもちするのがおっくうになったので、かれはコネティカットのコテジを手放し、カリフォルニアへ引っ越した。カリフォルニアは今では、オールドヨークと同じくらい人口が稀薄になっている。有望な土地は、とうの昔に、宇宙のかなたへ飛び去り、何千と散在している未開発の星系の中にあるのだった。だが、緑の牧場に対する、人並みの人間の永遠のあこがれにも、ひとつだけよいことがある。そういう連中があとにした牧場は、主人の留守中、青々と茂っている。だから、地球に居残っている者や、頑固者の住む場所はいくらでもあったのだ。そして、地球は四世紀のあいだ日和見《ひよりみ》をきめこんでいたが、結局、宇宙の文化センターという新しい役割を引きうけることに落ち着いたのであった。

カリフォルニアの海岸一帯には、二十三世紀ふうのぜいたくな別荘《ヴィラ》が散在していた。その多くはチャーミングな建物で、大部分があき家になっていた。レリアは仕事に便利な桃色の建物を選んだ。そして、早番から遅番への出勤時間の変化はあったが、今までとまったく同じ日常生活に戻り、マーテンは腰を据えて第四作に取りかかった。

いや、取りかかろうとしていた。

かれも、環境の変化でスランプから脱け出せると思うほどうぶではなかったし、どんな言葉の組み合わせを投げこんだところで、原稿マシンから出てくるものは、結局、自分の内部から出てくるものだと知っていた。だが、二作続けて失敗したのだから（実は二番目の作品も、つかのまの経済的成功をおさめたとはいうものの、失敗作だった）、まさか、この次も失敗ということはなかろうと、はかない望みを抱いていた。

ところが、これは見込み違いだった。スランプはなおらぬばかりか、いっそうひどくなっていた。いつのまにか、外出はめっきり少なくなり、書斎に入って机に向かう時間がしだいに早くなっていった。といっても、原稿マシンに向かうのではなく、大作家の作品を読むのである。トルストイも、フローベールも、ドストエフスキーも、スタンダールも読んだし、プルーストもセルバンテスも読んだ。そして、バルザックを読めば読むほど、こんなでぶの、赤ら顔の小男が、よくもこんなにたくさんの作品を書いたものだ、それにひきかえ、自分は書斎の窓の下の浜の白砂みたいに、いつまでたっても不毛のままだ、という気持が強くなるばかりだった。

毎晩十時ごろになると、去年の誕生日にレリアがくれた大きなスニフター・グラスに、ブランデーを入れて、ザイラが運んでくる。すると、マーテンは暖炉の前の安楽椅子にひっくり返って（少し前に、ザイラが節くれだった松の枝で火を熾しておくのだが）、それを飲み、ぼんやり夢想にふけることにしていた。ときには、そのままうたたねをしてしまい、しばらくしてはっと気がつくこともあった。とにかく、しばらくそうしていてから起きあがり、ホールを抜けて自室にいき、床につくのが日課になっていた。

（こちらに引っ越してくるとすぐに、レリアは残業をするようになり、一時前に帰宅することはめったになかった）

ザイラはマーテンにしだいに強い影響を与えていった。最初マーテンは少しも自覚していなかった。ところが、ある晩、彼女の歩きかたが目についた――軽やかなのだ。あれだけの図体をしていながら、リズミカルだといってもいいほどだった。そして次の晩は、処女らしい、巨大な乳房のふくらみが。そして、その次の晩は、粗末なスカートの下で優雅に動く、アマゾンのような太腿が。そして最後に、衝動的に、（と、その時は思ったのだが）しばらくすわって話していかないかと、マーテンがザイラを誘う晩がやってきた。

「おのぞみでしたら、だんなさま」ザイラはそういって、足もとの座ぶとんの上にすわった。

マーテンは色よい返事があるとは期待していなかったので、最初まごついた。だが、やがてブランデーがちょうどよい具合にきいてきた。ザイラの髪の毛に暖炉の火がちらちら映っている。そして、ふと見ると、ただの鈍い茶色だとばかり思っていた髪がそうでないとわかってびっくりした。微妙な赤味を帯びている。落ち着いた、目立たない赤味が、顔の重苦しさを柔らげているのだった。

二人は色々なことを話した――大部分は天候の話で、海のことも少しばかり。そして、彼女がほんの子供のころに読んだ本のこと（これが、彼女が読んだ唯一の本なのだが）。ミザール第十惑星のこと――ミザール第十惑星の話になると、彼女の声に変化が起こった。柔らかい、子供っぽい声になり、目も、いままで、とろんとした鈍感な目だと思っていたのだが、丸い、きらきら光る目になった。しかも、青味さえ感じとれるのだった。もちろん、ほんのわずかな青味だが、これが、きっかけになった。

それからのち、かれは毎晩、ザイラに遊んでいくように頼むようになり、ザイラもいつも喜んでそれに応じ、足もとの座ぶとんにおとなしくすわるのだった。彼女は床にすわっていても、マーテンより背が高かった。だが、その大きな図体も、もう気にならなくなった。少なくとも、以前のような意味では気にならなくなった。今ではその大きな図体がそばにいることで気分が鎮まり、一種の安らぎを覚えるようになっていた。そして、ザイラの夜伽《よとぎ》を待ちこがれる気持が、夜ごとに強くなるのだった。

レリアは残業を続けていた。二時近くまで帰ってこないこともあった。最初はマーテンも心配して、そんなにむきになって働くことはない、と小言をいうほどだったが、いつのまにか心配するのをやめてしまっていた。

だしぬけに、マーテンは、レリアが早く帰ってきた晩のことを思い出した。それは、かれがザイラの手に触った晩のことだった……

マーテンはずっと前から、ザイラの手に触れたくてしかたなかった。夜ごと夜ごと、膝の上にじっと置かれているその手を眺め、その優雅な、均勢のとれた美しさに舌を巻き、いったい自分の手とくらべて、どのくらい大きいのか、肌は柔らかいのか荒れているのか、暖かいのか冷たいのか、確かめたくてしかたがなかった。そして、ついに我慢しきれなくなる時がやってきた。マーテンは身をかがめて手を伸した――すると、その小人のような指が、突然、巨大なザイラの指にからみついた。ザイラの暖かみが伝わってきて、その存在が急に身近なものになった。すぐ目の前に、彼女の唇、大きな顔がある。その目は今や生き生きとした青色、青い湖の青色だった。それから叢林のような眉が、マーテンの額に触れ、赤い唇がかれの唇をふさぎ、柔らかく融け合った。そして巨大な腕がかれを抱いて、二つの山のような乳房に押しつけた――

その時、レリアが帰ってきた。びっくりして戸口に立ちすくんだまま、「わたし、荷物をまとめて……」

寒い夜で、風花が星の光を浴びて舞っていた。マーテンは身震いして起きあがると、薄暗い下界を覗きこんだ。それから目をあげて二子山の美しさに息を呑んだ。やがて立ちあがり、スロープに向かい、本能的に手をあげて突起を探した。

手は空を切った。

じっと見つめると、突起はなかった。それどころかスロープがなかった。だいたい、ここは岩棚などではなかったのだ。目の前に〈乙女〉の顔の高原が星明かりを浴びて、青白くあざやかにひらけていた。

V

マーテンはゆっくりと高原を横切っていった。あたり一面、輝く雨のように、星の光が降りそそいでいる。唇の赤い岩のところまでくると、かれはその冷たく硬い岩に唇を押しあて、「起きよ、恋人！」とささやいた。

だが、当然のことながら、〈乙女〉は足の下にじっと横たわっていた。かれは足を進めて、誇り高い鼻の岩山を通りすぎ、青い湖をひと目でも早く見たいものと、目を凝らした。

マーテンは両手をだらりと下げ、ぼんやり歩いていた。自分でも、歩いているかどうかわからないほどだった。湖の魅力は、それが身近にあるだけ、いっそう強くて、抗し切れないほどだった。人を招き寄せるような青い水、永遠の喜びを深々とたたえた美しい湖。レリアや、のちにザイラが、かれのもとを去ったのも当然だった。いっしょに寝た女たちが、かれの望むものを与えることができなかったのは当然だった。十二年のまわり道をしたのちに、かれの本当の恋人のところに戻ってきたのは当然だった。

この〈乙女〉は比類ない存在だった。彼女のような女性はいない。一人もいない。

そろそろ頬骨のあたりだが、青白い星明かりに照らされた高原が、まだたんたんと続いている。かれの目は緊張と期待に疼《うず》き、両手はどうしようもないほど震えていた。

その時、ふと気がつくと、かれは水のない巨大なくぼ地の縁に立っていた。マーテンはあっけにとられて見つめた。目をあげると、遠くの方に、空を背景にした眉の叢林の輪郭が見えた。その線を目でたどっていくと、シルエットは内側にカーブし、荒涼たる尾根に続いている。これが、かつては青い二つの湖を仕切っていた優雅な地峡の跡なのだ――とうの昔に、水は涸れていた。とうの昔に、地下のポンプは機能を停止してしまっていた。おそらく、あのチムニーを作ったのと同じ地殻変動の結果であろう。

あまりにもがむしゃらに、あまりにも熱烈に真の恋人を得たいとばかり考えていたので、彼女に変化が起ころうとは、夢にも思っていなかった。それに――

いや、そんなことを信じるものか！　それを信じれば、こうして悪夢のような思いで、顎の絶壁を登ってきたことが、まったく無駄になってしまう。そんなことを信じれば、今までの自分の全生活の目的がなかったことになってしまう。

もしかしたら、からっぽの眼窩に青い水が戻っているかもしれないと、なかば期待し、なかば希望しながら、マーテンは目を下げた。だが、見えたものは吹きさらしの湖底と——そこにたまった残滓《ざんし》ばかり——

それにしても、なんと奇妙な残滓だろう。一面にちらばっているのは、灰色の棒のようなもの。おかしな形をしており、くっつき合ったものもある。まるで——これは——

マーテンは、ぞっとして後じさりした。そして荒々しく口をぬぐうと、向きを変えて逃げ出した。

だが、そう遠くまでは逃げなかった。息が切れたのも事実だが、そんなに遠くまで逃げないうちに、これからどうすべきか考えなければならないと覚ったからだ。本能的に、かれは顎の断崖の方へ走り出していたのだった。だが考えてみれば、首の尾根に転落してひとかたまりの折れた骨になるのだったら、湖で溺れ死ぬのと、根本的に変わりがないではないか？

かれは星明かりを浴びて立ちどまり、しゃがみこんだ。気が動転して、体ががくがく震えている。どうしてあんなにうぶだったんだろう？　いくら二十歳のこどもだったとはいえ、自分だけだと信じたなんて。たしかに、自分は唯一の地球人だったろう——だが〈乙女〉はうんと年をとっている女だ。そして、若いころには求婚者が大勢いたはずだ。かれらは、それぞれさまざまな方法で彼女を征服し、その目の青い深みにはまって、象徴的な死を遂げたのだ。

ここに散らばっている骨が、彼女が浮き名を流した証拠である。

自分の女神に思いもよらなかった汚点があると知った者は、いったいどうするだろう？

自分の真の恋人が淫婦《いんぷ》だとわかった時、いったいどうするだろう？

マーテンはまた口をぬぐった。その連中がしないことがひとつだけある——

その女と寝ないということだ……


東の空が白んでいる、もうすぐ夜明けだ。星が消えかかっている。マーテンは顎の断崖の縁にたたずんで、日の出を待った。

何世紀も昔、ある山に登って、頂上にチョコレートの棒を埋めた男があるという。関係者以外には意味のない、ある種の儀式だ。マーテンは、そうして高原にたたずんだまま、自分の持ち物をいくつか埋葬した。少年時代を。『起きよ、恋人！』を。カリフォルニアの別荘《ヴィラ》を。コネティカットの別荘《コテジ》を。そして最後に——名残り惜し気に、だが、きっぱりと——母親を。

偽りの朝が過ぎ去り、太陽の金色の指が伸びてきて、自分の疲れた顔に触れるまで、かれは待っていた。それから、高原を降り始めた。

真鍮の都
The City of Brass

山田順子◎訳

国王《スルタン》の寝椅子にゆったりとくつろぎ、クッションを置いた背もたれに左腕をあずけ、ハーレムパンツにつつまれた脚を引きあげて横ずわりしている彼女を見ても、誰ひとりとして、それが自動マネキンだとは思わないだろう。この《千一夜物語展》を観《み》るために、わざわざ自動マネキン博物館にやってきたマーカス・N・ビリングズにとって、彼女はシェヘラザードそのひとにほかならず、彼女の愛らしいハート形の顔から目を離すことができなかった。そしてまた、胸の鼓動が高まるのを抑えることもできなかった。

スルタンの居室《きよしつ》は本物そっくりにしつらえてある。奥に、ほっそりした円柱が並び、優美な半円形の天井を支えている。天井からぴかぴかに磨かれた真鍮の鎖《くさり》で吊りさげられているのは、時代もののオイルランプ。寝椅子のそばには、大きな金色の房《ふさ》飾りのついた特製の引き紐《ひも》で下ろされている、色彩豊かな壁掛け《タペストリー》。

スルタンも本物そっくりだ。青みがかった黒いあごひげ。腰に結んだ血のように赤い絹《きぬ》のサッシュの先端は、流れるように膝《ひざ》まで垂れている。頭にいただいた王冠は純銀で、耳までかぶさっている。だが、すべてが本物そっくりだとはいえ、自動マネキンが本物ではないことの埋め合わせにはならない。歴史的重要人物《VIP》のコピーを造る電子装置〈ビッグ・ピグマリオン〉は、細部にいたるまで正確に複製するが、生きた組織だけはどうにもできない。〈ビッグ・ピグマリオン〉が現在使用している人工の代用品に、生きた組織が取って代わる日がくれば、そのときこそ、本物とコピーの差はなくなるだろう。

目につかない場所に設置されているスピーカーから、リムスキー・コルサコフの《シェヘラザード》が流れだし、雰囲気が盛りあがったところで、自動マネキンのシェヘラザードが『荷担《にかつ》ぎと、バクダッドの姫ぎみたちと、三人の高貴な乞食《こじき》の話』を語りはじめた。ビリングズは彼女の語りにうっとりと耳をかたむけた。彼女の声は黄金の花びらとなって、彼の周囲に舞い散った。

この午後、《千一夜物語展》を観ようと、大勢の見物客がつめかけている。左右にも背後にも人々が集まり、ビリングズは次第に前へ前へと押しやられ、いつのまにか、展示物と見物客のあいだのヴェルベットの仕切り紐に押しつけられるかっこうになっていた。しかし、ビリングズは見物客のことなど、眼中になかった。

「バクダッドの都に、ある男が住んでいました。この男はまだ妻がなく、荷担ぎをなりわいとしていました。ある日のこと、男が市場で荷物によりかかって休んでおりますと、頭からすっぽりとモスル織《お》りのヴェールをかぶった女が近づいてきました……」

そう、そうだね、シェヘラザード、とビリングズは声には出さずに彼女に話しかけた。あの夜のことはよく憶《おぼ》えているよ。きみはわたしにこの物語をしてくれた。きみも憶えているかい？　心を奪う目、〝長いまつげに縁どられ、やさしい表情を訴えるまぶた、非のうちどころのない完璧な顔だち〟のあの女《ひと》を、わたしは決して忘れることはないだろう。きみによく似た、愛らしくて美しい、あのひとを。

シェヘラザード、きみのオリジナル、本物のシェヘラザードのことだよ。自動マネキンのきみのことではない。もっとも、あのひとも人形みたいだったけどね。生きて、呼吸している人形。わたしのものになるはずだった人形。〝時間という不変の掟《おきて》〟がなければ、わたしのものになったのに。あの時代に、あの青ひげスルタンがいなければ……。

シェヘラザード、あの指輪を見せておくれ。それをはめているのは知っているよ。魔神たちが畏怖《いふ》していた、スレイマーン王の印形《いんぎょう》つきの不思議な指輪。そしてすばらしい笑顔を見せておくれ。その愛らしいまぶたをあげてくれれば、もう一度、奇跡のような菫色《すみれ》の目を見られるのに。わたしに息を吹きかけて、生気を与えておくれ。軍人奴隷《マムルーク》や、長老《シェイフ》や宰相《ワジール》、魔神《ジン》や女魔神《ジニー》、大魔神《イフリート》が存在する、あの胸躍る時代にいたときのように。シェヘラザードよ、わたしに生気を与えておくれ。そうすれば、この先も生きていく気力が湧《わ》いてくるだろう。

公式には、きみのレパートリーは千と一夜の物語だと信じられている。だがわたしは、もっとよく知っているんだよ、シェヘラザード。ほんとうは、千と二夜の物語だとね。なんといっても、わたしのお気に入りは、その千二夜目の物語なのだから……。

むかし、ビリングズという男がおりました。この男はまだ妻がなく、自動マネキン会社の時間旅行員《タイムトラベラー》をなりわいとしておりました。定期的に時間を逆行して各地に行き、VIPを誘拐しては未来に連れていき、電子妖術師〈ビッグ・ピグマリオン〉にゆだねて、歩き話し笑い泣く、本物そっくりに動く複製《コピー》を造る手伝いをしていたのです。ある日のこと、このVIPP誘拐員は、麝香《ムスク》と沈香《じんこう》とジャスミン水、大魔神《イフリート》とジンとジニー、スルタンと彼の後宮《ハーレム》と宰相《ワジール》の娘たちのいる時代に行き、そして……恋に落ちたのです……。

1

ハーレムの戸口には衛兵《えいへい》がふたりいた——おむつのような下帯《したおび》をつけ、一ヤードもの長さの三日月刀《みかづきとう》を持つ、大柄な黒人の宦官《かんがん》だ。ひとりは帳《とばり》の下りた戸口からのびている廊下の中ほどに、いまひとりは戸口のすぐわきに。ほんの少し前に若い女がひとり、その戸口を通ってハーレムに入っていった。

　マーカス・N・ビリングズは床に裾《すそ》をひきずる合成繊維の長衣《ちょうい》に身をつつみ、ほどけないようにきっちりと巻いてある合成繊維のターバンを頭にのせ、円柱の陰に隠れていた。先ほどハーレムに入った若い女が眠ってしまうまで、じっと待っていたのだ。そろそろ頃合いだと見てとると、ビリングズは右袖《そで》をまくって、袖の裏地に留めつけてある凍結銃《アイサー》を水平にかまえ、手くびに感度のいい始動機を軽く打ちつけて、宦官衛兵のひとりを氷像に変えてしまった。そして、合成繊維のサンダルで足音もたてずに絨毯《じゅうたん》を敷きつめた廊下を進み、もうひとりの宦官衛兵のほうに向かった。

　ここまではビリングズも射撃の腕前を披露する必要はなかったが、これからは選択の余地はない。歴史的重要人物誘拐員《VIP》に携帯が許されている、唯一のモダンな武器は凍結銃だけなのだが、これは射程距離が短く、十一、二フィートも距離があると、納屋《なや》の扉より小さな標的は狙えない。とはいえ、戸口そばの宦官衛兵に気づかれないうちに、ビリングズはすでに距離を半分にまでちぢめていた。宦官衛兵はビリングズに気づいたとたんに三日月刀を振りあげ、血も凍るような威嚇《いかく》の声をあげた。

　戸口の向こうは、いかに素性《すじよう》正しい男であろうと、スルタン以外の男はひとりも立ち入りできないハーレムなのだ。どういいつくろってもむだだ。それをよく承知しているビリングズは、凍結銃の銃口を宦官衛兵の胸に向けたまま、ためらわずに進んだ。

「誰であれ、どこから来たのであれ、それ以上、一歩でも近づくとあらば、きさまのはらわたを抜き取り、犬どもにくれてやるぞ！」

ビリングズは歩《ほ》を速めた。宦官衛兵が大声をあげて異変を告げないうちに、凍結銃の射程距離まで達したいと、祈るような気持でいる。ビリングズはついていた。宦官衛兵は自分ひとりで侵入者をあしらえると判断したらしく、戸口の前に立ちはだかって、三日月刀をいったんうしろに引き、振りかぶるかまえに入った。この動作が完結していれば、ビリングズはまっぷたつに斬《き》られてしまっただろう。だが、そういう悲惨な事態に見舞われる前に、ビリングズは三歩離れたところにいる標的に向かって、凍結銃を始動させた。宦官衛兵はたちまち氷像と化し、三日月刀は音もなく絨毯の上に落ちた。

ビリングズは氷像と化した宦官衛兵のそばをすりぬけ、帳をかきわけてハーレムに入った。ふたりの宦官衛兵に対し、申しわけない気持でいっぱいだ。ふたりは氷像の凍結が溶けるさいに激しい苦痛に襲われるだけではなく、朝になってシェヘラザードがいないとわかれば、スルタンにきびしい拷問で責められるに決まっているからだ（ちなみに、スルタン本人も一週間前に自動マネキン会社の別の誘拐担当員によってさらわれて、もどされたのだが）。しかし、ビリングズにとって、仕事は仕事。今回は『千一夜物語』の伝説的語り手を誘拐するのが仕事なのだ。たとえ何人もの人間を氷像に変えてでも、任務を果たすつもりだった。

もちろん、ほんとうに誘拐するわけではない。複製を造るために、八、九時間、身柄を拝借するだけだ。〈ビッグ・ピグマリオン〉のすぐれた記憶消去技術のおかげで、拉致《らち》されているあいだに経験した事柄は、シェヘラザードの記憶にいっさい残らない。複製ができると、シェヘラザード本人は自動マネキン会社の〝送還課〟に渡され、ハーレムにもどされる。シェヘラザード本人にも、事物の存在体系にも、なにひとつ弊害はないはずだ。歴史的非重要人物の失踪はどうということはないが、歴史的重要人物《ＶＩＰＰ》の永久的失踪となると、大騒動が起こり、事物の存在体系に弊害が出てしまう。

十年前、〈ビッグ・ピグマリオン〉が誕生してからは、ＶＩＰＰの誘拐作業は無限大に近いほど完璧なものとなった。ある人物が過去あるいは現在ですごした時間は、自動的に、本来の時間の流れに付加されるという事実のおかげで、ＶＩＰＰの一時的失踪によってときおり起こる軽度の混乱すら、もはや弊害の要因とはならないのだ。

いちばん手前の部屋に、豪奢《ごうしゃ》な寝椅子があった。近くの窓からさしこむ夜明けの灰色の光が、寝椅子で眠る若い女の姿をぼんやりと浮きあがらせている。今宵《こよい》――自動マネキン会社の調査課の報告によれば、第三十二夜――の語りで疲れきっているのだろう。衣服を着けたまま眠っている。あるいは、この九世紀のアラビアの乙女《おとめ》たちは、ターバン、胴着、足くびまでのハーレムパンツというかっこうのまま床《とこ》につくのかもしれない。どちらにしても、女が衣服を着けたまま眠っているおかげで、ビリングズは部屋という部屋を調べる必要がなくなった。その女が着ているのは、彼がスルタンの居室からあとを尾《つ》けてきたときに見た衣服と、そっくり同じだったからだ。それに、ほかに女はいないはずだ。時のスルタンは一夫一婦主義だからだ——少なくとも、この点はスルタンの武人らしい一面といえる。

いっときもむだにせず、ビリングズは長衣のひだのあいだから催眠スポンジを取りだして、女の鼻と口に押しあてた。女が目を覚ましてもがきはじめたので、しっかりと押さえこみ、催眠薬が効《き》くのを待つ。しばらくしてスポンジを離すときに、寝椅子の下に女のサンダルがあるのに気づき、それを足にはかせてやった。そして女を右肩に担ぎあげると、ビリングズは入ってきた戸口から出た。

戸口を出たとたん、ビリングズの運が尽きた。廊下の向こう端からスルタンがやってくるのが見えたのだ。

同時にスルタンもビリングズに気づいた。

時代や国籍にかかわらず、青ひげが大きらいなビリングズは、この青ひげ野郎を氷像に変えてしまうのに、なんのためらいもなかった。しかし、距離がありすぎた。しかも、ビリングズの嫌悪を察知したのか、スルタンはとんでもない声でわめいた——衛兵たちに、軍人奴隷たちに、黒人奴隷たちに、宰相に、いちばん手近な聖者に、はたまた世界じゅうに聞こえるような大声で。

あらかじめ、ハーレムが廊下の突きあたりにあることを確かめておいたので、ビリングズは残された唯一の逃げ道を使った。たったいま出てきたばかりの部屋にもどると、まっしぐらに窓に駆けよって、窓敷居によじのぼり、曙光《しょこう》に染まる中庭に跳び降りたのだ——十二フィートの高さから。

危険は織り込みずみとはいえ、女の体重を過小評価しなかったら、ビリングズもけがをせずにすんだだろう。着地のさいに、想定以上の強い衝撃を受けて右の足くびを捻挫《ねんざ》してしまったのだ。動けないほどではないが、歩くのは試練、走るのは不可能という程度には重傷だ。だが、ビリングズにはまだわずかながら運が残っていた。時間機《タイムスレッド》を隠してあるナツメヤシの木立まで、ほんの二百ヤードなのだ。ビリングズは断固として立ちあがり、片方の足を引きずるたびに顔をしかめ、もう一方の足を地につけるたびに長衣の裾を踏んづけては、よろめきながら進んでいった。

このころには宮殿じゅうが目を覚まし、三日月刀を手にした軍人奴隷や、短剣を手にした黒人奴隷たちが、あちこち駆けまわっていた。それに加えて、どこからともなく一万匹もの犬が現われ、ビリングズの足もとを取り巻いて、わんわんぎゃんぎゃん吠えたてている。さらに悪いことに、催眠薬の効果が切れ、肩に担いだ女が蹴ったり、もがいたり、悲鳴をあげたりしはじめた。彼女の口から吐かれたいくつかのことばに、ビリングズは耳まで赤くなり、苦労して九世紀のアラビア語の催眠学習などしなければよかったと後悔した。軍人奴隷や黒人奴隷たちはふたり、三人、あるいは四人とかたまって、ビリングズめがけて突進してきた。ビリングズは手当たりしだいに彼らを凍結させ、中庭は強風が吹きあれたあとの彫像店、というおもむきになった。だが、それはたいした問題ではない。東の狩人《オリオン》が星の光の輪縄をスルタンの塔に投げるときがきたら、大規模な解凍が始まる。それでうまくいく。そのころにはビリングズと女は遠くに去り、永久的な弊害はなにも残らないはずだ。

ナツメヤシの木立にたどりつき、木々のあいだに足を踏みいれる。暗がりのなかをすかし見て、タイムスレッドを捜す。あった。橇《スレッド》というよりトボガンに似ている。そりかえったヘッドのすぐうしろに、クローム装飾をほどこした操縦パネルと、フォームラバーの操縦席がある。規定により、操縦席には工具箱と備品入れを兼ねた機能がついている。しかしビリングズはタイムスレッドがなにに似ていようが、いっこうに気にならなかった。気になるのは、それがまだそこにちゃんとあることだけだ。

タイムスレッドに乗りこむと、ビリングズは女をシートにすわらせ、自分も隣のシートにすわった。片手で女を押さえこみ、シッシッと犬どもを追いはらい、前かがみになって、操縦パネルに〈停空8-5〉と打ちこんだ。

たちまちタイムスレッドは自動的にナツメヤシの葉を避けながら上昇し、宮殿の中庭の上空八十五フィートの高さで、ぴたりと停止した。

　そのとたん、女は蹴るのももがくのも悲鳴をあげるのもやめて、ビリングズのほうを向き、それはそれは美しい目で、じっと彼をみつめた。

「ご主人さま、この魔法の絨毯で、いまわしい宮殿からわたくしを連れ出すためにきたのだと、なぜもっと早くおっしゃってくださらなかったのです？」

　その声を聞いたビリングズは、溶けて流れる黄金を連想した。

「幾月《いくつき》ものあいだ、わたくしを救ってくれるかたをお遣《つか》わしくださいと、祈りつづけてきました。まさにその偉大なるおんかたからのお遣いだと、なぜ名のってくださらなかったのです？　それならば、黙って——いえ、心から喜んで、ご主人さまについてまいりましたものを」

　女がなにをいっているのか、ビリングズにはさっぱりわからなかったが、神意をとやかくいうのは得策ではないと判断した。

　女のサンダルの片方がぬげ、ビリングズの長衣のひだのあいだにはさまっていた。ビリングズはそれを取って、女に渡してやった。リュウゼン香、麝香《じゃこう》、沈香《じんこう》の匂いが混然となって、オーラのごとく女の体から発散されている。ビリングズにはそれがナッド、すなわち、この女の時代には一般的な香料だとわかった。ビリングズの時代でいえば、香水〈春のたわむれ、ナンバー5〉というところだ。下方の中庭から聞こえてくる怒声や呪いのことばなどは聞き流して、ビリングズは女がサンダルをはくのを見ていた。東の狩人《オリオン》はまだ光の輪縄を投げていないが、かなり夜が白《しら》んできたおかげで、はっきりと女が見える。

二十二世紀の水準からすれば、この女はふっくらした部類に入るし、ゆったりした胴着や、だぶだぶのハーレムパンツのせいで、よけい太って見える。だが彼女は美の化身といえる。二十二世紀の選《え》りすぐりの美人たちを一堂に集めたなかに置いても、決してひけをとらないだろう。二十二世紀であろうと、二十一世紀であろうと、さらにいえば、どの時代であろうと、それに変わりはないはずだ。

ぬばたまの黒髪は肩の少し下まである。ターバンはていねいに巻かれていたにちがいないが、誘拐騒動のせいで、いまはその端がほどけ、何フィートか右肩から背中に垂れている。足は小さく、手も小さい。右手のひとさし指に大きな印形つきの指輪をはめている。

ふたたび女はビリングズに顔を向けた。ビリングズは初めてしげしげとその顔を見た。ハート形の顔は非のうちどころがなく、遺伝の法則を無視した目は、純然たる紫色だ。大きな目と目のあいだは離れている。その目と、ほっそりと優美な鼻と、いくぶんか小さめの口とが、彼女の容貌をさらに完璧なものにしている。小さな飾りのついた金の環《わ》がぶらさがっている耳たぶは、薔薇《ばら》の花びらのピンク色だ。胴着の胸もとは、スパンコールをちりばめた薄い二枚の布でおおわれているが、あとはどこも留《と》めていないため、ハーレムパンツのトップまで胴着の前は開くがままになっている。しかし、このハーレムパンツは、通常のウェスト丈《たけ》のパンツとはちがって、トップが胸をきっちりとおおっているので、肌が露出されている箇所はほとんどない。

これまで、ビリングズはこんな女は見たことがなかった。生きた人形とは、まさにこの女のことだ！　この女の主君が彼女の首を斬り落とさない理由が、夜ごとに語られる、手に汗握るアラビアの物語だけとは信じがたい。いや、とうてい信じられない。しかし、伝説――伝説というのは過去のある事実が誇張されているものなので、むしろ歴史というべきだ――によれば、スルタンが彼女を生かしている唯一の理由は、夜ごとに彼女が語る話がつねに未完のままで朝を迎えてしまうため、その結末を、なにがなんでも聞かずにはいられないからだ、ということになっている。

「そなたはシェヘラザードだな？」ビリングズは訊いた。「そうにちがいない」

その質問に傷ついたとでもいうかのように、女はぱちりとまばたきをすると、そのあとはしばらく、ビリングズの目をまっすぐにのぞきこんでいた。やがて彼女は答えた。

「はい、ご主人さま、わたくしはシェヘラザードでございます」そして少しためらってから、また口を開いた。「そしてあなたさまは、わたくしが祈り、求めた、救いの君《きみ》。囚《とら》われのこの身を永遠《とわ》に解き放ち、魔法の絨毯でかの宮殿より連れだしてくださるためにおでになった、はるかな国の王子さまではございませんか？」

ようやくビリングズにも合点《がてん》がいった。この女にとって、ビリングズは光り輝く鎧《よろい》に身を固めたアラビアン・ナイトの騎士《ナイト》、西方より来たりて、長い国境を魔法の絨毯でゆうゆうと飛び越えてしまう勇者なのだ。ビリングズは、かの青ひげから逃げ出したいと願っていた哀れな女を責める気にはなれないし、できるものならば、永遠に自由の身にしてやりたいと思う。もちろん、そんなことはできない。とはいえ、彼女の女学生じみたロマンチックな思いに乗《じょう》じることはできる。

「確かに、わたしはそなたを連れにきたのだよ、シェヘラザード」そういうと、ビリングズは前かがみになって、時間移動操作パネルに、目的時の〝現代〟と打ちこみはじめた。

〝げんだい〟の〝だ〟の字まで打ったとき、忘れていた右の足くびが、前かがみの姿勢ではすでに虐待《ぎゃくたい》されている軟骨をさらに虐待することになる、と通告してきた。その通告に、ビリングズは本能的に反応した。が、それは不運を招いた。痛みをやわらげようとのばした右足が、時間移動操作パネルと前部デッキの下の動力パックとを連結している同軸ケーブルにぶつかり、さらに足くびを痛めただけではなく、接続部からケーブルをはずしてしまったのだ。

激しい振動、傾斜、一瞬の闇。

ふたたび明るくなったとき、ビリングズの眼前には、見知らぬ風景が広がっていた。足の痛みに耐えながら、周囲を見まわしたビリングズは、九世紀の風景ではないとわかった。といって、二十二世紀のものでもない。

地球上の風景かどうか、それすらも定かではなかった。

2　イフリート

一瞬前、〈停空〉状態のタイムスレッドの真下には、スルタンの宮殿の中庭があった。それがいまは中庭ではなく、オアシスがある。しかし、ビリングズがかつて見たどのオアシスとも似ていない。このオアシスは完璧な円形だ。緑の草木のうち九十パーセントを占めているヤシの木々も、完全な環《かん》状をなして生えている。幾重《いくえ》もあるヤシの木の円陣は、内側にいくほど小さくなり、オアシスの中心には、メイポールのように、ひときわ大きなヤシの木がそびえている。

オアシスを取り巻いているのは広大な砂漠で、見えるかぎりでは、ところどころに、ことそっくり同じオアシスがある。そしてビリングズの前方にはサファイア色の湖《みずうみ》があり、湖の向こうには、壁に囲まれた都があった。まもなく陽《ひ》が昇るというのに、東にそびえる高い塔をのぞいて、都は闇につつまれている。といっても、漆黒《しっこく》の闇ではなく、薄ぼけた闇で、積み木細工のような、窓がたくさんある建物が見える。都を囲んでいる壁はまっ黒で、塔や建物の建材は真鍮のようだ。いや、真鍮そのものかもしれない。

都の向こう側に、塔や建物と同じ建材ではないにしても、似たような物質でできているとおぼしい、巨大な球体がある。球体の表面は〝赤道〟にぐるりと切れ込みがあるほかは、傷ひとつない。球体の〝赤道〟から地上まで、長い斜路《ランプ》が伸びている。人間――あるいは、どの種《しゅ》にしろ、ほかの生きもの――の姿はどこにもない。

ビリングズはシェヘラザードに目を向けた。この突然の風景の変化をどう受けとめているのか、気になったのだ。彼女は菫色の目を輝かせ、じっと都をみつめている。気が動転しているのではないかと思ったのだが、アラビアン・ナイト版のオズの国に迷いこんだ少女のように、シェヘラザードはこの世界をすなおに受け容《い》れているようだ。

ビリングズは時間移動操作パネルのケーブルに目をやり、故障のぐあいを調べた。何本もあるケーブルのうち、二本だけはまだ動力パックに接続されているが、ほかはすべて、はずれている。こういう複雑な再接続作業は、非常に優秀なタイムスレッド修理員の技術を必要とするのだが、ビリングズは修理員ですらない。こわれたタイムスレッドに関して彼にできることといえば、二十二世紀に別れのキスをすることぐらいだ。

太陽が昇ってきた。それが正当な方角から昇っているのを見て、ビリングズはほっとした。だが、まっとうな陽光とはいえない。赤みをおびた陽光には、本来のまぶしい輝きがないのだ。太陽に目をやっても、これまた赤みをおびているだけで、まぶしくもなんともない。

ビリングズは唾を呑みこんだ。ここはおなじみの太陽系だろうか？　そうならば、タイムスレッドがはるかな未来に跳《と》んでしまい、太陽が老化の最初の徴候を見せはじめた時代に入りこんだと判断するしかない。しかし、タイムスレッドは過去の時代ならどこにでも行けるが、未来には行けない。したがってこの判断はばかげている。

タイムスレッドが宇宙空間を跳び、別の太陽系に到着したのではないかという、最初の疑問もまたばかげているといえる。だが、よくよく考えてみると、あながち、そうともいいきれない。時空はメビウスの帯のようにねじれているという、新しい仮説がある。この仮説が正しい――正しくないと断定する根拠はない――とすれば、タイムスレッドは時間を移動したさいに、空間をも移動したことになる。そして、宇宙的視野で考えれば、宇宙に太陽系はひとつしかないとは限らない。タイムスレッドの機能不全――少なくともそう考えられる――のせいで、別の太陽系に跳ばされてしまった可能性はある。あるいは、別の宇宙に。

夜になって星が出れば、その答がわかるだろう。また、月があるのなら、それが昇れば。

ふと気づくと、シェヘラザードがビリングズの長衣の袖を引っぱっていた。

「ご主人さま、あれを」湖の向こうを指さす。「魔神《ジン》です！」

ビリングズは彼女の指さすほうを見た。渦巻く砂塵《さじん》の柱らしきものしか見えない。見たとおりのことをシェヘラザードにいう。

「ですが、ご主人さま、風もないのに、どうして砂塵が渦を巻いたりできましょう？」シシェヘラザードは訊き返した。「あれは魔神です。しかもとても強い力をもつ魔神です。大魔神《イフリート》か、もしかすると、もっと悪性の悪魔神《マーリド》かもしれません」

いわれてみれば、確かに風は吹いていない。微風《そよかぜ》すら立っていない。だのに、砂塵の渦巻きは湖の岸で急旋回したかと思うと、湖を渡り、〈停空〉しているタイムスレッドめがけて進んでくる。

渦巻きの正体がなんであれ、ここは勇気ある退却をして、その進路からそれたほうがいい。幸いに無事だった操縦パネルを手動コントロールにして、ビリングズはタイムスレッドを転回させ、一マイルほど先のオアシスに向けた。そのオアシスの上空までいくと、ヤシの木のいちばん外側の円と接している草むらに着地した。そしておもむろにシェヘラザードのほうを向いた。九世紀からここまで旅をしてきてしまったことで、なにか安心させることばをかけてやろうと思ったのだ。

だがけっきょく、ビリングズはそんなことばを口にすることはなかった。彼女の主君であり所有者であったスルタンに気慰《きなぐさ》みが必要だったように、シェヘラザードにもそれが必要だったらしい。いま、彼女の顔は輝き、菫色の目には歓喜の光が満ちている。

「ご主人さま、もっと上へ！　空のてっぺんまで飛びましょう！」

ビリングズは彼女の顔をみつめた。「これまでにこういう乗り物には乗ったことがないはずだが」

「はい。ですが、何度も夢で見ました、ご主人さま。それもほとんど同じ夢です。それに、空を飛ぶもののことは書物でいろいろと読みましたが、どれもたいていは同じようなものです。さあ、空のてっぺんまで飛んでいきましょう！」

「あとでな」

ビリングズはなおしばらくシェヘラザードの顔をみつめていた。そしてくびを振りながら、ためらいがちにタイムスレッドから降りた。やわらかい草むらに腰をおろす。右足のサンダルをぬぐと、足くびが青くなっていた。ビリングズが捻挫していることを知らなかったシェヘラザードは、ようやくそうと気づき、彼のそばに駆けよった。

「おけがをなさっているのですね、ご主人さま！」

ビリングズが止めるまもなく、シェヘラザードは自分のターバンのほどけて垂れさがっている部分を手ごろな長さに引きちぎり、骨にひびかないように気をつけて、やさしく彼の足くびに巻きつけた。

みごとな手ぎわだった。手当がすむと、シェヘラザードはビリングズの足にサンダルをはかせ、立たせてやった。

ビリングズは右足に力をこめてみた。痛みがぐっと軽くなっている。試しに歩いてみると、足を引きずらずにすむとわかった。

シェヘラザードもビリングズといっしょになって喜んだ。「木陰《こかげ》に泉がございますよ。

水が湧きでている音が聞こえます。おお、ご主人さま、泉のほとりでひと息入れませんか?」

そうする前に、ビリングズは万一に備え、低く垂れさがっているヤシの葉をさらに低く引きおろして、タイムスレッドを隠した。

石で縁どられた泉は、見たこともないほど澄みきった水をたたえていた。飲めるかどうか心もとないが、遅かれ早かれ、この奇妙な土地に馴《な》れなければならないことは、ビリングズも承知している。シェヘラザードが両手で水をすくい、喉の渇きをいやしているのを見ると、ビリングズもそれに倣《なら》った。ついでに顔を洗ってから、二インチ半ほどの高さでむらなく伸びている、ふかふかした緑の草むらに腰をおろす。

頭のすぐ上に、重たげな果実が鈴なりになっている。ビリングズは手をのばして一個もいだ。ハニーデューメロンほどの大きさの薔薇色の丸い実で、見ていると、口にしたくなってくる。このオアシスが果樹園のようなものだとわかってきたビリングズは、いちかばちか賭けてみることにして、シェヘラザードともども、その果実を朝食にした。〝メロン〟は見かけ以上に味がいい。食用には不適当かもしれないという懸念《けねん》すら、きれいさっぱり忘れてしまうほど美味《びみ》だった。けっきょく、ビリングズは三個たいらげ、シェヘラザードは二個食べた。

朝食を終えると、ビリングズは草むらにあおむけに寝ころび、二十二世紀に、そしてそこに残してきた女たち（彼のほうが会いたくてたまらないという女はひとりもいないが、彼に会えなくて寂しく思っている女は何人かいるはずだ）のもとに、どうすれば帰れるだろうかと考えた。

シェヘラザードがかがみこみ、考えこんでいるビリングズの頭から、おいそれとはほどけないようになっているターバンを取った。そして巧みにねじったり、ひだを寄せたりして、王者にふさわしいかぶりものに仕上げた。それをビリングズの頭にもどすと、シェヘラザードはいった。

「おお、ご主人さま、あなたさまのお気持が晴れるような物語をひとつ、お聞かせいたしましょうか？」ビリングズの返事も待たず、シェヘラザードは語りはじめた。

「バクダッドの都に、ある男が住んでいました。この男はまだ妻がなく、荷担ぎをなりわいとしていました。ある日のこと、男が市場で荷物によりかかって休んでおりますと、頭からすっぽりとモスル織りのヴェールをかぶった女が近づいてきました。絹のヴェールには金の糸で縫いとりがあり、縁に金のレースをあしらってあります。顔をおおっている短いヴェールをはずすと、長いまつげに縁どられた、思いを訴えるようなまぶたと黒い目、非のうちどころのない美しい顔があらわになりました。そして、女は甘い声でいいました。〝その荷を持って、わたしについていらっしゃい〟。荷担ぎは女のことばをほとんど聞いていませんでした。というのは——」

シェヘラザードはそこで唐突に話をやめ、顔をあげた。「ご主人さま——あれが聞こえますか？」

ビリングズは頭をもたげた。しばらくのあいだは、なにも聞こえなかった。やがて、低く唸るような音がかすかに聞こえてきた。その音がだんだん大きくなってくる。ビリングズは声をあげて笑ったが、意図に反して、力のない笑い声だった。

「風だ。ほかの音であるわけがない」

「いいえ、ご主人さま、風ではありません。魔神です。おそらく、先ほど見た砂塵の柱か、あるいは、別の魔神です」

「魔神なら、恐ろしいだろうに。なぜ、そなたは怖がっておらん？」

シェヘラザードの菫色の目が怒りで大きくみひらかれた。「わたくしが魔神を怖がる、ですって？　とんでもない！　魔神のほうがわたくしを怖がっているのでございますよ！」

シェヘラザードは誇らしげに、右手のひとさし指の大きな指輪をさし示した。その指輪にはビリングズもとうに気づいていた。

「この印形つきの指輪は」溶けて流れる黄金の声が豊かに響きわたる。「真鍮と鉄とで造られています。ご主人さまもご承知のとおり、魔神はたいそう鉄を恐れております。かつて鉛《なまり》の封印を手に入れましたときに、もっとも優れた細工師に、この指輪を造らせました。

その鉛の封印は、ダーウードの子、スレイマーン王が何百年も前に、真鍮の壺《つぼ》に魔神を封じこめたときにお使いあそばしたもので、王はご自分の印形で鉛の栓《せん》に封をなさったのです。真鍮の部分には、善なる魔神を支配するスレイマーン王の命令が刻まれています――善なる魔神は、もはやひとりも残っておりませんが。そして鉄の部分には、悪魔《シャイターン》や、大魔神《イフリート》、悪魔神《マーリド》を支配するスレイマーン王の命令が刻まれています。さらに、この指輪には〈偉大なるおんかた〉の御名《みな》が刻みこまれています。おお、ご主人さま、このような指輪を持っているおかげで、わたくしには魔神を恐れる理由などございません。ですが、魔神のほうには、わたくしを恐れる理由があるのです！」

シェヘラザードが指輪をはめた指を鼻先にさしだしてきたので、ビリングズにも印形がよく見えた。だが彼は護符《ごふ》よりも、彼女の顔のほうに関心があったため、印形にはちらっと目をやっただけだった。しかし、彼女の真剣な表情と、強い光のこもった目を見ると、ビリングズは一瞬、彼女の話は民間伝承などではなく、真実に基づいたものだと、なかば信じそうになった。が、すぐに我に返って立ちあがった。

「わたしは風だと思うが、とりあえず確かめてみよう」

ふたりはいちばん外側の円までもどり、ヤシの木陰から砂漠のほうをうかがった。低く唸るような音は、いまではうるさいほど大きくなり、不気味な調子を帯びている。音源は先ほどの渦巻く砂塵の柱だ。少なくとも、ビリングズの目には同じものに見えた。その渦巻きはもうすでに、半マイルもないほどの距離まで近づいてきているので、ビリングズにもよく見える。ところどころ黒みの強い濃褐色の色合いで、高さはおよそ二十フィート、直径は三フィートぐらいある。だが、オアシスからたっぷり数百ヤードは離れたところを通過しそうなので、ビリングズは心底ありがたいと思った。その渦巻きが魔神であろうがなかろうが、気になるしろものにちがいはなかったからだ。

しかしシェヘラザードはまったく気にしていない。それどころか、町にやってきたサーカスの、象のパレードでも見物しているのかというようすだ。

「ご主人さま、あれはイフリートです。わたくしたちがここにいることを知っているのです。ほら、向きが変わりました」

そのとおり。渦巻きは進路を変更した。もはやタイムスレッドに跳び乗って逃げるチャンスは、まったくない。ビリングズが不安の目で見守っていると、黒褐色の渦巻きはオアシスまで三十フィートという地点まで直進し、そこでぴたりと停止した。低く唸るような音も薄れて消え、砂塵——それが砂ならば——の渦巻きが形を変えはじめた。じきに、外向きに広げた巨大な脚が二本と、錨《いかり》のようなふたつの手が現われた。最後に見あげるような高さのところに顔が現われた。真鍮のヤカンを逆さにして、ぞんざいに目鼻を描《か》いたような顔だ。その顔ときたら！　目はぐるぐる回る車輪そっくりだし、あぐらをかいた鼻は少し上を向いている。鯨飲馬食《げいいんばしょく》を誇った巨人、ガルガンチュアもかくやと思われる大きな口がかっぽりと開いていて、墓石のように大きな歯が見えている。上下の歯が嚙《か》みあわされたとたんに、火花が散った。

ビリングズは片方の手に握った凍結銃をヤカンのような顔に向け、もう一方の手でシェヘラザードを抱きよせた。ふわっと香料の芳香がただよい、その香りにつつみこまれる。

ビリングズは自分も二十フィートの背丈ならいいのにと思った。そうすれば、自分たちの生命を脅《おびや》かしている怪物と一騎打ちで戦えるのに。しかし現実には二十フィートもないので、二十二世紀の手軽な戦闘手段を使い、射程距離に入ってきたイフリートの戦闘力を奪ってしまうしかない。とはいえ、敵は射程距離に入ってきそうにない。

イフリートはもう一度歯を嚙み鳴らすと、あとずさって、ぐるぐる回転しはじめた。低く唸るような音が始まり、不協和音が次第に強くなっていく。イフリートの顔が消えた。頭部が消え、手も脚も消えていく。そしてふたたび砂塵の渦巻きとなり、ぐるぐる回転する砂の柱となって、来たほうにもどっていった。

ビリングズはそれをじっと見送った。しばらくして、まだ腕をシェヘラザードの肩にまわしたままだということに気づいた。なんとなくなごり惜しい気持で彼女を放すと、手近な倒木《とうぼく》に腰をおろした。シェヘラザードは興奮して顔を紅潮《こうちょう》させ、菫色の目をきらきらと輝かせて、彼のそばにすわった。

「おお、ご主人さま、なんとお礼を申しあげればいいのか、わかりません。ご主人さまの宮殿にまっすぐにもどるのではなく、わざわざ〈隔《へだ》ての地〉を通る道筋を選んでくださるとは。ここに来ることは、わたくしの長いあいだの念願でございました。おかげさまで、魔神のけがらわしい手で、わたくしの故郷《くに》の人々がこうむった苦しみに対し、復讐をとげる機会を与えていただけました。この機を逃さず、ただちに真鍮の都にまいりましょう。魔神どもは、そこに住んでおりますゆえに」

今日という日がひそかに用意している〝不意打ち〟に、終わりはないようだ。

「ここがどこか、そなた、確かなことを知っているというのか？」ビリングズは疑わしげに訊いた。

「もちろん、わかっておりますとも、ご主人さま。わたくしたちは〈隔ての地〉を越えて魔神の世界に入ったのです。もちろん、死すべき運命《さだめ》の者は、なんの助けも受けずに現世《うつしよ》からこの地に来ることはかないませんので、わたくしもここに来たことはございません。ですから、あの真鍮の都を目にしたときには、わたくしは我が目を疑いました。でも、イフリートがわたくしたちを探りにきたのを見て、はっきりとわかったのです。ご主人さま、かの者どもは恐れています。わたくしたちはそこに乗じて、かの者どもを真鍮の壺に封じこめ、壺を海に投げこまなければなりません」

シェヘラザードの声には、生まれついての聖戦士的熱意がこもっている。そのせいか、印形つきの指輪がさらに輝きを増しているようで、ビリングズはアメリカの禁酒法時代に斧《おの》で酒場をこわしてまわった禁酒運動家、キャリー・ネーションを思い出した。思わずため息が出る。ビリングズとしては、魔神たちに挑む、女ひとりの聖戦《ジハード》に肩入れするしかない。

「〈隔ての地〉とやらのことを、もっとくわしく説明してくれないか？」そういったあと、あわててつけくわえる。「いや、知らないわけではないが、記憶を新たにしたいのだ」

二度うながす必要はなかった。「ご主人さまのおおせとあらば喜んで。ならば、そもそもの始まりからお話しいたしましょう」

3　隔ての地

わたくしがまだ幼かったころ（と、シェヘラザードは語りはじめた）、ある日、宰相《ワジール》であるわたくしの父の住まいに、貧しい漁師がやってきました。この漁師は網にかかったという真鍮の壺を、練り菓子《カターイフ》ひとつと引き換えに献上《けんじょう》すると申し出たのです。真鍮の壺には鉛の封がしてあり、スレイマーン王の印形が押してありました。父は漁師に練《ね》り菓子を与え、壺を受けとると、中庭の人目《ひとめ》につかない場所に置きました。次の朝、それをみつけたわたくしがなにげなく持ちあげてみると、たいへん重うございました。封印には気づきましたが、それがどのような意味をもっているのか知らなかったわたくしは、料理女からナイフを借りて、鉛をこじって蓋《ふた》を開けてしまったのです。

するると、たちまちもくもくと煙が立ち昇って空に広がり、地面をもおおってしまいました。やがて煙は一ヵ所にまとまり、凝縮して形をとりはじめ、イフリートと化したのでございます。その大きさときたら、雲をつくほどでございました。頭は丸屋根のごとく、手は鍬《くわ》のごとく、脚は帆柱《ほばしら》。その口は洞窟さながら、歯は石のごとく、鼻孔はラッパのごとく。目は松明《たいまつ》の火、黒みがかった鳶《とび》色の髪はもじゃもじゃに乱れておりました。

イフリートを見たとたん、幼かったわたくしは脇腹が震えだし、怖くてたまらなくなりましたが、どうすればいいのか、わかりませんでした。

イフリートはわたくしの姿を認めると、こう申しました。「アッラーのほかに神はなし。スレイマーン王こそアッラーの預言者なり。おお、アッラーの預言者よ、我を殺したもうな。二度とあなたさまに逆らったり、そむいたりはいたしませぬゆえに」

「おお、イフリートよ」わたくしは呼びかけました。「おまえ、アッラーの預言者スレイマーン王といいましたね。でも、スレイマーン王は千七百年前にお亡くなりになっているのですよ。いまはむかしのことです。おまえは歴史を知らないのですか？　おまえの話はどういうこと？　どうしてこの壺のなかに封じこめられたのです？」

わたくしのことばを聞くと、イフリートはいいました。「アッラーのほかに神はなし！おお、娘よ、いいことを教えてやろう」

「どんなこと?」

「すぐさま、おまえに、もっともむごい死をくれてやるということさ」

「なにゆえ、わたくしを殺すのです?　このわたくしがおまえを壺から出してやったというのに、なぜ殺すというのです?」

「どんな死にかたがいいか、どんな殺されかたがいいか、選ぶがいい」

「死なねばならぬとは、わたくしがいったいなにをしたというの?」

「娘よ、おれの話を聞くがいい」

「では聞きましょう。でも、手短にしておくれ。わたくしの魂《たましい》は足の先まで沈みこんでしまいそうなのだから」

　イフリートはいいました。「ならば聞け。おれは反逆の魔神。ダーウードの子スレイマーンにそむきし魔神。おれと、やはり魔神のサーフルは反逆者だった。スレイマーンは、時の宰相《ワジール》、バルヒーヤの子アサーフをおれのもとによこした。アサーフはむりやりにおれをスレイマーンのもとに連れていった。スレイマーンはおれを見ると神に加護《かご》の祈りを捧げ、おれに忠誠を求めた。やつの神に帰依《きえ》しろというのだ。おれははねつけた。するとスレイマーンはその真鍮の壺を取りよせ、おれを中に閉じこめた。蓋に鉛で封をして、その上に〈偉大なる御名〉を刻みこんだ。そしてその壺を忠実な善なる魔神に渡して、海に放りこむように命じたのだ。

おれは海の底で百年をすごした。そのあいだ、こう思っていた――おれを解き放ってくれる者がいれば、その者に永遠の富を与えてやろう、と。

だが、その百年が過ぎても、おれを救ってくれる者はいなかった。二百年目に入ったとき、おれは思った――おれを解き放ってくれる者がいれば、その者に地上のありとあらゆる宝をやろう、と。

だがやはり、救いだしてくれる者はいなかった。そして四百年が過ぎたとき、おれは思った――解き放ってくれる者がいれば、三つの願いをかなえてやろう、と。

だのに、やはり、誰も救いだしてはくれなかった。おれは怒りくるい、こう決めた――これから先、おれを解き放つ者がいれば、そいつを殺してしまおう。ただし、どんな死にかたがいいか、その者に選ばせてやることにしよう、と。

そしていま、きさまがおれを解き放った。それゆえ、どんな死にかたがいいか、きさまに選ばせてやろうというのだ」

わたくしは迫りくる死の手を感じ、イフリートに心からたのみました。「解き放たれたことをありがたく思い、わたくしを殺さないでおくれ」

するとイフリートはこう応《こた》えました。「きさまを殺そうというのは、ほかでもない、きさまがおれを解き放ったからだ」

わたくしは胸の内で考えました――相手は魔神で、わたくしはかよわい乙女。でも、わたくしはアッラーから知恵を授かっている。こいつがずるくて不実な企《たくら》みをしたように、わたくしも知恵と巧みなことばで、こいつをやっつけてやろう、と。

　そこでわたくしはイフリートにこういいました。「どうしてもわたくしを殺そうというの？」

「そうだ」

「では、ダーウードの子スレイマーン王の封印の上に刻まれた〈偉大なる御名〉にかけて、おまえにひとつ訊きたいことがあります。まことのことを教えてくれますか？」

〝スレイマーン王の封印の上に刻まれた〈偉大なる御名〉〟ということばを聞くと、イフリートは動揺し、体を震わせました。

「よかろう、さっさと訊くがいい」

「この壺にいったいどうやって入っていたの？　手はおろか、足すらも入りそうにないじゃないの。その体ぜんぶがどうやって入っていたというの？」

「おれがこの壺に入っていたのが信じられないというのか？」

「この目でみるまでは、とても信じられないわ」

　するとイフリートの姿がゆらりと揺れて崩れ、煙と化して空に昇ると、細い煙の柱となって少しずつ壺の中に入っていき、やがてすっかりおさまってしまったのです。わたくしはすばやく鉛の封印のついた蓋をつかみ、それで壺の口をふさいで、イフリートに呼びかけました。

「どんな死にかたがいいか、選ぶがいい。わたくしがおまえを海の底にもどしてやる」

イフリートは壺から出ようと、さんざんにもがきましたが、どうしても出られません。イフリートは、またもやスレイマーン王の印で封じられ、魔神のなかでももっとも卑《いや》しい、もっとも汚《けが》らわしい、もっとも力のない魔神として捕らえられてしまったことを悟ったのでございます。わたくしはその壺を持って、海岸にまいりました。それを察したイフリートは叫びました。

「やめてくれ！　たのむ！」

わたくしは答えました。「やめるものですか！　ちゃんとやりとげてみせます！」

イフリートは声をやわらげ、へりくだった口調でいいました。「おお、娘よ、おれをどうするつもりだ？」

「海に投げこんでしまうのよ。これまで千七百年も海の底にいたのなら、今度は〈最後の裁きのとき〉がくるまで、海に沈めておくことにしましょう。わたくしはおまえに〝助けておくれ、そうすればアッラーもおまえを助けてくださる。わたくしの生命を奪わないでおくれ。そうすればアッラーもおまえの生命を奪わないでくださる〟といったのに。でも、おまえはわたくしの願いを聞こうとはせず、むごいことをしようとした。それゆえアッラーは、わたくしの手におまえをゆだねてくださったのです。おかげで、わたくしはおまえを欺《あざむ》くことができた」

「壺から出してくれ」イフリートは訴えました。「おれを解き放ってくれれば、〈隔ての地〉のことを教えてやる。〈隔ての地〉とは、人間の世界と魔神の世界を分かつ地のことだ。ふつうの、死すべき運命の者は、その境界を越えることはかなわぬのだ」

「では、それを先に話しなさい、よくわかるように。そして、まことのことをいったなら、壺の蓋を開けて、おまえを解き放ってあげましょう」

「よかろう」そこでイフリートは次のような話を語ったのです。


おお、娘よ、マラスの街の近くに、とある商人が住んでおった。商人は金持で、家畜も持っていたし、妻と子どもたちもいた。そのうえ、アッラー（その御名の称えられんことを）はその商人に、鳥や獣《けもの》のことばがわかる力をお授けになっていた。

さて、商人の住まいは田舎《いなか》にあり、家畜小屋にはロバと雄牛《おうし》が一頭ずついた。雄牛はロバのことをひどくうらやんでいた。というのも、ロバの仕切りのほうが広いばかりか、とても居心地がよさそうだったからだ。ロバが毎夜ぬくぬくと王侯の暮らしを楽しんでいるのを見て、誇り高い雄牛は、自分が粗末な床《とこ》で寝なければならないのは不当だと思った。そこで雄牛は、ロバの仕切りに入りこみ、家畜番の奴隷が毎日たっぷりと敷きつめる藁《わら》の寝床を横取りして眠るようになった。

雄牛のこのふるまいを知った商人はひどく腹を立て、奴隷の家畜番に、ふたつの仕切りのあいだの四腕尺《キュービット》の長さの壁を、五キュービット分長くするように命じた。雄牛のつなぎ紐の長さは九キュービットなので、雄牛は壁をまわって隣の仕切りで寝ることはできないはずだ。

家畜番は命じられたとおり、仕切り壁を五キュービット分長くした。

ところが次の朝、家畜番がすっかり動転して主人のもとに駆けつけてきた。「ご主人さま、昨夜、あの雄牛めは仕切りの壁を乗り越えて、前と同じようにロバの寝床で寝たようでございます。藁の寝床に重いものがのった跡が残っております」

これを聞いた商人は家畜番が嘘をついているのだと思い、叱りつけた。「あの仕切り壁の高さは四キュービットある。雄牛にあれを乗り越えられるわけがない」

家畜番は商人に、家畜小屋に行ってその目で確かめてくれるように懇願した。商人は家畜番の必死な懇願を哀れに思い、自分で確かめることにした。すると、おお、なんということか、家畜番のいったとおり、ロバの藁の寝床の上には、雄牛のように重い体をもつのしかつけられない、深いくぼみができていたのだ。

それがわかると、商人はすっかり当惑してしまい、胸の内でこうつぶやいた――アッラー（その御名の称えられんことを）のおかげで、わたしは獣や鳥のことばが理解できる力を授かっている。世間に知らしめるには、あまりにも重大な力なので、これまでは人にも獣にも決して見せないようにしてきた。したがって、どうやってそんな途方もないことができたのだと、いまここで雄牛を問いただすようなまねをして、この力をさらけだすわけにはいかん。

　そこで商人は前と同じようにロバの権利と暮らしを守ってやることに決め、家畜番に仕切りの壁を六キュービット分高くするように命じた。この高さならば、たとえ雄牛の跳躍力がどれほど優れていても、つなぎ紐の長さが足りなくて、仕切り壁を乗り越えることはできないはずだ。家畜番は命じられたとおり、仕切り壁の高さを十キュービットにした。

　次の朝、商人のもとに駆けこんできた家畜番は気が動転して、満足に口もきけないありさまだった。

「ご主人さま！　ご主人さま！　昨夜、あの雄牛めは仕切り壁を乗り越えて、ロバの横で寝たようでございます。藁の寝床に重いものがのった跡がついております」

　家畜番の話を聞くと、商人は急いで家畜小屋に行き、またもや家畜番のことばがまことであったことを認めた。ロバの藁の寝床には、雄牛の重い体がつけた深いくぼみがあったのだ。こうなっては、獣や鳥のことばがわかる力を隠しておくことはできないと悟り、商人は家畜番をさがらせ、ひとりで雄牛の仕切りに入った。そして雄牛に次のように問いただした。

「おお、この恥知らずな生きものよ、アッラー（その御名の称えられんことを）はわたしに、獣や鳥のことばがわかる力を授けてくださったのだ。ゆえに、アッラーの御名において、おまえに尋ねるものと心得よ。おまえのつなぎ紐は九キュービットの長さしかないのに、なにゆえに十キュービットの高さの壁を乗り越え、ロバの寝床で寝ることができたのだ？」

雄牛は、動揺している主人がアッラーに偉大な力を授かっていることを知り、ぶるぶる震えながらこう答えた。

「ご主人さま、壁の向こうに行くには、三つではなく、四つの方法がございます——壁をまわっていく。壁の下をくぐる。壁の上を乗り越える。そして、壁を突き抜ける。わたくしめには壁をまわっていくことも、下をくぐりぬけることも、上を乗り越えることもできませんので、四番目の、壁を突き抜ける方法を選んだのでございます」

雄牛の話を聞くと、商人は当惑し動転していたのが嘘のように、烈火《れっか》のごとく怒った。

「おお、この恥知らずな生きものめ、なにゆえそのようないつわりを申す！」商人はどなりつけた。「そのようなことは、魔神か悪魔にしかできぬしわざだ！」

「とんでもございません、ご主人さま」雄牛はいった。「秘密さえわかれば、誰にでもできることでございます。その秘密というのは、こういうことなのです——壁というのは、ある角度からぶつかっていけば、突き抜けられるのでございます」

雄牛は前に進みでて体の向きを変え、壁に対して斜めにかまえてから肢《あし》を踏みだすと、すうっと壁を突き抜けてしまった。そして、まったく同じことをして、自分の仕切りにもどってきた。

大いなる驚異に、商人はひどく感銘を受け、雄牛にいった。

「まさに、おまえはまことのことを申していたのだな。おまえはすばらしいことをなしとげた。おまえのようにりっぱな生きものに、ロバごときものより劣った住まいはふさわしくない」

商人は家畜番を呼び、雄牛の仕切りを二倍の広さにして、毎日新しい藁をたっぷり床に敷くように命じた。雄牛はすっかり喜び、そののちは、満足して自分の仕切りで寝るようになった。

『雄牛とロバと商人の話』を終えると、イフリートはいいました。

「おお、娘よ、〈隔ての地〉のことを理解するには、いまの話との類似点を憶えておくことだ。ロバの仕切りというのは、人間の世界のことであり、雄牛の仕切りというのは、我ら魔神の世界のことだ。ロバが人間で、雄牛が魔神だ。そしてふたつの仕切りを隔てている壁というのが、〈隔ての地〉なのだ」

魔神はさらにいいました。「おれはきさまとの約束を守った。きさまもおれとの約束を守らねばならぬ。おれを解き放ってくれ。きさまには決して害を加えぬと誓う」

わたくしは約束は約束だと認め、偉大なるおんかたの御名にかけて、魔神に堅く誓いをたてさせると、壺の蓋を開きました。煙がもくもくと立ち昇り、すっかり壺から出てしまうと、煙は凝縮して、前と同じように、見るも恐ろしい魔神の姿と化しました。魔神は真鍮の壺を海に蹴りこむと、どこかに去っていきました。わたくしは封印のついた鉛の蓋を持って、父の宰相の家にもどりました。そのあと、蓋に残っていたダーウードの子スレイマーン王の印形を使い、この指輪を作らせたのです。魔神を制する力をもたらしてくれるとわかっていたからでございます。もっとも、わたくしは魔神どもの秘密を知りましたが、今日まで、かのものどもの世界に行くことはできませんでした。

おお、ご主人さま、これが〈隔ての地〉の物語でございます。

(と、シェヘラザードは口をつぐんだ)。

4　真鍮の都

しばらくのあいだ、ビリングズはいうことをなにも思いつけなかった。本物の魔神を自分の目で見た、というしゃくにさわる事実がなかったら、シェヘラザードの話を眉唾もので聞き、話の種《たね》は、『千一夜物語』をつむぎだすもととなった、民間伝承のなかから採《と》ってきたものだと思っただろう。当然のことながら、魔神の存在——あるいは魔神らしきもの存在を証明することにはならないが、自分たちが〈隔ての地〉の存在――は、〈隔ての地〉を越えてしまったとみなすほうが納得がいく。まばたきひとつするうちに、どういうわけか、ビリングズとシェヘラザードが時空を跳んで別の世界に来てしまった、という事実は、この別の世界とふたりがいた世界とが隣合わせに存在している、という考えを否定しがたいものにしているからだ。

いまや太陽は中天にさしかかっていて、ビリングズの腕時計は一一二二時を示しているので、魔神の世界の時の流れは、人間の世界のそれと同じだと考えてもさしつかえないようだ。ビリングズは真鍮の都の向こう側にある球体をみつめ、宇宙船にちがいないと思った。そして、魔神は人間と同じテクノロジーをもっているのだろうかと疑問に思った。

民間伝承では、ダーウードの子スレイマーン（つまり、ダビデの子ソロモン）が壺に封じこめたように、魔神をむしろ愚鈍《ぐどん》なものとみなしている。だが、民間伝承を鵜《う》呑《の》みにすることはできないし、魔神のほうが人間よりもテクノロジーに長《た》けているかもしれない。もしそうなら、真鍮の都には、タイムスレッドを修理する手だてがあるかもしれない。

心を決めて、ビリングズはシェヘラザードにいった。「今夜、星が出たら、真鍮の都に行ってみよう」

サンタクロースに会わせてやるといわれた幼い子どものように、シェヘラザードは興奮した。「おお、ご主人さま、とても待ちきれません！」そういったあと、小さなため息をつく。「いまここに、鉛と、それを溶かす手だてがありさえすれば」

ビリングズはするどい目で彼女を見た。「鉛？」

「はい。魔神どもを壺に入れたら、蓋を鉛で封じ、スレイマーン王の印形を押さなければなりません。そうしないと、魔神どもがまた壺から出てきてしまいますから」

ビリングズはまじまじとシェヘラザードをみつめた。いまのいままで、この女の護符である指輪をばかげたものだとみなし、胸の内で、彼女の主張を迷信的なたわごとだと思い、九割かたを冷たく聞き流していた。だが、これはあんまりだ。多少なりとも科学的知識を教えてやるべき潮時《しおどき》だ。

そうするべく、ビリングズは口を開いた。が、すぐにまた口を閉じてしまった。シェヘラザードは、ビリングズが天地を創造し、望めばいつでも新たな星を創《つく》りだせる、と信じきっているような目で彼をみつめているからだ。

「ちょうどよかった」気がつくと、ビリングズはそういっていた。「わたしは鉛を持っているし、それを溶かす手だても知っている。そなたに鉛をあげよう。溶かす手だても教えてやる。そのあとは、考えごとができるように、静かにしていてほしい。考えなくてはならないことが、山ほどあるのでな」

鉛のインゴットと、小さな柄杓《ひしゃく》型の携帯自動加熱器は、タイムスレッドに常備してある標準的修理用品だ。ビリングズはその二品を工具箱から取りだし、加熱器の使いかたを教えてやった。シェヘラザードは大喜びで、つと身をのりだすと、ビリングズのくちびるにそっとキスした。

ビリングズは別人になったような心持ちで、鉛と加熱器を工具箱にもどした。そして、気に入ったヤシの木をみつけると、その下に腰をおろして、もの思いにふけった。シェヘラザードは彼のそばにすわり、ネズミのようにおとなしくしている。

ビリングズは科学的知識をひけらかさなくてよかったと思った。シェヘラザードにキスされたからではなく、彼女の忠実無私な心情は、けちな科学的ひとりよがりで踏みにじってしまうには、貴重すぎるほど貴重に思えるからだ。それに、鉛と加熱器が彼女の士気を高めるのに役立つというのなら、故意にその二品を与えないのは、決して褒《ほ》められることではない。

夜になって星が見えるようになると、ビリングズは星など出てくれなくてよかったのにと思いそうになった。というのも、星座は嘘をつかないからだ。頭上でまたたいている星座は、ビリングズとシェヘラザードが十万年後の未来に来ていることを語っている。別の太陽系に来ているのかもしれない、というビリングズの仮説ははずれた。

星ぼしの並びかたや速度が変化し、北斗七星は優美な婦人靴の形に変わっている。さそり座は尻尾《しっぽ》の巻きあがった三本肢の犬のように見える。オリオン座らしき星座は見あたらず、髪《かみのけ》座は星ぼしが散らばって、星座の形をなしていない。

だが、ビリングズは月が昇るまで、星座が語っている真実を信じようとはしなかった。月が昇った。彼が知っている月よりも、ここの月は実質的に年老いているわけだが、その神々《こうごう》しい姿は見まちがえようがなかった。ということは、ビリングズがいまいる惑星は、まぎれもなく地球なのだ。

とすると、〈隔ての地〉は、ほかの未知なるもののなかで、十万年に近い年月を代表するものといえる。この地を離脱する方法をみつけないかぎり、ビリングズとシェヘラザードは永遠にここに、遠い未来にとどまるしかない。また、たとえこの地を離脱できても、ここに来る直前の時代――九世紀――にもどってしまう可能性が大で、そうなれば、やはり二十二世紀にはもどれないままだということになる。

しかも、たとえ時間移動装置が順当に作動したとしても、タイムスレッドの最大移動時間は五千年と限られているために、〈隔ての地〉から直接二十二世紀にもどることはできない。

ああ、なんということだ！

だが、とビリングズは思った。彼の仮説どおりに別の太陽系に来てしまったというよりも、未来の地球に来ているというほうが、まだましではないだろうか。必要とあらば、ビリングズもシェヘラザードもなんとかやっていける。ここには食べものも水もたっぷりあるし、気候もしのぎやすい。しかし、魔神たちに関していえば、先ほど見たかぎりでは、凍結銃が効く相手ではなさそうだ。魔神を氷像にするのは、雲に種をまくようなものだろう。

ふとある考えが頭に浮かんだ。人間の頭が大きなヤカンのようになり、もくもくした煙に変身するようになるには、いったいどれぐらいの年月が必要なのだろう？　魔神が紀元十万年の人間だという可能性は……？

ばかばかしい！

だが、ばかばかしかろうがそうでなかろうが、あの球体が異星人の宇宙船だと判明しないかぎり、それが現実にふさわしい仮説となる。

とはいえ、仮説などいくらでもたてられる。仮説には、ビリングズはもううんざりしていた。必要なのはもっと多くの事実だ。論理的にいって、事実を収集するには、真鍮の都を探るのがいちばんだろう。ビリングズはシェヘラザードが星座の変化に気づいたかどうか気になって、彼女のほうを向いた。

シェヘラザードは祈りを捧げていた――その日五回目の、そして日没以降二回目の祈りを。ビリングズは自分がイスラム教徒に扮《ふん》していることを思い出し、シェヘラザードに和して、アッラーの御名を称えた。祈りが終わると、ふたりはタイムスレッドにもどり、カモフラージュのナツメヤシの葉をどかして、座席にすわった。

夜空高く昇ると、ビリングズはタイムスレッドを高度三百フィート、時速十五マイルに保ち、真鍮の都に近づいていった。湖の上を通過するときに、タイムスレッドの反重力のせいで、湖面にさざ波が立った。

夜の帳《とばり》が下りると、塔が巨大な灯台の役割を果たしていた。塔のてっぺんから青みがかった明るい光が放射され、その朝は黒く見えた都を、くまなく照らしだしている。都を取り囲んでいる壁も、陽光のもとではまっ黒に見えたが、いまはまばゆい照明を受けて光っている。ビリングズは闇に沈む都を予想していたのだが、予想とはまったくちがって、大きな真鍮の松明のような塔からの明かりで、真鍮の都は光り輝く不夜城と化している。

ビリングズは臆《おく》さずに湖を越え、壁の上空を通過した。下方には、簡素な箱形の建物がブロックをなして整然と並び、ひとけのない狭い通りが幾筋も走っている。もの音ひとつせず、動く影ひとつない。人間や乗り物も見えないし、魔神のいる気配もない。明るい光があふれているにもかかわらず、都は死んでいる。

ビリングズはシェヘラザードにそういった。だが、彼女はうなずかなかった。「いいえ、ご主人さま、魔神どもはどこかにいます。わたくしたちを恐れて、隠れているのでしょう」

そうであればいいとは思うが、ビリングズにはそうではないとわかっていた。タイムスレッドを塔に向けて進め、塔の上空に達すると、丸屋根のような頂きまで数ヤードというところまで、ゆっくりと降下させた。

　青みがかった光は、水平な溝から角度をもって放射されていて、いちばん遠くの壁をもくっきりと照らしだしている。水平な溝の上には反射鏡のようなものが取りつけられていて、光の一部を真下と左右に屈折させているため、都の他の場所と同じように、塔の下方も近辺もくまなく照らしだされ、その光景が楽しめた――いや、〝観察できた〟というべきかもしれない。これだけ明るいと、都に接している塔にこっそり近づいて中に入るのはとうてい不可能、ということになる。

　光が放射されている表側《おもて》を離れ、塔の裏側にまわってみる。塔の頂きの近くに細い開口部があり、そこからうっすらと光が洩れている。しかし、地面近くに出入り口がみつかるかもしれないと期待して、ビリングズは一瞬もためらわずにタイムスレッドを降下させた。塔の側壁に沿って下降していくにつれ、塔が円錐《えんすい》形をしていて、徐々に裾広がりになっていることがわかった。塔の裏側にあたる区域は比較的暗いが、出入り口はひとつもなかった。

　となると、塔の頂きから入るしかない。ビリングズは少し前に無視した開口部までもどり、そのすぐそばまで上昇すると、タイムスレッドを〈停空〉にロックした。開口部は厚い壁に垂直に開いた細いすきまにすぎないものだが、体を横むきにすれば、ビリングズでもなんとか通れるほどの幅がある。見かけどおり、この塔が真鍮でできているのかどうか壁面に目を近づけた。いや、これは真鍮ではない。なにかはわからないが、合金の一種だ。

見かけは真鍮に似ていて、亜鉛《あえん》や錫《すず》や銅よりも、はるかに耐久性のある金属元素から成る合金。はたしてそんな金属があるものかどうか、ビリングズには見当もつかない。だが、なんとなく地球産の金属ではないような気がする。

ビリングズはシェヘラザードにいった。「中を調べてみる。わたしがもどってこられなくなったときのために、そなたが命じればこの魔法の絨毯が動くように、動かしかたを教えておこう。まず最初に――」

シェヘラザードは両手をあげて彼をさえぎった。「でも、ご主人さま、指輪をはめているのは、わたくしでございますよ。指輪がなければ、魔神にかなうわけがありません。ぜひともわたくしをお連れくださいませ！」

ビリングズは、凍結銃をおさめてある長衣の右袖を軽くたたいてみせた。「わたしもささやかな護符を持っているよ」

なおもつづく抗議を無視し、ビリングズはシェヘラザードに、タイムスレッドの動きをコントロールするための、三つの簡単な操作方法を教えた。

「わたしとて、そなたに待っていてほしいが、闇が白んできたら、そのあとは待っていてほしくない。夜が明けるまでにわたしがもどらなければ、あるいは、待っているあいだに危険がせまれば、そなたにはここを離れてほしい。それも、早急に」

「おひとりでいらしてはいけません。そんなことをなさるべきではありません！　でも、どうしてもとおっしゃるなら、わたくしの指輪をお持ちになってください。これがあれば、必ず無事にお帰りになれます」

ビリングズはくびを横に振り、さしだされた指輪を彼女の指にはめてやった。菫色の目が心配そうに曇っているのを見て、ビリングズは心を動かされ、身をかがめてシェヘラザードの額《ひたい》にキスした。ふたたび芳香につつまれ、今度は、二十フィートの巨人ではなく、あのスルタンになりたいとビリングズは思った。これもまた、決してかなうことのない願いだ。

そそくさと身を退《ひ》き、シェヘラザードをふりかえりもせずに、ビリングズはタイムスレッドから開口部の下枠に降り、狭い開口部をなんとか通り抜けた。

通り抜けてみると、そこは家具や調度といえるものはなにひとつない、がらんとした小部屋だった。家具も調度もないが、天井から床上五フィートぐらいのところまで、三本の真鍮の鎖で吊された大きな真鍮の壺があった。天井がいやに高いので、小部屋というより物入れという感じがする。それはそれでいい。ふつう、物入れには、部屋と同じようにドアがあるものだ。この物入れも例外ではない。そのうえ、ドアは少し開いていた。

どこにも魔神がひそんでいないことを確認すると、ビリングズは開口部の下枠から床に降りて、部屋を突っ切り、ドアに向かった。ドアの高さはたっぷり十五フィートはあるし、その厚みから見て、少なくとも四分の一トンの重さがありそうだ。だが、手をかけてみると、意外にも軽々と開き、きしみもしなかった。このドアも、部屋の壁も天井も床も、塔の外壁と同じ真鍮まがいの合金でできている。ただし、天井から吊りさがっている鎖と壺は、本物の真鍮だ。

ドアを出たところは半円形の踊り場になっていて、左手の数フィート先に斜路《ランプ》があり、折れ曲がって下方に向かって伸びている。ビリングズが出てきた小部屋の隣には、なめらかな真鍮まがいの合金でできた壁と巨大なドアがある。この塔の頂きの部分は、二分されているのだ。ビリングズが入りこんだ小部屋に魔神がいなかったように、もうひとつの小部屋にもいないと推測できる。

このころになって、ようやくビリングズは不快な刺激臭に気づいた。その臭いは前からただよっていたのだが、緊張していたせいか、いままで気づかなかったのだ。電線がショートしたときのような臭い。

ほかにも気づいたことがある。あたりを照らしているやわらかな光は、目に見える光源から発しているのではなく、空気そのものが発光しているようなのだ。それ自体は格別にめずらしいことではない。二十二世紀でも、イオン浸透現象はごく一般的なものだ。

だがもしイオン浸透現象が活用されているとすれば、塔から放射されている青みがかった光のもつ意味はなんだろう？

青みがかった光の源《みなもと》は、隣の小部屋にあるにちがいない。ビリングズはそのドアを開けてみようとしたが、壁そのものと同じく、ドアはびくともしなかった。

もしかすると、この小部屋には、魔神がいるのだろうか？

ビリングズはいないというほうに賭けた。そして凍結銃をすばやく使う必要があるときにそなえて、右手を適切な高さにあげたまま、斜路を降りはじめた。

踊り場を離れたとたんに、斜路は急激に左に折れて、そのあとは壁に沿って下っている。壁はのっぺらぼうだが、斜路を十ヤードほど降りていくと、ドアの並んでいる内壁があった。軽く触れただけで、ドアはすっと開いた。ビリングズは用心深く中をのぞいてみた。外に面した壁に開口部がないことを除けば、数分前に出てきた小部屋とそっくり同じで、天井から三本の鎖で吊りさげられている壺も、最初の小部屋で見たものと寸分ちがわない。

ビリングズはその壺をおろして中をのぞいてみたい誘惑に駆られたが、〈停空〉状態のタイムスレッドでひとり待っているシェヘラザードのことを思い、できるだけ早く彼女のもとにもどるために、早急に調査を完了させることにした。

たったいま開けてみたドアは、ずらりと並んでいるドアのいちばん手前のもので、残りのドアもきちんと閉められていなかった。さらに三つのドアを開けてみると、三つの同じ小部屋と、三つの同じ三本組の真鍮の鎖と、三つの同じ真鍮の壺がみつかっただけだったので、ビリングズは時間のむだだと判断して、それ以上、ドアを開けてみるのはやめにした。

ようやくドアがなくなり、のっぺらぼうのなめらかな壁がつづくだけになった。しばらく進むと、斜路は平らになり、通路になっていた。平らに見えるものの、それと感じられない程度ながら、通路にはかすかに傾斜がついている。塔の底部が近いとわかり、ビリングズはいっそう用心深く歩を進めた。まもなく通路は行き止まりとなり、目の前に、いままで見てきたドアはミニチュアにすぎないと錯覚してしまうほど、すこぶる巨大なドアが立ちふさがった。だが、見かけによらず、このドアもまたビリングズを手こずらせることはなかった。押すと、すっと開いたのだ。ビリングズは警戒しながら広い部屋に入った。広い？　いや、広大というほうがふさわしい。この部屋の天井はドーム形の屋根の内部と同じく、アーチ造りになっていて、いちばん高いところから床まで、五十フィートはある。その天井から九本の真鍮の鎖が下がり、真鍮の壺が吊されている。これまで見た壺よりずっと大きく、その口から煙が渦を巻いて立ち昇っている。ビリングズが先ほど気づいた、鼻を刺す悪臭は、ここにいたって圧倒的に強くなり、空気はひどく暖かく、しかも乾いている。まるで砂漠の熱風がこの部屋を吹き抜けていった直後のようだ。

他の部屋と同じく、ここにも家具や調度のたぐいはいっさいない。ただし、さまざまな装置でいっぱいだった。ドアの向かいの凹《おう》状の壁は、ダイヤル、ボタン、つまみ、テレタイプをはじめ、さまざまな部品がびっしり並んだ、巨大なパネルでおおわれている。そのうちのいくつかは、なんなのか見当もつかないものだった。パネルの上と左右は壁のように見えるが、じつは郵便切手大のスクリーンを数段数列に並べたものだった。パネルも装置も部品も、いたるところに使われている真鍮まがいの合金でできていて、ガラスのように透《す》きとおったスクリーンも、同じ合金ではないにしても、きわめてよく似た物質でできている。

思わず魅せられてしまい、ビリングズは用心も忘れてつかつかと部屋を突っ切り、いちばん低い段に並んでいるスクリーンを見あげた。いちばん低い段といっても、ビリングズには高すぎて、画面をのぞきこむことは不可能だ。足台にできるものはないかと、ビリングズは部屋の中を見まわした。なにもない。だが、装置パネルの左側から薄い棚板の端が突き出ているのに気づいた。確かめてみると、その棚板は数フィートばかり引き出せるうえに、彼の体重を支えてくれそうだとわかった。ビリングズは引き出した棚板によじ登ると手近なスクリーンをひとつ選び、身をのりだして画面をのぞきこんだ。

スクリーンには、ちっぽけな部屋が立体的に映っている。ちっぽけな部屋には、ちっぽけなベッド、ちっぽけなテーブル、ちっぽけな椅子が、それぞれひとつずつある。ちっぽけな椅子には丸屋根のような頭のちっぽけな男がすわり、ちっぽけなテーブルに両肘《ひじ》をついている。そのちっぽけな男はまちがいなく生きていて、まちがいなく深いもの思いにふけっている。このちっぽけな男は、オリジナルサイズの縮小版にちがいない。ちっぽけな丸屋根頭のてっぺんにちっぽけなこぶがあり、そのこぶに、ちっぽけな天井からさがっているちっぽけなワイヤーが接続している。

ビリングズはほかのスクリーンも見てみた。どのスクリーンもまったく同じ画像を映しだしている。ただし、いくつかのスクリーンの中では、ちっぽけなテーブルを前にすわっているちっぽけな人物は、女だった。髪の毛のない丸屋根頭だが、ほかのあらゆる点から見て、まちがいなく女だといえる。

ちっぽけな部屋は独房にそっくりだ。

そういえば、この都全体が刑務所にそっくりなのだ。

あるいは、モダンな強制収容所。

それにしても、この多数のスクリーンの使用目的はなんなのだろう？　いったいどんな意味をもっているのだろう？

ビリングズはなんとなく理解できるような気がした。考えちがいでなければ、これは人間コンピュータマシンのコントロールボードだ。そして、この都の無数の独房に閉じこめられているのは、疑う余地もなく、このマシンを設置した人々であり、惑星地球の正当な後継者たちだ。

部屋の中が前より暖かくなっているのではないだろうか？　それとも、それは気のせいだろうか？　うしろから聞こえてくる、奇妙な低い音はなんだろう？

ビリングズはふりむいた。

魔神がいた。

5　イード＝ディミルヤート

この魔神にくらべれば、ビリングズがオアシスで見た魔神のほうがはるかに見た目がよかった。あれは大魔神《イフリート》だった。とすると、これは悪魔神《マーリド》にちがいない。魔神に関しては大家《たいか》であるシェヘラザードによれば、マーリドは魔神のなかで、もっとも強い魔力をもっているという。

まだもやもやと残っている煙（煙だか、砂塵だか、不明だが）を差し引くと、マーリドの背丈はおよそ三十五フィート。脚は真鍮の円柱さながら、足は七階建てのビルの礎石《そせき》のよう、腕は潜水艦の吸排気管ほど太く、手は超特大のクマデといえる。頭は真鍮の丸屋根、目は灯油ランプ、鼻はフレンチホルン、耳はテレビのアンテナ、口はグランドキャニオンを連想させる。こんなしろものが、いったいどうやって、ビリングズの思考を乱すこともなく、背後にしのびよってきたのだろう。

「珍奇な怪物でも見るような目で、おれを見るのはやめろ」マーリドはビリングズの脳に直接〝話し〟かけてきた。「おれたち魔神族は能力を最大限に活かして、人間に近い姿をとっているのだ。ベストを尽くしているというのに、それを軽んじられるのは、どんな者であろうと、うれしいわけがない。たとえそれがどんなにささいなことであろうと」

このころにはビリングズも、この七年というもの、怖いもの知らずでやってきた自分をとりもどしていた。それに、マーリドは凍結銃の射程距離内にいる。いずれにせよ、こちらの話を聞いてくれそうなようすなので、さしせまった危険はなさそうだ。

「もう少し小さくなれないか？」

どんなことばを使えばいいかわからなかったので、ビリングズはとりあえず二十二世紀の英語でいってみた。「幼年期の山と話すのは、らくじゃないんでね」

マーリドはビリングズの要求に応え、幼年期の丘ほどの大きさにちぢんだ。

「おれはイード＝ディミルヤート」マーリドは名のった。「地球リハビリテーション・センターを預かっている管理人だ。今朝、おまえの航空機が出現したのを見て、偵察を送りだした。その報告から、おまえたちふたりは無害だと判断し、おまえがこのリハビリテーション・センターを訪れたいのであれば、本部に入れてやることにしたのだ」

と、蜘蛛《くも》はハエにいいました……胸のうちでそうつぶやきながら、ビリングズは自分ほどの愚か者はいないだろうと思った。どちらにしても、シェヘラザードを連れてこないだけの分別を働かせたのは、幸いだった。ここをうまく切り抜けられれば、彼女のもとにもどれるだろう。願わくばシェヘラザードが無事でありますように。彼女になにかあれば、ビリングズも生きてはいられない。

イード＝ディミルヤートはまだ〝話し〟ている。「おまえの航空機の出現のしかたから見て、タイムシップの一種だと推測した。おまえとおまえの連れがタイムシップに乗っていたという事実に鑑《かんが》みると、おまえたちの衣服が時代相応のものであっても、九世紀から来たとは考えられない。また、おまえの頭蓋骨の形は、九世紀の人間ではありえないということを証明している。おまえは何世紀から来たのだ？」

ふいにビリングズは、イード＝ディミルヤートに思念を読まれていることを思い出した。思念だけではなく、心も読まれているのだろうか？　質問をしているところをみると、そうではないといえるかもしれないが、だからといって、そうしたくてもできないという必然的証明にはならない。

「答はわたしの頭のなかにある」ビリングズはいった。「勝手に読むがいい」

「おまえのようにおそろしく古い時代の人間となると、表面に出てきた思念しか読みとれない。ことばで考えている思念だからだ。もう一度訊く。おまえは何世紀から来た？」

ビリングズはほっとして答えた。「二十二世紀だ」

「〈隔ての地〉を通りぬけたのは、故意か偶然か？」

「偶然だ」

「名はなんという？」

「マーカス・N・ビリングズ」そういったあと、今度はこちらが質問する番だと思った。

「ここは何世紀なんだ?」

「おまえの暦《こよみ》で計算すれば、一〇〇一四一年だな」

「で、きさまたちはどの惑星から来たんだ?」

イード＝ディミルヤートはにやりと笑い、きらきら光る白い墓石のような歯を見せた。

「おまえや、おまえと同時代の人間たちがおれたちの星の存在に気づけば、おまえたちの惑星カタログにはアリオスXVIとして記載されるだろう。地球はおれたちが手中にしている多くの惑星のうちのひとつだ。これまでのところ、ほかにどんなことを推測してみた?」

「リハビリテーション・センターとはおこがましい。ここは強制収容所だ! こういうところがほかに何カ所あるのか、神のみがごぞんじだろう。きさまたちはここで人間をコンピュータに接続して活用し、魔神族のために利用しようとしているんだな」

ふたたびイード＝ディミルヤートはにやりと笑った。「おれたちの問題を解決するために、人間たちの〝脳力〟を集めて利用している、というおまえの推測は正しい。だがそれは、人間コンピュータの二次的な目的にすぎない。第一の目的は、人間たちに強制的に集合思考をさせることにより、権力をもちたいという利己的な欲望を満たすために、たがいに踏みつけあって殺しあわないようにすることにある。おまえの時代よりかなり以前でさえ、人間の〝偉大なる者〟コンプレックスは、〝小さいながらもちゃんと芽生《めば》えていた。その後数千年のあいだに、その芽は徐々に育っていき、かなり大きなものとなった。そして二千年前、それは全人類を脅《おびや》かすものとなった。各人が、その兄弟が、その姉妹が、こぞっておのれが指導者となっておのれを祀《まつ》る神殿を建て、歴史上の〝偉大なる男〟あるいは〝偉大なる女〟になりたがった。それは新しい〈宗教〉だった。新しい、いや、むしろ、むかしながらの不滅への願望が一般化したものだろう。一方、世界的な異種族間混交のせいか、それとも、それとは無縁のものなのか、人間の知性は最高潮に達し、誰もが等しく高い知性をもち、少なくとも理論上は〝偉大さ〟が各人の手の届く範囲に見えてきたのだ。おれたちはぎりぎりのところでまにあい、カタストロフィを防ぐことができた」

「それはご苦労さん」ビリングズはいった。「だが、きさまたちはいったいどんな資格があって、地球にやってきたのだ？」

「おまえたちのもっとも適切な語でいえば、〈救世軍〉として、だな。おれたちの使命は、いついかなるときも、いかなる場所でも、できるかぎりの善をなすこと。さまざまな実験の結果、人間は成年に達したあと、コンピュータの小さな部品として十年間の務めを果たせば、利己主義を根治《こんち》できることがわかった。それ以来、おれたちはその治療をつづけている。そして、おれたちが銀河のいたるところで管理・維持しているいくつもの惑星のユートピアに、完治した人間を少しずつ移送している。地球人をすべてほかの惑星に移送し終えたら、ここに銀河博物館を建てる予定だ。七つの海と、北極から南極に至る広大な土地とを有効に使えば、銀河系のあらゆる種が、化石や工芸品を展示できるだけのスペースがある。ここは残っている人間たちのための最後のリハビリ・センターだ」

勝手なことをほざくな！　ビリングズは怒っていた。とうてい納得できる話ではない。人間が身勝手な怪物に退化してしまったという話は、これっぽっちも信じられなかったし、イード＝ディミルヤートとその仲間が、人類の幸福を心の底から気にかけているということも、これっぽっちも信じられなかった。あの寒々《さむざむ》とした小さな独房に捕らえられている、かわいそうな人々を自由にしてやることなど、魔神たちは考えてもいないにちがいない。彼らが死ぬまで独房にとどめておき、死んでしまったら、また新しい囚人を閉じこめるに決まっている。

しかし、ビリングズが人類の自由をとりもどす唯一のチャンスとなりうるのなら、イード＝ディミルヤートが見くだしているとおりに愚か者のふりをして、さらに情報を得たあとで、このマーリドや、塔の小部屋あるいは壁の向こう側にひそんでいる手下の魔神どもを、水滴に変えてしまおう。

「すると」ビリングズはいった。「リハビリ・センターは地球上のあちらこちらに散らばっているんだな？」

「いや、ちがう。リハビリ・プロジェクトは、この地域限定でおこなわれてきた。というのも、肉体的構造のせいで、おれたちは気温が高くて乾いた気候でないと生きていられない。その点で、この地域の気候はおれたちに最適だと判明した。また、プロジェクトと関連して設けた農業プログラムにも、この地が適しているとわかった。おれたちの果樹園は、おまえも見たはずだ。あそこで実るくだものは、最高の知的エネルギーをもつ人間コンピュータに提供するために、ハイブリッド栽培で改良したものだ。おれたち魔神族がうまく処理できない問題を解決するには、〝脳人〟たちの脳力に負うところが多いのだ」

「脳人？」

「うむ、いい呼称ではないな。おれにはできないが、おまえなら新たな呼称を考えつくだろう。それで良しとしなければなるまい。つまり、脳人とは、コンピュータの独房の住人たちのことだ」

「きさまたちはそのプロジェクトとやらを二千年もつづけてきたといったな」ビリングズはいった。「きさまはどれぐらいの年月、それに関わってきたんだ？」

「最初からだ」

ビリングズは目をぱちくりさせた。そして、はっと気を取り直す。「すると次は、プロジェクト開始のときは三千歳で、この先二千年は生きるというんだろう」

「じつをいえば、似たようなことをいうつもりだった。だが、こんな話は時間のむだだ」

「とにかく、二千年のあいだ、きさまたちがここにいたのかどうかは知らないが、いわゆる魔神はいたにちがいない。古くからのいいつたえには、魔神の話がたくさんあるからな。特にイスラム教徒の伝承には。つまり、それは、魔神たちの活動がこの地に限られていなかった――いや、いまも限られていない――ということではないかという意味だが」

「この星に来た最初のうちは、おれたちは好奇心に駆られ、よく〈隔ての地〉を通りぬけたものだ。そして、地球上からとっくに姿を消したと思われていた、とある金属が、その当時、つまり二千年前にはまだ存在していることを知った。その金属と他の二種類の金属とを混ぜると、非常に役に立つ合金ができるとわかった。おれたちの手持ちの金属とここの金属とは、合わなかったのだ。それ以来、おれたちは定期的に〈隔ての地〉の向こう側に出ていくようになった」

「いったいどうやって？」

「いたって簡単なことだ――魔神にとってはな。斜めに移動すると、向こう側に出る。おまえもあのタイムシップで来たときは、そうしたにちがいない」

「きっとそうなんだろうな。だが、それだけでは、さっぱりわからない。教えてほしい。〈隔ての地〉の向こう側の人々は、なぜきさまたちのことを魔神《ジン》、大魔神《イフリート》、悪魔神《マーリド》、悪《シャイ》魔《ターン》と分類していたのか。また、なぜ、きさまたちのうち、ある者は善《よ》き者であり、ある者は悪《あ》しき者であり、またある者はきわめて卑《いや》しい者と考えられていたのか」

「すべての原始的種族がそうであるように、古代の人間たちもまた、理解できない現象を、宗教的偏見で説明することによって合理化してしまったからだ。しかし、公平に見れば、おれたちができるだけ人間に似せようとしてとった姿は、人間の目にはいくぶんか悪魔に似て見えるだろう。もっとも、おれたちは人間に害をなそうなどとは、夢にも思っていなかったが」

「古いいいつたえには、ちがう話があるぞ。九世紀の伝承によると、当時よりさらに千六百年か千七百年ほど前に、魔神たちが悪いことをしたために、ある人物が何千人という魔神をそれぞれ真鍮の壺に閉じこめ、海に放りこんだという」

ビリングズは、この話にイード＝ディミルヤートがなんらかの反応を見せるのではないかと予想したが、予想を上回る反応が返ってきた。

イード＝ディミルヤートは灯油ランプのような目をいっそうぎらぎらと光らせ、フレンチホルンのような鼻孔をぐっとふくらませ、墓石のような歯を火花が散るほど強く、ぎりぎりと嚙みしめた。

「それは嘘だ！」イード＝ディミルヤートは声を出さずに〝叫んだ〟。「その類《たぐい》の伝説は、おれたちが真鍮の壺の中で眠り、長い年月、壺の中にとどまっていられるという事実から、まことしやかにでっちあげられたものだ。しかし、人間ごときがおれたちを壺に入れて閉じこめることなど、できはしない。ときどき、人間にとっていいことをしようとしている魔神への報《むく》いがそれなのか、と疑いたくなる」イード＝ディミルヤートの〝声〟は寂しそうだ。「野蛮人どもによかれと思って、こっちは粉骨砕身《ふんこつさいしん》しているというのに、そのお返しはどうだ？　嘘をでっちあげ、陰にまわって悪口をいい、侮辱《ぶじょく》的な話を口づたえで撒《ま》き散らす。フェアじゃない！」

気乗りのしないホスト役を務めているのでなければ、ビリングズは思わず笑いだすところだったが、ふと、驚くべき考えが頭に浮かんだ。もしイード＝ディミルヤートが真実を述べていて、魔神たちが真鍮の壺の中で眠るとすれば、ビリングズが降りてきた斜路に沿って並んでいた小部屋は、魔神たちの寝室にほかならず、天井から吊りさげられていた真鍮の壺は魔神たちのベッドということになる。とすると、各小部屋に魔神がひとり眠っている――あるいは隠れている――ことになる。いまごろはその魔神たちが目を覚まし――あるいは隠れ家から抜け出し――シェヘラザードを捕まえているかもしれない。

シェヘラザードには、少しでも危険な徴候が見えたら、逃げるようにいってある。そして彼女はいいつけに従うに決まっている。なんといっても、彼女はビリングズを〝ご主人さま〟と呼んでいるのだ。女が男を〝ご主人さま〟と呼ぶからには、自分が男の奴隷であり、その命令に従わなくてはならないと考えているはずだ。

しかし、ほんとうにそうだろうか？　これまでシェヘラザードを見てきたかぎりでは、命じられていようがいまいが、彼女がなにかから逃げ出すとは、とうてい考えられない。特に彼女がシャイターンやイフリートから逃げている光景など、ビリングズには想像すらできない。

あのくだらない指輪のせいだ！　そう思うと、ビリングズは気が狂いそうになった。チャンスがあり次第、あの指輪をとりあげてやる！

だが、とりあえずは、マーリドとの話にもどるべきだ。イード＝ディミルヤートは充分にビリングズの質問に答えてくれた。そして、ここにきて、イード＝ディミルヤートはまったく別の質問をする気になったようだ。

「いったい」イード＝ディミルヤートは灯油ランプのような目を、ひたとビリングズにすえた。「〈隔ての地〉とはなんなのだ？」

ビリングズは心底、驚いた。「知らないのか？」

「当然ながら、おれは魔神だ。〈隔ての地〉のような現象は、魔神の領域に入る。しかし、魔神ではないおまえなら、必然的に理論化できるはずだ。そういう理論は興味深い。だから、おまえの意見を聞きたい」

「よかろう」ビリングズはいった。「わたしの考えでは、〈隔ての地〉とは、同じ時かつ同じ場所に存在するふたつの現実世界が重ならないようにしている、超次元的隔壁のようなものにほかならないと思う。二十二世紀の物理学者たちは、時空歪曲《わいきょく》は四次元的メビウスの帯の形態をなしているという理論をたてた。そして、それは正しい。また、このメビウス歪曲は、宇宙誕生とともに始まり、宇宙終焉《しゅうえん》まで完結しないという仮説をたてたが、それはまちがっている。じっさい、メビウス歪曲はすでに折り返し点にきているのだから、宇宙の誕生とともに始まったはずはない。この〈隔ての地〉がそれを証明している。

どうなっているのか理解するためには、時空歪曲を、ふつうのメビウスの帯のように、目に見える形で帯状に簡略化し、その帯の表面に沿って、心のなかで線を引いていく必要がある。そうすると、線が途中まで達したとき、中点は始点とは反対側の面にあり、始点と中点を分かつものは、帯の厚み以外、なにもないことが明らかとなる。さらにそのまま最後まで線を引いていくと、二本の線が、この場合は過去と現在だが、この二本の線が平行に、帯の厚みのみに隔てられて描かれることになる。

だが現実には、この帯はひとつの面だけで成立しているため、厚みは存在しないし、二本の線は、じっさいには一本の同じ線なので、過去と現在は区別がつかない。四次元メビウス歪曲にしても、同じことがいえる。時空はそれ自体オーバーラップしていて、紀元八九八年と紀元一〇〇一–一四一年とは重なって存在しているのだ。このパラドックスを消すためには、宇宙が〈隔ての地〉をあいだにはさんでいること、そして〈隔ての地〉が九九二–四三年間に相当することを考えれば、歪曲の期間は時間の長さの二倍、すなわち、一九八四八六年間と結論できよう。

さて、ここで、きさまの話と、魔神が伝承に現われる年代順とを合わせて判断すると、歪曲の中点は紀元前九世紀か八世紀のあいだだと概算できる。つまり、歪曲は紀元二〇万年に完了することを意味している」

「みごとだ！」イード＝ディミルヤートは〝感嘆の声〟をあげた。「おれは喜んで、おまえは適任以上だと太鼓判を押す。もし――」

「適任、ってなんのことだ？」返事を聞くのは不安だったが、ビリングズはあえて訊き返した。

「むろん、コンピュータへの奉仕役だ。じつをいうと、最初、おまえをどうすればいいかわからず、途方にくれていたのだ。だが、話をしているうちに、おまえは頭蓋骨の形が平凡なわりに、非凡な知性をもっているとわかった。もし、おまえの連れが――」

ビリングズは凍結銃をかまえた。「わたしが〝偉大な男〟コンプレックスをもっていないことと、それゆえにああいう治療を受ける必要がないということはさておくとしても、なぜわたしをあんな独房に閉じこめようというのだ？　きさまはすでに、手に余るほどの頭脳《ブレイン》パワーを手中にしているというのに」

「ひとつ」ビリングズに銃を突きつけられていることなど気にもとめず、イード＝ディミルヤートはいった。「おまえをこの地から九世紀に帰し、さらにそこからおまえ自身の時代に帰すことはできない。なぜならば、おまえが自由解放の軍勢を率いて脳人たちを救出してやろう、という気になるかもしれないからだ。ふたつ、帰すことはできないのだから、ここでおまえの面倒をみてやらなければならない。みっつ、おまえが暮らすのに最適の設備は、独房しかない。そうさな、おまえの連れが、おまえの説に匹敵するような〈隔ての地〉説を聞かせてくれれば、連れもやはり、こぢんまりした、きれいな独房をもらえるだろう。そして――」

シェヘラザードの『雄牛とロバと商人の話』を聞いたイード＝ディミルヤートが、彼女の知性をどの程度の高さだと判断するか、ビリングズには見当もつかないし、それがわかるまで待つ気もない。そこで、凍結銃でイード＝ディミルヤートの腹――腹といえるものがあるのならば、そこがそうだろう――を撃ち、大魔神が水滴と化して大雨を降らせるのを待った。

熱いフライパンに水のしずくが落ちたような、パチッ、ジュッという音がしたかと思うと、もわっと蒸気が立ち昇った。蒸気がおさまると、イード＝ディミルヤートは豆をぶつけられた象のように、平然と笑った。

ビリングズはさらに二度撃った。二度、もわもわっと蒸気が立ち昇ったが、雨は降らなかった。イード＝ディミルヤートは笑い声をあげた――セメントミキサーの中で石がぶつかる音を笑い声といえるならば。

「ビリングズ、このセンターやその他の建物がどういうふうに建てられたか、わかるか？」イード＝ディミルヤートは訊いた。「魔神が深く息を吸いこみ、その息を吐きだして、泡をふくらませるようにして建物を造ったのだ。おれたち魔神族は、一方では救世軍なのだが、もう一方では、銀河で最大の、不滅の軍隊でもある。おまえには想像もできないパワーをもつ軍勢なのだ！」

イード＝ディミルヤートは笑いながら、クマデのような手をのばし、ビリングズの凍結銃をつまみあげると、ぽいと口に放りこんだ。

ダーウード、すなわちダビデが、巨人ゴリアテを石つぶてで殺すことができたのは、すでに遠い、はるかむかしのことだ。だが、このダビデは、まだ逃げることができる。ビリングズは大魔神の円柱のような脚のあいだをすりぬけ、ドアに向かって走った。が、ちょうど六歩目で長衣の裾を踏んづけ、うつぶせに倒れてしまった。急いでくるりと体をころがしてあおむけになると、クマデのような手が顔に近づいてくるのが見えた。

と、近々とのびてきたクマデがぴたりと止まった。聞き憶えのある黄金の声が流れてきたのだ。

「ダーウードの子、スレイマーン王の御名にかけて命じる。やめよ、よこしまなる魔神め！」

起きあがったビリングズが声のほうを見ると、ドアロにシェヘラザードが立っていた。その胴着の心臓の真上に、右手のひとさし指から引き抜いた大きな印形つきの指輪がピンで留めてある。片方の手には溶かした鉛の入った柄杓形加熱器を、もう一方の手には真鍮の壺を持っている。

6　スレイマーン王の印

柄杓と壺を手に、シェヘラザードが部屋の中に入ってきた。「お立ちください、ご主人さま」ビリングズをうながす。「そして、わきに寄ってくださいまし。鉛が熱いうちに手早くすませなければなりませんから」

「だめだ、やめろ、シェヘラザード！　生命《いのち》が惜しかったら、逃げるんだ！　そなたが魔法の絨毯で逃げるまで、わたしがこの怪物を引きとめて――」

ふいにビリングズはイード＝ディミルヤートの変化に気づき、口をつぐんだ。マーリドは催眠術をかけられたかのように、印形つきの指輪をみつめている。洞窟のような口がぽかんと開き、灯油が切れかけているかのように、目のぎらつきがちらちらと揺れている。

「立って、わきに寄っていてくださいまし、ご主人さま」シェヘラザードはくりかえした。「お願いでございます」

今度はビリングズもいわれたとおりにした。

シェヘラザードは部屋の中ほどまで進むと、床に壺を置いた。そして恐れもせずにイード＝ディミルヤートの怪異な顔を見あげた。

「おお、マーリドよ、小さくなれ」シェヘラザードは声を張りあげて命じた。「そしてこの壺の中に入れ。さすれば、このわたくしが鉛で封をして、ダーウードの子スレイマーン王の印で封じてやる！」

ビリングズが仰天したことに、イード＝ディミルヤートはクマデのような両手をひしと合わせ、床に膝をついた——少なくとも、膝がない者にできる範囲でのことだが。

「やめてくだされ！　たのみまする！」イード＝ディミルヤートは九世紀のアラビア語で懇願した。「お許しくだされ、ご主人さま！　お許しくだされ、お願いいたしまする！　あなたさまのおいいつけなら、なんでもいたしまする。一生、お金持でいられるようにいたしましょう。女王にふさわしい宮殿をお建てしましょう。三つの願いをかなえてさしあげましょう。どうか、お願いいたしまする。お願いですから、お許しくだされ！」

だが、シェヘラザードは容赦しなかった。「よこしまなる生きものよ、壺に入れ。ただちに！」

「おお、ご主人さま、その壺は小さすぎます。おれの壺はこの頭の上に吊りさがっておりまする。あの中に入らせてください」

「この壺に入るのだ」シェヘラザードは断固としていった。「それも、ただちに。おまえの壺は高いところにあるから、わたくしには手が届かない。それを承知のうえでいっているのだろう、よこしまなマーリドめ！」

イード＝ディミルヤートは、いっときたりとも印形つきの指輪から目を離せずにいる。その灯油ランプのような目からぎらつく輝きがほとんど失《う》せているのに、ビリングズは気づいた。じっと見守っていると、イード＝ディミルヤートの巨大な胴体が煙と化していった。

クマデのような手が、円柱のような脚が、丸屋根のような頭が、順番に煙と化していく。体ぜんたいが煙と化すと、煙は渦を巻いて凝縮しはじめた。ブーン、ブーン、ブーン。部屋じゅうに電線がショートした臭いがたちこめる。遅まきながら、ビリングズはそれが電線のショートした臭いではなく、未知の異星物質が、超異星物質に変化するときの臭いだとわかった。

煙の渦巻きはどんどん小さくなり、両端ともに先細りになっていく。やがてそれは床から空中に昇り、シェヘラザードが床に置いた壺の上空まで移動すると、少しずつ壺の中に降りていった。煙がすっかり壺の中におさまると、シェヘラザードは柄杓をかたむけ、溶けた鉛で壺の口を封じた。胴着の胸に留めた印形つきの指輪をはずし、鉛の封にスレイマーン王の印を押した。

シェヘラザードは指輪をふたたび指にはめると、勝ち誇った菫色の目をあげてビリングズを見た。「ご主人さま、おわかりになりましたか？　スレイマーン王の印を持つ者は、魔神など恐れる必要はないと申しあげたとおりでございましょう？」

ようやくビリングズは声が出せるようになった。まあ、とにかく、いちおう声らしきものは。「だが、この塔は魔神でいっぱいなのだぞ、シェヘラザード。まさか、すべての魔神を壺に入れて封印することはできまい！」

「もうやってしまいましたわ、ご主人さま。最初から壺に入っている者もいましたので、わたくしは鉛で封をして、印を押すだけですみました。ですが、大魔神《イフリート》が三人と、悪魔《シャイターン》がふたり、それにあなたさまが塔にお入りになったすぐあとに現われた女魔神《ジニー》――この者たちはまず壺に入らせなければなりませんでしたが。でも、壺に入れてしまえば、こちらのもの。永久にそのままです。長いあいだ歓楽をつくしてきた者どもです。たっぷり楽しんだのですから、今度は彼らが苦しむ番です」

しばらくのあいだ、ビリングズはじっとシェヘラザードをみつめていた。「そなたには、危険が迫ったら逃げよ、と命じていたはずだが――」

「ですが、ご主人さま、わたくしは逃げる必要などなかったのでございます。危険などありませんでしたから。それに、たとえ危険だったとしても、逃げなかったと思います。だって、あなたさまを見殺しにはできませんもの。あなたさまが塔の中に入っておいでになったあと、わたくしは目の前が暗くなり、この体から魂が抜け出ていくかと思いました。でもこれで、ふたたび光がもどり、わたくしの魂も喜んでおります。ああ、ご主人さま、またターバンがほどけかかっています。さあ、巻きなおしてさしあげましょう」

シェヘラザードは柄杓をわきに置き、手をさしのべて、ビリングズのターバンをきちんと整えた。

「ええ、これでずっとよくなりました」

ビリングズは胸の内で六回も、目の前の人物は見かけとはまったくちがって、稚《おさな》い恋に胸を焦《こ》がしている少女ではなく、機知《きち》にとんだ一人前の女性なのだと自分にいいきかせた。そして、これまた六回も、彼女は歴史的重要人物《VIP》であり、二重の禁断の実なのだといいきかせた。だが、そのどちらの理由も、ビリングズの胸をあやしく騒がせている感情を、なだめる役には立っていない。彼女の非のうちどころのないハート形の顔から注意をそらしておけるなにかが必要だし、菫色の目の魔力をはねかえせるなにかが必要だった。幸いなことに、そのなにかが手近にあった。

「指輪を見せてくれ」ビリングズはいった。「さすれば、ダーウードの子スレイマーン王の御力を、もっと褒め称えることができる」

シェヘラザードは右手をさしのべた。ビリングズはその手を取った。胸の高まりはいっこうにおさまらない。むりやり、指輪に気持を集中する。彼女がいったとおり、指輪は鉄と真鍮でできていた。両方の金属の表面にアラビア文字が彫られている。疑いもなく、悪しき魔神と善き魔神に対するスレイマーン王の命令だ。さらにそれに加えて、文字がいくつか並んでいる。ビリングズは〈偉大なる御名〉だと推測した。

文字はひどく小さくて、たとえビリングズがそういう面に長《た》けているとしても、大部分はとうてい読みとれない。しかし、ビリングズが興味をもったのは文字ではなく、文字が造りあげている幾何学《きかがく》模様だった。ビリングズはシェヘラザードの手を放し、印形をこちらに向けて手をかざすようにいった。そして自分は数歩、うしろにさがった。距離を隔てると、模様がはっきり見える。なぜいままで気づかなかったのか、ビリングズは我ながら不思議だった。小さな文字で形づくられているふたつの正三角形は、いつの日か——ある意味ではもうすでに——〈ダビデの星〉として知られる六角星の原型（おそらくは変形）だった。指輪に刻まれている六角星は、次の図のように、ふたつの正三角形が部分的に重なっているだけだ。

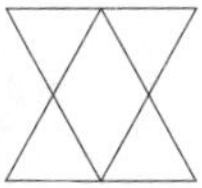

その印をみつめているうちに、ビリングズは軽い催眠効果を受けはじめた。イード＝ディミルヤートや手下の魔神たちにとっては、さぞかし圧倒的な効果だったにちがいない。しかし彼らをアリオスXVIのクラゲ同様に骨抜きにするには、ふたつ重なった正三角形だけではなく、なにかもっとほかのものがあるはずだ。論理的に考えれば、その〝なにか〟とは、指輪の成分のひとつである〝鉄〟だろう。

そうではないか？　塔の中で目にしてきたものは、すべて真鍮（本物だか、真鍮まがいの合金だかわからないが）でできている。塔そのもの——おそらくはセンター全体——もそうだ。イード＝ディミルヤートの話によれば、その合金は魔神たちの体内で作られたものだという。

また、ビリングズ自身は身に鉄を帯びていない（凍結銃はスチーライトでできているが、綿菓子が綿とは無縁なように、スチーライトもスチールとはなんの関係もない）し、身近なところにはシェヘラザードの指輪の鉄しかないのだから、これは合理的な仮説ではないだろうか。先ほどの出来事から考えると、魔神にとって鉄という金属は、人間にとっての殺虫剤ほど有害なものだ、と結論づけても決して非論理的とは思えない。

つまり、魔神に関するかぎり、簡素な護符の形をとっているこの指輪こそが、究極の武器なのだ。忘れてならないのは、この指輪を造ったのは、未来の知性豊かな巨人たちではなく、（伝承が真実だと仮定すれば）魔神たちが最初に〈隔ての地〉から姿を現わした当時の、古代の王だったことだ。そして、その王の御代《みよ》からおよそ千七百年後、九世紀の宰相の娘が同じことをなしとげた。少なくとも数においては圧制者である魔神たちの手から世界を解き放つために、ひいては人類を自由にするために、その護符を使ったのだ。

ビリングズは幾段にも並んでいるスクリーンの列に目を向けて考えた――この〝脳人〟という特殊な人々は、彼らがその存在すら忘れきっている、遠い過去から来た若い女に自由をもたらしてもらったのだと知ったとき、いったいなんというだろう、と。

だがまだ彼らを自由にしてやるわけにはいかない。彼らが単一の思考体として機能しているうちに、最優先問題をふたつ、解決してもらわなければならないからだ。すなわち、時間移動操作パネルの同軸ケーブルがはずれてしまった問題と、〈隔ての地〉の問題だ。

　ビリングズはシェヘラザードをコンピュータの操縦パネルの前に連れていき、スクリーンがよく見えるように、手を貸して装置パネルの棚の上にのせてやった。

「それがなにか、わかるかい？」

「わかりますとも、ご主人さま。魔法の絵です。でも、ちっともおもしろくありませんね。みんな同じなんですもの」

　まったくそのとおりだとビリングズは思いながら、棚によじのぼってシェヘラザードの横に立った。パネルの上にかがみこみ、種々の装置を点検する。小型の電波望遠鏡によく似た装置があるが、むろん、そんなものではない。見れば見るほど、思念で送りこまれる質問を受けとめる、思考レシーバーだと信じたくなってくる。先ほど、彼が口に出したことばが、彼の思考どおりにイード＝ディミルヤートの意識に伝わっていたことを思うと、この装置を試してみない手はない。ビリングズは身をのりだして装置に向かい、二十二世紀の英語を使い、センターを管理していた魔神族を征服したこと、残りの魔神たちも同様に征服できることを伝えた。そして、彼とシェヘラザードが陥っている苦境を訴え、時間移動操作パネルの故障をくわしく説明し、その修理方法を尋ねた。

「二十二世紀の英語で答えてくれ」ビリングズは最後にそうつけくわえた。

いくつかのスクリーンを見まわしたところ、スクリーン中の人間たちの顔には、なんの反応も表われていない。他の装置を試してみようとしたとき、〝電波望遠鏡〟の下に小さなボタンがあるのに気づいた。そのボタンを押しながら、ビリングズはもう一度、さっきと同じ話をくりかえした。今度はいくつものちっぽけな顔に明確な反応が表われたが、それが喜びの表情なのか、はたまた軽蔑の表情なのか、ビリングズにはわからなかった。まもなく、テレタイプのひとつが低い音を発し、発光表示板に文字が並びはじめた。

ヘアピンを二本、手に入れること。どのような種類のヘアピンでもよい。それをまっすぐに伸ばす。1のヘアピンをグリーンの同軸ストランドにつなぐ。2のヘアピンをブルーの同軸ストランドにつなぐ。二本のヘアピンを交差させる。1のヘアピンの一端を黄色の動力パックの節《ノード》につなぐ。2のヘアピンの一端を紫色の動力パックのノードにつなぐ。そして、ふつうどおり、ユニットを起動し発進せよ。

ビリングズはおずおずとシェヘラザードに訊いた。「ヘアピンを二本、持っているかい？」

「はい、ご主人さま。たくさんあります」シェヘラザードは漆黒の髪からヘアピンを二本抜きとって、ビリングズに渡した。

へアピンをポケットに入れながら、ビリングズはテレタイプがまだ動いていて、発光表示板に文字が並んでいるのに気づいた。

我らに自由を我らに自由を我らに自由を。そうすれば、あなたを我らのリーダーとしよう。塔のライトを消してくれ。あの光が我らを隷属させているのだ。スイッチは、あなたが話しかけた思念中継機の横にある。我らに自由を我らに自由を我らに自由を！

「もうひとつ質問がある」ビリングズはいった。「タイムスレッドで〈隔ての地〉を通りぬけ、もといた時間と空間にもどるにはどうすればいい？」

緊急着陸地点のごく近くにもどり、この地にはじきとばされたときと同じ行動をくりかえすこと。そして時間移動操作パネルの動力パックの同軸ケーブルをもう一度修理すれば、望みの時代にもどれる。我らに自由を我らに自由を！　（フラッシュが光る）我らはすでにあなたをリーダーと決めた！

なんということだ。ビリングズはめまいがしそうになった。ほんの一瞬前まで、彼は身分の低い〝歴史的重要人物誘拐者〟にすぎなかった。それがいまは〝人民のリーダー〟なのだ！

ビリングズはスイッチをみつけ、塔のライトを消した。

たちまちちっぽけな人々はちっぽけな椅子からとびあがり、ちっぽけな頭からちっぽけな電極をむしりとって、ちっぽけな独房から走り出た。

何秒もたたないうちに、身の丈十フィートの巨人が数えきれないほど大勢の巨人をひきつれて、コンピュータルームにとびこんできた。

「おまえはもはやリーダーではない！」巨人はビリングズの頭のなかに〝声〟を送りこんできた。「このおれがリーダーだ。ここに来る途中で、おれのパワーが高まった。おまえを殺す！」

ビリングズは思わずうめいた。禁断の箱を開けてしまったあげく、パンドラよりもずっと悪い結果を招いてしまったのだ。

集合体だった〝脳人〟たちは、ビリングズをリーダーに選んだ。それはおそらく、純粋に感謝の念からしたことだろう。だが、集合体でひとつのものだった彼らと、個々人となった彼らとは、まったく別のものなのだ。このモンスター集団にくらべれば、シェヘラザードが壺に封じこめた魔神族はボーイスカウトの一隊にすぎない。

ビリングズはシェヘラザードに目をやった。菫色の目がありえないほど大きくみひらかれているところを見ると、新しいリーダーである巨人の〝声〟が彼女にも聞こえたにちがいない。そして、からっぽのスクリーンから目の前の脳人たちに視線を移したところから、彼らがどこから湧いてきたのかも、理解しているにちがいない。

ビリングズはまたうめいた。善王スレイマーンの印形つき指輪でなしたことのツケが、いまやシェヘラザードに返ってこようとしている。

新しいリーダーがずかずかと部屋の中に入りこみ、その背後に側近第一階級の巨人たちが群がった。その誰もが、次の瞬間には新しいリーダーを背中から刺し殺してしまいそうに見える。要するに、これは危険な個々人の集まりであり、イード＝ディミルヤートの話がほぼ真実であるだけではなく、二十世紀に始まった人類の肉体的成長は、一〇〇一四一年に至るまで、衰えることなくつづいたことをも証明している。

神よ、魔神族を救いたまえ。

神よ、シェヘラザードを救いたまえ。

「取引をしよう」ビリングズはいった。「この女をタイムスレッドで元の時代に帰してくれれば、わたしは決して抵抗しないと約束する」

ビリングズの提案は笑いをよび、さらなる笑いをよんだ。

「ふふん」新しいリーダーは鼻で笑った。

「ふ、ふん」これはシェヘラザードだ。

前者は後者をにらみつけた。

後者は恐れを知らぬ菫色の目で前者をにらみかえした。「おまえたち、いったいどういうふうにして、あの小さな部屋にいたの？」比類ない黄金の声が問う。「あんな小さな部屋では、おまえたちの手はおろか、足すらも入らないだろうに。いったいどうやったら、その体がそっくりおさまるというの？」

新しいリーダーはシェヘラザードをじっとみつめた。ビリングズ同様、シェヘラザードのような者を見たことがなかったのは明らかだ。

「我らがあそこにいたのを信じないのか？」

「おまえたちがあそこに入るのをこの目で見るまでは、とうてい信じるわけにはいきません」

脳人たちはぴたりと動きを止めた。そのぽかんとした表情から、彼らの前衛的な知性にもかかわらず――あるいはそのせいで――どう対処すればいいのかわからない問題に直面したことが、ありありとうかがえる。シェヘラザードが二十世紀の交通渋滞に直面すれば、これに似た当惑を覚えることだろう。

「我らがあの部屋にいたのを、ほんとうに信じないのか？」新しいリーダーは念を押した。

「ほんとうに？」

「おまえたちがあの部屋に入るのをこの目で見るまでは、おまえたちがあそこにいたなんて、とうてい信じることはできません！」シェヘラザードは断固としてくりかえした。

長い間《ま》があった。

「見せてやる！」新しいリーダーは〝叫んだ〟。「いますぐに！」

見せてやる見せてやる――脳人たちは思念を反復しながら、列をなして部屋から出ていった。見せてやる見せてやる！

じきに脳人たちはひとりもいなくなった。

ビリングズは茫然《ぼうぜん》とスクリーンに目をやった。シェヘラザードも彼に倣《なら》った。

いちばん下のスクリーンの列は、ちっぽけな男や女が、ちっぽけな独房に入り、ちっぽけな椅子にすわって、ちっぽけな頭にちっぽけな電極を取りつけるさまを映しだした。

テレタイプが作動し、発光表示板に文字が並びはじめた。


これで満足したか？　これで満足したか？


ビリングズはテレタイプのスイッチを切った。

塔のライトをつける。

まだ信じられない。

ビリングズはシェヘラザードのほうを向き、なにかいおうと口を開いた。だが、すぐに口を閉ざし、棚から降りた。手を貸してシェヘラザードを降ろしてやる。

「そなたにもわかっていると思うが、魔神たちを解き放ってやるべきだな」

「ええ、ご主人さま。この世には邪悪なるものも多少は必要で、魔神たちはそのひとつなのでございますね。でも、まず最初に、魔神たちの頭《かしら》と話をつけたほうがよろしいかと思います」

イード＝ディミルヤートは異を唱える立場にはない。

脳人たちのリハビリ治療がすんだら、満たされた幸せな暮らしができるように責任をもつか？

誓ってそうする。

今後、夜明けに一回、正午に一回、午後に一回、日没後に一回、夜半に一回、〈唯一にしてまことの神〉に祈りをささげるか？

拝跪《はいき》して……。

一〇〇一四一年の月明かりのなか、タイムスレッドで湖の上空にゆっくりと移動しているとき、シェヘラザードが訊いた。

「ご主人さま、あなたさまの宮殿に着きましたなら、わたくしを花嫁にしてくださるおつもりでございますか？」

ビリングズは悲しくなった。「それはできないことなのだよ、シェヘラザード」

シェヘラザードは体をこわばらせた。「わたくしを愛してはいらっしゃらないのですか？」

「心から愛しているよ」

「では、なにゆえに花嫁にしてくださらないのでしょう？〝なせるときに、喜びごとを先にのばすなかれ。運命《さだめ》はしばしば、心づもりを打ち砕くものなれば〟と詩にもうたわれているぐらいですのに」

「わかっているよ、シェヘラザード。だが、そなたをわたしの花嫁に迎えることはできないのだ」

「もしやそれはシャフリヤール王のせいでございますか？　わたくしはあの男のことなど、これっぽっちも想《おも》ってはおりません」

「シェヘラザード、そういうことではないのだ。それとは別のことなのだ」

ビリングズは彼女のような歴史的重要人物《VIP》がどうなるのか、打ち明けてしまいたかった。VIPが生を受けた時代から永久に引き離してしまうのは、法によって禁じられていることをいってしまいたかった。永久に引き離すことも、その者の生涯に干渉することも、〈時間〉が理由で不可能なのだといいたかった。歴史的非重要人物とちがって、雛《ひな》の一羽が囲いから迷いでたりすれば母鳥が宇宙規模のヒステリーを起こすように、VIPは重要視されているのだと説明したかった。

だが、どうしてそんなことを彼女にいえよう？　どうすれば理解させることができよう？

「すまない、シェヘラザード」

「あなたさまはわたくしの目と心のあいだにとどまっておいでです。わたくしの心からあなたさまは消えることはなく、涙が傷口をふさいでくれることもありますまい」

タイムスレッドはオアシスの上空に達した。ビリングズは現在時パネルに〝停空〟と打ちこんだ。そして、慎重に身をのりだし、時間移動操作パネルに〝現代〟と打ちこんだ。前と同じように、右足の軟骨をさらに虐待してしまい、右の足くびが怒りを伝えてくる。痛みをやわらげようと右足をのばし――時間移動操作パネルの動力パックの同軸ケーブルを蹴って、接続をはずした。

激しい振動、傾斜、そして一瞬の闇……。

7　ドニヤザード

『荷担ぎと、バクダッドの姫ぎみたちと、三人の高貴な乞食の話』は終わりに近づいているのに、ビリングズはまだうっとりと立ちつくしていた。背後からも左右からも見物客がぎゅうぎゅう押してくるが、そういう人々など、ビリングズの眼中にはない。彼の想いは、ただひたすら、スルタンの寝椅子にもたれている自動マネキンと、彼自身の胸のときめきに向けられている。

そして、そう、あのなつかしい芳香。彼をふわっとつつんでくれた、あの芳香。《シェヘラザード》の曲をバックに流れる、シェヘラザードの美しい黄金の声。

「……そこで、王のなかの王であるカリフは、何人もの裁判官《カーディー》と証人をお呼びになり、雌犬に姿を変えられていた一の姫とそのおふたりの妹姫を、王の息子であると判明した三人の乞食の妻になさいました。そしてその三人の王子をご自分の宮廷の側近にとりたて、望みはなんでもかなえてあげ、バクダッドの宮殿にそれぞれの居室を割り当てておやりになりました。また、ひどいめにあわされた、王ご自身の息子エミンさまの妃を王子のもとにお返しになったうえに、莫大《ばくだい》な財宝をお与えになり、住まいをもっと美しい家に建てなおさせようとお約束なさいました。最後に、給仕女をカリフご自身の妻となさいました。そして、すぐさまその女をご自分の居室にお入れになりました。次の日には、その女に奴隷女たちを側仕えにつけて、独立した居室をお与えになり、定期的に収入があるようにおはからいになりました。そしてその後、その女のために宮殿を建てておやりになったのです……」

黄金の声は余韻も深く絶えた。ビリングズはその場を動けなかった……夜になったら、ここにしのびこみ、彼女を盗みだして、魔法の絨毯で風そよぐオアシスに逃げてしまおう。そこに宮殿を建て、寝椅子を置くのだ。そして、夜ごと、その寝椅子に横たわるビリングズに、かたわらに寄り添う彼女が、遠いむかし、本物の王に語った話を、今度はビリングズのために語ってくれるだろう。

そのなかには、彼女を主人であるスルタンの宮殿から盗みだし、〈隔ての地〉を通りぬけてしまった、孤独な時間旅行者に聞かせた話があるかもしれない。その男は彼女と恋に落ちたのだが、非情な〈時間〉のせいで、彼女を手放さざるをえなかった。

〈時間〉よ、おまえはわたしを破滅させた。おまえのせいで、わたしは何世紀も前に死んだ女を愛してしまったからだ。そう、わたしはこの美しい自動マネキンを盗みだす。もう一度、彼女を盗むのだ。そして、今度は手放しはしない。〈時間〉よ、ざまあみろ。前のときのように、〈ビッグ・ピグマリオン〉に彼女を渡したりはしない。もう二度と、〝さよなら、シェヘラザード〟と別れを告げ、六カ月の新しい任務に出かけたりはしない。六カ月後、等身大の彼女のレプリカに会いにきたとたん、別れたときよりも、もっと激しい恋に落ちてしまったのだから。〈時間〉よ、ざまあみろ。唾を吐きかけてやる。本物の彼女を得られないのなら、わたしが手を貸して〈ビッグ・ピグマリオン〉が造った、この自動マネキンを手に入れるまでだ。そう、このすばらしく愛らしい自動マネキンを盗みだし、夜の闇にまぎれて連れ去り、本物の血がかよっているようにいとおしみ、永遠にそばに置くのだ……。

だがしょせん、造りものは造りものにすぎず、いかに〈ビッグ・ピグマリオン〉の電子魔術でもそれ以上のことはできない。ビリングズにはよくわかっている。

ビリングズはみじめな思いで踵を返し、その場を去ろうとした。と、すぐうしろにいた黒髪の若い女にぶつかってしまった。その漆黒の髪は最新流行のアップに結《ゆ》われ、ハート形の顔は非の打ちどころがなく、目は温かい春の雨で洗われた菫の花びらの色だ。身にまとっている黒のシフトドレスは、かつてかの国でまとっていた胴着と足くびまでのハーレムパンツ同様、体の曲線を隠すにはいたっていない。

「あなたがいらっしゃらなくなったために、わたくしは生きていないも同然でした」女はいった。「あなた以外のどなたをも愛せなかったからです」

ビリングズをあの芳香がつつむ。彼女の髪にふりかけられたジャスミン水の香り……ふと気づくと、ビリングズは彼女にキスし、彼女にキスを返されていた。ふたりは手に手を取って、博物館の玄関に向かった。

「わたくしはシェヘラザードではないんですよ」彼女は二十二世紀の英語でいった。「わたくしはシェヘラザードの妹なのです。あなたはまちがえて盗みだしてしまった。わたくしは妹のドニヤザードなのです。そういおうと思ったのですが、あなたが連れにきたのが姉のシェヘラザードだと知り、わたくしは身代わりになりたかった。スルタンの宮殿では、みじめで恐ろしい日々をすごしていたからです。

あなたがなぜわたくしを盗みだしたか、ほんとうの理由がわかったとき、わたくしは元の時代に帰るのを拒みました。あなたの雇い主たちは、わたくしが歴史的重要人物のシェヘラザード本人ではなく、歴史的非重要人物だとわかると、わたくしがこの世界にとどまるのを許してくれました。そしてわたくしは促成教育学校に送られ、あなたのことばを習い、あなたが暮らしていらっしゃる、この驚くべき王国のことをいろいろと学びました。シェヘラザードの頭のなかには、〈ビッグ・ピグマリオン〉が引き出せるような話はもはやなかったからです。

あなたの雇い主たちは、わたくしがシェヘラザードではないことを喜んでいました。

あなたの雇い主たちはこういいました――このことはマークにはひとこともいわずにおこう。そうすれば、彼がもどってきたときに、きみが驚かしてやれるよ、と。それで、あなたがお帰りになったと聞き、こうして会いにきたんです」

そうか。そうだったのか。ビリングズはいまになって思い出した。シェヘラザードはスルタンの宮殿で暮らすことになったとき、いわば〝正直な娘〟として、妹をともなった。そして毎夜、妹のドニヤザードはスルタンの寝椅子の足もとにすわり、時刻がくると、こう切り出す。「アッラーの御名にかけて！　おお、お姉さま、今宵《こよい》を楽しくすごせますように、なにかお話を聞かせてくださいませ」すると、シェヘラザードが語りだすのだ。

ビリングズとドニヤザードは博物館を出て、動く歩道に乗り、ビリングズの乗用機をとめてある空中停機場に行った。ビリングズが合図をすると、乗用機は魔法の絨毯のようにすっと下降してきて、彼のそばで停止した。ふたりはその機に乗りこみ、二十二世紀の空に上昇した。

「わたくし、いえ、わたしのこと、どれぐらい愛していらっしゃる？」ウインドシールドの前を青い鳥が飛んでいったとき、ドニヤザードは訊いた。

「ことばではいえないほど」マーカス・N・ビリングズはそう答え、身をかがめて彼女にキスした。

その後、ふたりは末永く、心豊かですばらしい年月をともに過ごし、最後に、喜びの終わりを告げにふたりの仲を分かつ者が訪れてくるまで、幸せに満ち満ちた日々を過ごした。

赤い小さな学校
Little Red Schoolhouse

小尾芙佐◎訳

ロニーは、どの町にも入らなかった。町に近づくと、うんと遠まわりをして、何マイルもはなれた鉄道線路にもどった。どの町も、自分が探している村でないことは確かだった。どの町も明るく新しく、白い街路が何本も伸び、車はぴゅんぴゅん飛ばしているし、大きな工場がいくつもあったが、谷あいのあの村は昔ながらの静かな村で、粗末な家や樹木におおわれた通りや赤い小さな学校があった。

だれでもあの村の近くまでくると、ほっとするようなカエデの木立があり、そのあいだを縫《ぬ》うように小川が流れていた。ロニーは、なによりもその小川をおぼえている。夏にはその小川をなんども歩いてわたったし、冬には凍った川面《かわも》でスケートをしたし、秋には落ち葉が、小人国の小さな舟のように川面を海まで流れていくのを眺めていたものだ。

あの谷は必ず見つかるとロニーは信じていたが、この鉄道線路は、畠や丘や森のあいだをどこまでもめぐっていくだけで、懐かしいあの谷はいっこうにあらわれなかった。そのうちにロニーは、自分が果たして正しい鉄道線路を選んだのかどうかだんだん自信がなくなってきた。何日もかけてたどってきたこの光る線路が、コウノトリ電車で自分をあの町に、両親のところに運んだあの鉄道線路なのかどうか自信がなくなっていた。

自分はわが家から逃げ出したわけではないのだと、ひと月暮らしたあの冷え冷えとした三部屋のアパートはわが家ではなく、あの雑踏する終点の駅に迎えにきた青白い顔の男のひとと女のひとは自分の両親ではないのだと、ずっと自分にいいきかせている。

かれのほんとうの家は、あの谷あいの村のはずれにある、古ぼけただだっぴろい家なのだ。ほんとうの両親はノラとジムで、子供のころはずっと面倒をみてくれていた。たしかにあのひとたちは、おまえの親だとぼくにいったことはなかったけれど、それでもふたりは親も同然だった、たとえ、かれらが眠っているかれをコウノトリ電車にのせてあの町へ送りつけて、親のふりをしているあの青白い顔のふたりといっしょに暮らすようにしたのだとしても。

夜、焚き火のまわりに暗闇がひしひしと押しよせるとき、かれは、ノラやジムや村のことを思い出す。でもいつも思い出すのはミス・スミス、あの赤い小さな学校の先生のこと。スミス先生のことを考えると勇気がわいて、だから夏の星空の下で夏草のあいだに体を横たえていても、なにも怖くはなかった。

四日目の朝は、両親のアパートから盗みだした固形剤の食糧の最後の一粒を食べた。だからもう一刻も早くあの村を探し出さなければと、いっそう足を速めて線路沿いを歩いた。あの懐かしい最初の風景が――見覚えのある木が、懐かしい丘が、うねうねと流れる小川の銀色のきらめきが早く見えないかと、じっと目を凝らしながら。コウノトリ電車に乗って出かけた旅は、はじめて外の世界に出る旅だったので、周囲の田園地帯から谷に入っても、谷がどんなふうに見えるのかよくわからないかもしれない。それでも、あの谷ならすぐわかると思った。

かれの脚は、コウノトリ電車をはじめておりたときよりずっとがっちりしているし、目《め》眩《まい》の発作もめったに起こらなくなった。日光がもう目を痛めつけることはないし、青い空や明るい地面を、長いことじっと見つめていても不快な残像がのこることもない。

日暮れになると、甲高い汽笛の音が聞こえ、胸がどきどきと鳴り出した。やっぱりこの線路でよかったのだ、あの谷ももうそれほど遠くはないのだとついにわかったのだ。なぜなら聞こえてくる汽笛は、コウノトリ電車が吹き鳴らす甲高い子守歌だったから。

ロニーは土手沿いの草むらに隠れ、電車が通りすぎるのを見守った。子供たちが寝台兼用の長椅子にもたれかかって、小さな窓越しにじっと目を凝らしているのが見えた。自分が町への旅に出たとき、どんなふうに外を見つめていたか、そして目を覚ましたとき、痛む目の前に見知らぬ新しい土地がひろがっていて、どれほど驚いたか――どれほど怖かったか——ロニーは思い出した。

自分の顔も、目の前に見える子供たちのように白かったのだろうか。白くて、弱々しくやつれていたのだろうか。きっとそうだったのだろう。谷で暮らしていたために顔色が悪くなり、目は光に敏感になり、脚も弱くなったのだろうとかれは思った。

だがそれはおかしい。かれの脚は、谷で暮らしているあいだはちっとも弱くはなかったし、目だって具合は悪くなかった。赤い小さな学校の授業で黒板に書かれる文字が見えにくいことは一度もなかったし、教科書に印刷されている文字だって読むのになんの苦労もいらなかった。じっさいかれは朗読がとても上手だったので、スミス先生は数えきれないほどなんどもかれの背中をたたいては、あなたはあたしのご自慢の生徒よといった。

とつぜん自分がどれほどスミス先生に会いたいか、あの小さな教室に入って、スミス先生が「おはよう、ロニー」というのを聞きたいか、そして机に向かって悠然とすわっている先生にどれほど会いたいか、ということに気づいたのだった。スミス先生の黄色い髪の毛は、まんなかからきれいに分けられていて、ふっくらした頰は朝の光のなかでピンク色に輝いていた。そのときはじめて、かれは自分がスミス先生を愛しているのだと気づいた。そしてあの谷に帰りたいほんとうの理由に気づいたのだった。

でも、ほかの理由もたしかにあった。あの小川をまたじゃぶじゃぶと歩いてみたい、まわりをとりかこむひんやりとした樹木の影を感じてみたい、それからカエデの木立のあいだをぶらぶらしながら、ゆっくりとわが家に向かって歩いていきたい、そして最後には淋しい村道をわが家のほうに下っていき、ノラが、夕食に遅れたねと自分を叱る声を聞きたい。

コウノトリ電車はまだ目の前を通りすぎていく。それがどれほど長いのか、ロニーには見当もつかない。いったいあの子たちはどこからきたのだろう？　だれひとり見覚えのある顔はなかった、自分は生まれてこのかたずっと谷に住んでいたというのに。そういえば、自分が乗ったコウノトリ電車にも見知った顔の子はひとりもいなかった。かれはかぶりを振った。なにもかもわけがわからない、まるで見当もつかなかった。

最後の車輛が通りすぎたので、かれは土手をのぼって線路のわきにもどった。あたりには黄昏《たそがれ》がしのびより、もうじき一番星があらわれるだろう。夜になる前に谷を見つけさえしたら！　小川をじゃぶじゃぶ歩くのが待ち遠しい。一刻も早くカエデの木立のあいだを走り抜け、村道をたどってわが家にたどりつきたい。ノラとジムはかれが帰ってきたと喜ぶだろうし、ノラはおいしい夕食をこしらえてくれるだろう。そしてたぶんスミス先生が以前のようにときどき夕方にやってくる。宿題のことを話し合い、話がすむと、ロニーは先生を門のところまで送っていき、先生は別れぎわにおやすみという。そしてスミス先生がかれの横に女神のようにすらりと立つと、その顔に星明かりが映っているのが見える。

かれは線路沿いを急ぎ足で歩きながら、谷が見えないかと必死に目を凝らす。まわりの影が濃くなり、夜の湿った吐息が丘のほうからしのびよってくる。長葉草のあいだで虫たちが目を覚まし、キリギリスやコオロギやカエルがあちこちの池で鳴きだす。

やがて一番星があらわれた。

大きな幅の広い建物のところにやってきたときには驚いた。コウノトリ電車に乗っているあいだにこれを見た記憶がなかった。それは奇妙なことだった、あの旅のあいだ、かれは一度も窓からはなれたことはなかったのに。

かれは線路の上で立ちどまり、小さな横桟のついた窓が何層にも重なる、見上げるような煉瓦の前面を見つめた。上のほうの窓はほとんど暗いけれども、一階の窓は光り輝いている。その窓は、ほかの点でもちがっているのにかれは気づいた。窓には桟がなく、上階の窓よりはるかに大きい。なぜ大きくなければならないのだろうとロニーは思った。

そのときかれはあることに気づいた。線路は、この堂々とした建物の正面に向かって延びており、高々と聳《そび》えるアーチをくぐって建物のなかに入っていく。ロニーは息をのんだ。この建物は、町にあるのと同じような終着駅、両親がかれを出迎えてくれたあの駅と同じようなものにちがいない。だがコウノトリ電車がここをくぐったとき、自分はなぜこれを見なかったのだろう?

そのときかれは思い出した、自分は眠っているあいだに電車にのせられたのだから、旅の最初の部分を見過ごしたということもありうるのだ。目を覚ましたときかれは、電車は谷を抜け出したばかりなのだと思ったけれど、おそらく何時間も前に——ずっとずっと前に抜け出していて、自分が眠っているあいだにこの終着駅も通りすぎていたのだろうと思った。

これは論理的な解釈だが、ロニーはそれを受け入れたくなかった。それが事実なら、谷はまだまだ遠いわけだ。かれは谷が近いようにと、今晩着けるくらい近いようにと願っていた。とてもおなかがすいて、がまんできないくらいだったし、ひどく疲れてもいた。

かれは聳え立つ大きな建物を惨《みじ》めそうに見上げ、どうすればいいのかと思った。

「こんにちは、ロニー」

ロニーは、驚きのあまり、線路の上でへたへたとすわりこみそうになった。まわりの闇をのぞきこんだ。はじめはなにも見えなかったが、しばらくすると、灰色の制服を着た背の高い男のひとが、線路沿いのニセアカシアの木立のあいだに立っているのが見えた。男のひとの制服は、まわりの影に溶けこんでおり、そのひとはずっとそこに立っていたのだと気づいてロニーはぎょっとした。

「きみは、ロニー・メドウズだね？」

「は——はい、そうです」とロニーはいった。かれはうしろをむいて走り出したいと思ったが、そんなことをしても無駄なことはわかっていた。なにしろとても疲れていて、いまにも倒れそうだったから、この背の高い男に簡単に追いつかれるだろう。

「きみを待っていたんだよ、ロニー」と背の高い男はいったが、その声にはどこか温かみがあった。木陰から出てくると、線路に近づいてきた。「きみのことを心配していたんだよ」

「心配していた？」

「そうともさ。谷を出ていった子供たちの心配をするのがわたしの役目だからね。わたしは、無断欠席生徒補導員なんだよ」

ロニーの目が大きくなった。「ああ、でもぼくは谷を出ていきたいなんて思っていませんでしたよ」とかれはいった。「ある晩、ノラとジムは、ぼくが眠るのを待って、ぼくをコウノトリ電車にのせたんです。目が覚めるとぼくはもう町に向かっていました。ぼくは谷にもどりたいんです。ぼくは、ぼくは、両親の家から逃げ出してきたんです」

「わかった」と無断欠席生徒補導員はいった。「それできみを谷に連れてかえるつもりなんだ――赤い小さな学校に」かれは手を伸ばして、ロニーの手をとった。

「ああ、そうなんですか？」全身を走ったとつぜんの幸福感をロニーは抑えることができなかった。「すっごく帰りたいんです！」

「もちろん、そのつもりさ。それがわたしの仕事だからね」補導員は大きな建物に向かって歩き出し、ロニーはかれと並んでせっせと歩いた。「だがまず、きみを校長先生のところに連れていかないとね」

ロニーはたじろいだ。そのときはじめて、補導員が自分の力ない手をしっかりと握っているのに気がついたのだ。

「さあ、歩くんだ」補導員はいうと、握る手にいっそう力をこめた。「校長先生は、きみを痛めつけたりはしないよ」

「ぼくは――ぼくは、校長先生がいるなんてちっとも知らなかった」とロニーはいって、ちょっと後ずさりした。

「校長先生がいるのは当たり前だ。いるべきものだ。それに校長先生は、きみがもどる前にきみと話がしたいといっている。さあ、いい子にして行こう、きみについて悪い報告を提出するのはごめんだよ。スミス先生も、そんなことは望んじゃいないだろうが？」

「ええ、そう思います」とロニーはいい、ふいに後悔した。「わかりました、行きます」

校長先生はいるものだと知ってはいたが、会ったことは一度もなかった。赤い小さな学校はとても小さいので、校長先生など要らないんだとずっと思っていたし、そんなものがなぜ必要なのか、かれにはいまもってわからなかった。スミス先生ならひとりでも学校を立派に運営することができるはずだ。でもとにかくよくわからないのは、校長先生が、なぜ谷ではなく終着駅なんかに――これが終着駅なのだとしたら――住んでいなくちゃならないのかということだ。

だがとにかくかれは補導員におとなしくついていった、この世界については学ぶべきことがたくさんあるので、校長先生と会って話をすればいろいろなことを教えてもらえるだろう。

ふたりはアーチの左側にある入り口から建物のなかに入り、背の高い緑色のキャビネットがずらりと並ぶ長く明るい廊下を通って、突き当たりの曇りガラスの扉のところまで歩いていった。曇りガラスにはこんな文字が書いてあった――〈**教育センター16、H・D・カーティン校長**〉。

扉は、補導員が手を触れると開き、ふたりは廊下よりさらに明るい白い壁にかこまれた小さな部屋に足を踏み入れた。部屋の奥には机があり、その前に女のひとがすわっていて、その女のひとのうしろにはまた曇りガラスの扉があった。そこには〈**私室**〉と書かれていた。

補導員とロニーが入っていくと、女のひとは顔をあげた。若くて美人だった――スミス先生と同じくらい美人だった。

「おやじさんに、メドウズのところのガキがとうとうあらわれたと伝えてくださいよ」と補導員がいった。

女のひとはロニーの目をちらりと見ると、すぐに机の上の小さな箱にその目をおとした。ロニーは妙な気持がした。女のひとの目には奇妙な表情が浮かんでいた――なんだか悲しそうな表情。ロニーが補導員に見つかってかわいそうだとでもいうようだった。

女のひとは小さな箱に向かって話した。「ミスタ・カーティン、アンドリューズがロニー・メドウズを連れてきました」

「そうか」と箱がいった。「その子を入れなさい、それからかれの両親に知らせなさい」

「はい」

校長先生の部屋は、ロニーがこれまで見たこともないような部屋だった。そのだだっぴろさが不安で、蛍光灯の明るい光がかれの目には痛かった。あらゆる照明がかれの顔をまともに照らしているようで、机に向かっている男のひとはほとんど見えなかった。

だがともかく、そのひとの顔だちがなんとかわかるほどには見えた。広く白い額と後退している生えぎわ、こけた頬と、ほとんど唇のない口もとが。

なぜか、男の顔はロニーをおびやかし、この面接が早く終わってくれればいいのにとかれは思った。

「二、三、質問があるだけだ」と校長先生はいった。「それがすめば、きみは谷への旅を続けられる」

「はい」とロニーは答え、恐怖のいくばくかが消えた。

「きみのお母さんとお父さんはきみに辛くあたったのかね？　きみのほんとうのお母さんとお父さんという意味だが？」

「いいえ。ふたりともとてもよくしてくれました。あそこから逃げ出さなければならなかったのは残念ですけど、ぼくはどうしても谷に帰らなければならなかったんです」

「ノラとジムが恋しかったのかね？」

校長先生がどうしてふたりの名前を知っているのだろうとロニーは不思議だった。「はい、そうです」

「それからミス・スミスも——恋しかったのかね？」

「ええ、そうなんです！」

校長先生の目が自分に注がれているのを感じ、かれはおずおずと身じろぎをした。かれはとても疲れていた。校長先生がおすわりといってくれればいいのにと思った。だが校長先生はいわなかったし、照明がますます明るくなっていくように思われた。

「きみは、ミス・スミスが好きだったのかね？」

この質問はロニーを驚かせたが、予想外の質問だったから驚いたわけではない。そういったときの校長先生の口調に驚いたのだ。その声にまぎれもなく嫌悪のひびきがあったからだ。首筋が、そして顔が赤くなるのがロニーにもわかった。ロニーはとても恥ずかしくて、どんなにがんばってみても、校長先生と目を合わせることができなかった。だが奇妙なのは、自分がなぜ恥ずかしいと思うのかよくわからないことだった。

「きみはスミス先生が好きなのか？」

その質問はまたとんできたが、嫌悪のひびきはいっそうひどかった。

「はい」とロニーはいった。

沈黙がおりて、そのまま室内にいすわった。ロニーは目を伏せ、次の質問をびくびくしながら待った。

だがそれ以上の質問はなく、やがてかれは、背後の扉がとっくに開いていて、あの補導員がのっそりとそばに立っているのに気づいた。校長先生の声が聞こえた。「レベル6。当番の技師に改定版24-Cで対処するよう伝えなさい」

「はい、かしこまりました」と補導員はいった。かれはロニーの手をとった。「さあ、行こう、ロニー」

「どこへ行くんです？」

「そりゃ、谷へもどるんだよ。あの赤い小さな学校にね」

ロニーは補導員のあとについて校長室を出たが、かれの心はわくわくしていた。こんなに簡単なことなんだ、あまりうまくいきすぎて信じられない。

谷に行くのになぜエレベーターに乗らなければならないのか、ロニーにはわからなかった。だがきっと屋上に行ってヘリコプターに乗るのかもしれないと思ったので、ロニーはなにもいわなかった。やがてエレベーターは六階でとまり、長い長い廊下におりたつと、そこにはおびただしい同じような扉がびっしりと並び、扉同士がいまにも触れ合いそうだった。

そこでロニーはいった。「でもこれは谷へ行く道じゃありません。いったいぼくをどこへ連れていくんですか？」

「学校にもどるんだ」と補導員はいったが、その声から温かみは消えていた。「さあ、くるんだ！」

ロニーは動くまいとしたが、なんの役にも立たなかった。補導員は大男で力もあったので、無味乾燥な長い廊下をロニーをひきずって、金属製の机に向かっている痩せこけた白い制服の女のところまで連れていった。

「メドウズの子を連れてきました」とかれはいった。「設定を24‐Cに変更せよというおやじの命令です」

痩せた女はものうげに立ち上がった。ロニーは泣きだしており、女は机の横のガラスのキャビネットからアンプルをとりだすと、かれに近づき、その袖をまくり上げ、身もだえするかれをものともせず、馴れた手つきでロニーの腕に針を刺した。

「涙はあとのためにとっておきなさい」と女はいった。「あとで必要になるから」女は補導員のほうをむいた。「カーティンはいずれ自分の罪責コンプレックスにやられてしまうわ。これはかれが今月になって適用した三度目の24‐Cよ」

「おやじさんはやりかたを心得ていなさるよ」

「あのひとは、自分のやることはわかっていると思っているだけよ。気がついたら、世界じゅうカーティンだらけってことになってしまいかねないんだから。そろそろ教育委員会の連中は心理学を勉強して、母親の愛こそがすべてだということを知ってもいいころよ！」

「おやじさんは心理学の学士号をもっているよ」と補導員はいった。

「学士号をもった精神病質者《サイコパス》でしょ！」

「そんなふうにいっちゃあいかんよ」

「どういおうとあたしの勝手よ」と痩せた女はいった。「あんたはあの連中が泣きわめいているのを聞いたことないでしょ、でもあたしは聞いてる。24‐Cは二十世紀の遺物なんだから、とうの昔に教育課程から除外すべきだったのよ！」

彼女はロニーの腕をつかんで歩きだした。補導員は肩をすくめ、エレベーターのほうにもどっていった。金属の扉が、はあっと息をして閉まる音がロニーに聞こえた。廊下はひっそりと静まりかえり、かれは夢のなかにいるように女のひとのあとについていった。腕も脚もほとんど無感覚で、頭はぼうっとしていた。

痩せた女のひとは角を曲がって別の廊下に入り、そしてまた別の廊下に入っていく。やがて開いている扉の前に出た。女のひとはそこで立ちどまった。

「昔の家がわかるでしょ？」と女のひとが厳しい口調でいった。

だがロニーにはその声がほとんど聞こえていなかった。目を開いているのがやっとだった。横に長い扉のむこうは棚のような小部屋でベッドがひとつおいてあった、それは奇妙なベッドで、まわりをワイヤやダイアルやスクリーンやチューブがかこんでいる。だがそれはベッドにちがいなかった。しばらくのあいだロニーの関心はそれに注がれ、かれはほっとしたようにベッドによじのぼった。枕に頭をのせて目を閉じた。

「いい子ね」眠りにおちる前に女のひとがそういうのが聞こえた。「さあこれで、赤い小さな学校にもどるのよ」

枕がかすかな音をたて、スクリーンが明るくなり、テープがまわりだした。

「ロニー！」

ロニーは上掛けの下で身じろぎをし、夢と戦った。それは恐ろしい夢で、何輛ものコウノトリ電車や見知らぬひとたちや見馴れぬ場所がいっぱい出てきた。いちばん恐ろしかったのは、それは現実かもしれないということだった。ノラは、なんどもかれに話していた、いつか朝、目が覚めると、おまえは、町や両親のいるところに行くコウノトリ電車にのっているのよ、と。

かれは必死になって夢と戦い、上掛けを蹴とばし、目を開けようとした。

「ロニー」とノラがまた呼んでいる。「早く起きなさい、学校に遅れるよ」

するとかれの目はひとりでに開き、そこでたちまち、なにもかもこれでいいんだということがわかった。明るい朝の陽光が、屋根裏のかれの寝室に注ぎこんでいて、裏庭のカエデのあの懐かしい枝が窓をそっと撫《な》でている。

「いま行くよ！」かれは上掛けをはねのけてベッドから飛び出し、暖かな日だまりのなかで着替えをした。それから洗面をすませ、階下にかけおりていった。

「時間ぎりぎり」とノラが甲高い声で、キッチンに飛びこんだかれにいった。「おまえときたら、毎日だんだん怠けものになっていくんだから！」

ロニーはノラを見つめた。きっと機嫌が悪いんだ、とかれは思った。以前はこんなふうな口のきき方をしたことはなかった。そこにジムが入ってきた。髭も剃らずに、目は真っ赤だった。

「やれやれ」とかれはいった。「朝めしはまだできていないのか？」

「もうじき、もうじき」とノラがぴしりとやりかえした。「あたしはね、このぐうたらなちびを、この半時間、ベッドからひきずりだすのにたいへんだったんだから」

ロニーは途方にくれてテーブルに着いた。黙々と食べながら、たったひと晩という短いあいだに、ノラとジムがこんなふうに変わってしまうなんて、いったいなにがあったんだろうと不思議に思った。朝食はパンケーキとソーセージの、かれの好物だったけれど、パンケーキはふやけていたし、ソーセージは生焼けだった。

二枚目のパンケーキを食べおわると席を立ち、教科書を取りに居間にいった。居間は散らかり放題で、黴《かび》くさいにおいがした。かれが家を出るときも、ジムとノラはキッチンで声高にいい争っていた。

ロニーは眉をよせた。いったいなにがあったんだ？　昨日はこんなふうではなかったのはたしかだ。家を出たときノラは親切だったし、ジムの話し方は穏やかで非のうちどころがなかったし、家のなかは清潔だった。

いったいなにがすべてを変えてしまったのか？

かれは肩をすくめた。もうすぐ学校でスミス先生の笑顔が見られるんだし、そうしてなにもかもまたもとどおりになるんだ。かれは明るい通りを小走りに歩き、ひなびた家や笑いさざめきながら通学する子供たちの前を通りすぎた。スミス先生、かれの心は歌った。美しいスミス先生。

扉を開けて入っていくと、陽光がスミス先生の髪に注ぎ、うなじに小さくまとめられた束髪は、まるで黄金の柘榴《ざくろ》のようだった。その頰は朝の驟雨《しゅうう》を浴びたあとの薔薇さながら、その声は夏のやわらかな風のようだった。

「おはよう、ロニー」とミス・スミスはいった。

「おはようございます、スミス先生」かれは天にものぼるような心地で席に着いた。

授業が始まった――算数、書き取り、社会科、朗読。ロニーは朗読クラスがはじまるまでは指されなかった。朗読の時間になると、スミス先生は、小さな赤い初等読本を朗読しなさいとロニーにいった。

かれは誇らしい気持で立ちあがった。それは、アキレスとヘクトールの物語だった。ロニーは最初の文章を上手に読んだ。二番目の文章のなかごろまでは、つっかえたりはしなかった。そのうちに文章がぼやけてきて、なんの字か読みとれなくなった。初等読本を目に近づけてみたが、それでもその文字が読めなかった。まるでページが水になったようで、文字が水の中で泳いでいるようだった。かれは、文字を見ようと一生懸命がんばったが、声はますますつかえるようになった。

そのときかれは気づいた、スミス先生が机のあいだを歩いてきて、かれの横に立っているのを。先生は物差しをもっていて、その顔は醜く歪んでいた。かれの手から読本をひったくると、机にたたきつけた。そしてかれの右手をとり、自分の手の上に広げさせた。物差しがぴしっとかれの手のひらに振りおろされた。手はきりきりと痛み、痛みは腕に這いあがって全身をかけめぐった。スミス先生は物差しを振り上げ、それをまた振り下ろし――

――そしてくりかえし、くりかえし、くりかえし。ロニーは泣きだした。

校長は長く多忙な一日を過ごしたので、メドウズ夫妻ととても話をする気分ではなかった。家に帰ってゆっくりと風呂につかり、質のよいテレパシー・プログラムに波長を合わせ、わずらわしいことはみな忘れたいと思っていた。だが欲求不満を抱く親をなだめるのもかれの仕事のひとつだったから、かれらをさっさと追い出すわけにもいかなかった。かれらが教育センターにヘリコプターで向かっていることを知っていたら、明日の朝まで延期してもらうよう通告していたかもしれないが、もう手遅れだった。

「通して」とインターカムに向かって、かれはものうげにいった。

メドウズ夫妻は小柄の内気な夫婦で——ロニーの身上調査書によれば、生産ラインの従業員だった。校長は生産ラインの従業員はあまり好きではなかった——ことにかれらが、感情の不安定な子供を産んだときには——これはしばしばあることだが。校長は、訊問用のライトをかれらの顔に当ててやりたいと思ったが、思い直した。

「あんたがたの息子さんは大丈夫だと通告されたはずだが」と校長は、かれらが席に着くのを待って不機嫌そうにいった。「あんたがたがわざわざここに出向く必要はなかった」

「おれたち——おれたち、心配なもんで」とミスタ・メドウズがいった。

「なにが心配なんです？　息子が失踪したとあんたたちが訴えてきたとき、息子さんは、他人に共感しやすい存在にもどろうとするだろうと、ここにあらわれたらすぐに拘束すると、伝えたはずですがね。かれのようなタイプは常にもどろうとするんだが、残念ながらわれわれは、預かった子供たちを、配送電車にのせる前に仕分けすることができなかったんです、そうするには、不適切なときに共感幻想を消失させなければならないのでね。幻想を消失させるのは親の仕事ですしね、子供がいったん現実に融合されてしまえば。そういうわけで潜在的な不適応者をわれわれは処置するわけにはいかないんですよ、本人が逃走することによって不適応者であることを自ら証明するまではね」

「ロニーは不適応者ではありません！」ミセス・メドウズが抗議をした。その青い目が一瞬光った。「あの子はとても感じやすい子なんです」

「あんたの息子さんはですね、ミセス・メドウズ」校長は冷やかにいった。「どう見てもエディプス・コンプレックスなんですよ。本来ならあんたに感じるべき愛情を、かれが作りあげた架空の教師に注いでいるんです。これはわれわれが予知しえない悲しむべき異常性ですがね、これがいったん発現すれば、修正することはできる。この先あんたがたの息子が生まれ変わって、あんたがたのもとに送られたときは、もうぜったい逃げ出したりはしませんから」

「矯正処置ですが」とミスタ・メドウズがいった。「痛いものなんですか？」

「むろん痛くなんかありませんよ！　客観的実在にとっては、そんなことはありませんから」

校長は、こみあげてくる怒りを声にあらわすまいとしたが、それは難しかった。右手がぴくぴくひきつりはじめ、はげしい怒りがこみあげてくる、なぜならこの痙攣はひとしきりつづくのだから。これもみんなメドウズ夫婦のせいだ！

生産ラインのこの阿呆どもめ！　この電気機具の組み立て屋どもめ！　わが子を育てる

重荷から解放してやるほどの価値もない。だがやつらのくだらない質問には答えなければならないのだ!

「いいかね」とかれはいうなり立ち上がり机のまわりを歩きながら、痙攣する手から注意をそらそうとした。「これは文化的な教育システムなんですよ。われわれは文化的な手法を採用しているんです。われわれはあんたがたの息子さんのコンプレックスを治療し、あの子が、ノーマルな赤い血の通うアメリカの少年として、あんたがたのもとで暮らせるように努力しているんですよ。かれのコンプレックスを治療するためにぜひとも必要なのは、かれが教師を愛するかわりに憎むようにしむけることなんだ。とても簡単なことじゃないですか?

かれが彼女を憎むようになったとたん、この谷はその異常な魅力を失って、かれは正常な子供たちが見るように、ここを見るんです。かれが小学校に通った穏やかな場所としてね。それはきっとかれの頭のなかで楽しい記憶となっているだろう、そうなるよう意図されたように、だがかれはそこにもどりたいという抗しがたい衝動はもうもたないはずですよ」

「でも」とミスタ・メドウズがおずおずといった。「あの子の先生にたいする愛情に干渉することは、あの子の身に悪い影響をあたえるんじゃないですか? 心理学の本をちょっと読んでみたんですが」かれは弁解するようにいった。「それに両親にたいする子供の自然な愛情を阻害するのは——たとえその愛情がほかに転嫁されたとしても——残るんじゃないですかね、そのう、比喩的にいうならば、傷跡が」

　校長は自分の顔が鉛色に変わるのがわかった。こめかみがどくどく鳴り、手はもはやぴくぴくするどころではなかった。ちくちくと痛みだした。それは疑いなかった。どうやら長くつづきそうだ、それもひどい痛みが。

「ときどき思うんですがね」と校長はいった。「ときどきこう思わざるをえないんですがね、あんたがたは、教育システムになにを期待しておるのかと。われわれは、あんたがたの子が生まれたときから、その重責から解放してやり、親がフルタイムで働けるように手を貸してやっている、そうすれば市民が権利として有しているあらゆる贅沢を愉しむ余裕が生まれるというわけだ。われわれはあんたがたの子供の保護には最善をつくしている。かれらには、もっとも進歩した同一化のテクニックを採用しており、人工的な初等教育ばかりでなく、共感的背景と、そして『トム・ソーヤーの冒険』と『少女レベッカ』と『子どもの詩の園』との精髄を合わせもった基礎環境をあたえているんですよ。

　われわれは、もっとも進んだ自動装置を採用し、無意識のうちに口から給餌《きゅうじ》を行ない、健康な細胞の成長を刺激している。要するに、われわれは画期的で有用な人工保育器を採用したわけですよ。いうなれば、機械化された子宮の延長だ。悪口をいう連中のなかには、そういいたがるものもいるが、あんたがたがどう呼ぼうと、今日《こんにち》の社会における膨大な数の子供たちを扱う方法、これらの子供たちに地元高校や通信教育大学を用意するための実用的で効率的な方法であるという事実には反駁しようがない。

われわれは能力のすべてを捧げて、これらのサービスを行なっているのに、あんたがたは、ミスタ・メドウズ、われわれの能力に疑義を呈するという傲慢な態度をとるのだからな！　まったくあんたがたは、自分たちがいかに幸運かということを自覚しておらん！　この人工保育器の発明以前の、二十世紀のどまんなかで暮らしたいと思うのかね？　あんたの息子を、どこかの荒れた危険な公立学校へ送りこんで、超満員の教室に一日じゅう閉じこめて息もつけない苦しみを息子に味わわせたいと思うかね？　それはいやでしょうが、ミスタ・メドウズ？」

「でもわたしは、ただいっただけで――」とミスタ・メドウズは口を切った。

校長は相手を無視した。いまや大声で叫んでおり、メドウズ夫妻は驚いて立ち上がっていた。「あんたがたは、自分たちの幸運をわかっておらん！　まったく、もしこの人工保育器の発明がなかったら、あんたがたは、息子をどだい学校に通わせることなんかできなかったはずだ！　旧式の学校や運動場を造るために、国に現存するすべての子供を教育するために、充分な教師を教育し給料を払うために、政府が膨大な資金を調達することを考えてみたまえ！　戦争より費用がかかるんだ！　それなのに、実用的な代用物が採用されると、あんたがたは反対し、批判する。あんたがただって、あの赤い小さな学校に通ったんですよ、ミスタ・メドウズ。このわたしだってそうだ。いいかね、われわれの方法が、あんたたちになんらかの傷跡を残しましたかね？」

ミスタ・メドウズはかぶりを振った。「いいえ。だけどわたしは自分の先生に恋したりはしませんでしたよ」

「黙れ！」校長は右手で机のはしをつかみ、ほとんど耐えがたいうずきをとめようとした。そして多大な努力をはらい、自分の声を平常にもどした。「あんたの息子は、たぶん次の配送電車にのせられるだろう」と校長はいった。「さて、これでお引き取り願えるなら——」

校長はインターカムを指ではじいた。「メドウズ夫妻をお送りしたまえ」かれは秘書に命じた。「それからわたしに鎮静剤をもってきてくれ」

「かしこまりました」

メドウズ夫妻は部屋を出るのが嬉しそうだった。校長もかれらが出ていくのを見て嬉しかった。手のうずきは、腕から肩にかけてかけ上がり、いまや単なるうずき以上のものになっていた。それは、赤い小さな学校と美しく残酷なミス・スミスの時代に四十年もさかのぼるリズミカルな痛みだった。

校長は机の前に腰をおろし、右手をしっかりと握りしめ、左手でそれを守るようにおおった。だがなんの効果もなかった。ともあれ物差しはいつまでも振り上げられ振り下ろされ、それが広げられたかれの手のひらを打つたびに、ぴしぴしという鋭い音をたてた。

秘書が鎮静剤をもって入ってきたとき、かれは小さな子供のようにぶるぶると震え、寒々とした青い目には涙が浮かんでいた。

約束の惑星
Promised Planet

山田順子◎訳

〈ヨーロッパ・プロジェクト〉は壮大な事業だった。それはチェコスロヴァキアやリトアニア、ルーマニア、そしてポーランドのように、圧政的な一党独裁国家によって、自国を地道に発展させていく権利を奪われた、悲劇的な歴史を有する国々をよく知る高潔な人々の努力の賜《たまもの》といえる。〈ヨーロッパ・プロジェクト〉は、そういった国々の人民たちにそれぞれの星を与えることで、奪われた権利を回復させた。虐げられた国々の国民のために、地球から遠く離れた惑星をひとつずつ割り当てたのだ。新たな故郷となる土地を求め、神を信じる敬虔な農民たちを乗せて、宇宙船がニュー・チェコスロヴァキアに、ニュー・リトアニアに、ニュー・ルーマニアに、そしてニュー・ポーランドに飛びたっていった。今回、移民たちを待っていたのは、水も豊かな緑の草原だった。数世紀前に、先祖たちが強制的に連行された約束の地には、メタンガスの危険にさらされる炭坑が待っていたのだが。

このプロジェクトぜんたいを通して、たったひとつ、不幸な出来事があった。ニュー・ポーランドに向かう移民たちを乗せた宇宙船は、目的地に着かなかったのだ……。

回顧録第十六巻『地球時代』より

（銀河史ファイル収蔵）

ひそひそと雪が舞うなか、コミュニティホールのいくつもの窓に明かりが灯《とも》り、四角い黄色の空間を浮きあがらせている。ピアノアコーディオンが《オ ムヤ ヂェヴチナ イエ ノギ》を演奏しているのが聞こえてくる。

「〝彼女が足を洗っている〟か」レストンは、ポーランド語の曲名を、無意識に、なかば忘れてしまった母語に訳していた。はるかむかしに地球でそうしたように、このノヴァ・ポルスカ（ニュー・ポーランド）でも彼女は足を洗っているのだ。

そう思うと胸がほのぼのとあたたかくなり、レストンは満足そうに窓から離れ、狭い部屋を横切って、椅子とパイプというささやかな楽しみにもどった。じきに、子どもたちのひとりが降りしきる雪のなかを駆けてきて、この家のドアをノックするだろう。婚礼の宴《うたげ》のごちそうのなかから選りすぐった料理――キュウバサ（小指ほどの小さなソーセージ）や、コウォンプキ（ロールキャベツ）、ピエロギ（ゆでたギョーザ）、キシュカ（大きくて太いソーセージ）――を携えて。そのあと、夜も更けてから、花婿が花嫁を連れ、ヴトカ（ウオッカ）のボトルを持ってやってくるだろう。静かに降る白い雪も婚礼の客たちもいない暖かい部屋で、レストンは花婿と祝杯をあげるだろう。もし雪がやんでいたら、ノヴァ・ポルスカの空で星々が明るくまたたいているだろう。

いい暮らしだ。ときには苦しいこともあるが、そのなかにも、すばらしい瞬間が確実にある。老齢期に入ったレストンは、望むものはすべてもっている。そのうえ、つまるところ、男なら誰もが望む、単純にして明快なものももっているのだ。ときどき、くりかえし訪れる寂しさをまぎらすために、ほんの少し意味の異なる単語を、ひとつふたつ、なつかしい母語に置き換える必要があるとしても、そうすることで誰かを傷つけることはないし、彼自身もぐっと気分がやわらぐ。六十歳のいま、レストンは幸福とはいえないまでも、満足できる暮らしをおくっている。

しかし、この満足感は一夜にして得られたものではない。何十年もかけて徐々に培《つちか》われたものだ。否応なく強いられた環境と社会を受け容れるために紆余曲折の道をたどって、ようやく獲得したものだ。

レストンは椅子から立ちあがり、また窓辺に行った。失いたくない、つかのまの好ましい時間というものがある。黄色い灯のともるコミュニティホールの窓も、ピアノアコーディオンの軽快なメロディも、ひそひそと降りしきる雪もまた――。

レストンが移民船を着陸させた、四十年前の夜も雪が降っていた。ひそひそと降る雪ではなく、強い北風にあおられた雪片が冷たく怒りくるって吹きすさび、ゆっくりと崩壊していく宇宙船を風除けにしてうずくまっている移民たちの顔を刺した。レストンの顔にも容赦なく雪片が襲ったが、彼は痛みなど感じなかった。それどころではなかったのだ。

レストンは乗客たちを集め、危険地域から女たちを急いで避難させ、男たちに指示して貨物室から食料や道具類を運びだすのにおおわらわだった。移民たちの母語を話せないために、身ぶり手ぶりで指示する。貨物室が空《から》になると、レストンは丘の裏側に仮設シェルターを設置するよう指示した。それからひとりで丘のてっぺんに登り、噛みついてくるような強い風と渦巻く雪に身をさらし、彼の船が死んでいくのを見守った。新婚の若者たちばかりから成る異邦人のコロニーで、自分はこの先どういう人生を歩んでいけばいいのかと思い悩みながら。

ほんの一瞬、レストンは苦い思いにさいなまれた。なぜ、よりによって彼の船の推進炉が航行中にトラブルに見舞われなければならなかったのだろうか？　なぜ、よりによって彼が、目的地である惑星ではなく、見も知らぬ人々が暮らすにふさわしい惑星をみつけるという、愕然とするような重荷を背負わなければならなくなったのだろうか？　神に向かってこぶしを振りあげたくなったが、レストンはそうしなかった。神に向かってこぶしを振りあげても、なんの意味もない、ただのジェスチュアでしかないからだ。なによりも、神を受け容れてもいないのに、口汚くののしるわけにはいかない。レストンが向こう見ずな青春を捧げたのは、〝光よりも速く〟星々のあいだを飛行するという神聖な宗教だった。

やがてレストンは体の向きを変え、丘を下りた。当座しのぎのシェルターの片隅にスペースをみつけ、最初の孤独な夜をすごすために毛布を広げた。

朝になると、強行着陸したさいに犠牲となった、ただひとりの遭難者のために、まにあわせのミサがおこなわれた。それが終わると、鉛のように重い足を動かして、移民たちは新しい人生を歩きはじめた。

最初の冬、レストンは懸命に働いた。冬期をしのぐための暫定的な村は、小さな山々に囲まれた谷に、地球のそれにそっくり似せて造られた。水の問題は谷を流れる川が解決してくれたが、凍結した川面《かわも》の氷を割るのは、朝の労働にしてはなかなかたいへんだった。効率のいい燃料を手に入れるまでは、谷を囲む森のおかげで、たっぷりと薪がまかなえた。もっとも、木を切り倒していくつかに切り分け、それを粗末な橇《そり》に積んで村まで曳《ひ》いていくのは、誰もが尻ごみしたくなるほどの重労働だった。春に向かうころには軽いインフルエンザが流行《はや》ったものの、新しい社会を構築するうえでの基盤となるべき人員としてメンバーに組み入れられていた、若い医者が力を尽くしてみんなを救った。

春の雨があがったあと、最初の作物の種が蒔かれた。耕してみると、ノヴァ・ポルスカの土壌は地味《ちみ》豊かな黒土だとわかり、この惑星をみつけるために、燃料を最後の最後まで使って船を飛ばしつづけたレストンにとっては、願ってもない環境だった。谷のあちこちに、より住みやすい地を求めて移民たちが放浪した痕跡が残っているが、すでに定住地はある。初め、レストンはこれでやっていけると、なにがしかの希望をもった——ある朝、いくつもの口に大きな笑みを浮かべ、何本もの脚をぎくしゃくと急旋回させるという歩きかたで、この星の先住生物たちが村にやってくるまでは。

しかし、少なくとも先住生物たちは友好的で、時間がたつほどに重宝な助っ人になった。最初の春、レストンは畑仕事を手伝った。そして、自分が新しい文化文明の担い手としては、思ったほど役に立っていないことに気づいた。農民たちは二、三人ずつのグループに分かれて作業をしているというのに、ふと気づけば、レストンはひとりで働いているということが何度もあった。自分はみんなに避けられているのだろうかと、いやでも考えてしまう。そのうち、作業している人々から、何度となく、あからさまに不満の目を向けられているのがわかった。そういうとき、レストンは肩をすくめてやりすごした。農民たちは好きなだけ不満を抱けばいい。好意をもっていようといまいと、けっきょく彼らはレストンから離れられないのだ。

夏が来た。寒冷地のここの夏は暑いというより暖かく、すごしやすい気温だ。レストンは魚釣りをしたり、山裾の森で狩りをしたり、ときには満天の星の下で眠ったりして、のんびりとすごした。そんな夏の夜は、さまざまな思いが脳裏をよぎった――じつにさまざまな思いが。

思いきり走ったあとに吸いこむ地球の甘い空気、遊んでくれるのを待ち受けている巨大なピンボールマシンのように、連綿とつながっている地球各地の都市の光の帯、しなやかな脚、丈の高いきらめくグラスにつがれた冷えたワイン。だが、なによりもなつかしいのは、近所の既婚女性たちのことだった。

秋になると、レストンは収穫を手伝った。先住生物が農作業に向いているかどうかは未知のファクターで、したがって、まだ彼らを農作業に使ったことはない。そしてふたたび、レストンは農民たちから不満の目を向けられることになった。レストンにはどうにも理解できないことだった。もし農民たちの気持をなぞることができるものならば、彼らはレストンの勤労精神を賞賛しこそすれ、不満に思ったりはしないはずだ。レストンはふたたび肩をすくめた。農民たちは勝手にすればいい。独善的であろうと、神を恐れようと。

豊かな収穫となった。故郷のやせた土地の貧しい収穫に慣れた農民たちにとって、これは信じがたいことだった。農民たちがりっぱなカプスタ（キャベツ）や、大きなジェムニャク（ジャガイモ）や、金色のプシェニツァ（小麦）のことを熱っぽく話しているのを、レストンは耳にした。そのころには、レストンも彼らのことばをほぼ理解できるようになっていたし、彼らのことばを話せば理解してもらえるようにもなっていたが、ＣＺやＳＺの発音にはあいかわらず苦労していた。

しかし、レストンにとって、二回目の冬のいちばんのトラブルは言語の問題ではなかった。

畑での農民たちの態度から見て、レストンは孤独に冬をすごすことになるだろうと覚悟していた。だが、そうはならなかった。アンドルリェヴィッチ夫婦や、ピズィキェヴィッチ夫婦、サドヴスキ夫婦にうまい食事に招かれない日はめったになかったし、食事の席では、村が直面している当座の問題——新たな試みとして家畜に使おうと飼い慣らしている先住生物の飼料のこと、村に発電機が一台しかないこと、教会を建てるにふさわしい土地選びのこと——に関する議論に意見を求められたりもした。食事をともにし、話をしているあいだ、レストンは、その場がなんとなくぎごちなく、農民たちの話しかたもしゃっちょこばっていることを意識していた。レストンの前ではリラックスできず、自然体ではいられないとでもいうように。

冬が深まるにつれ、徐々に、レストンは自分の家に閉じこもる日が増えていった。妻のいない台所でじっと考えこみ、早々に妻のいないベッドにもぐりこみ、家の周囲を吹き荒れて庇《ひさし》に雪をたたきつける風のなか、ひとりぼっちの暗い夜を輾転反側《てんてんはんそく》してすごした。

ある意味で、あかんぼうというのは、なによりもあつかいにくいしろものだ。二度目の冬が深まるころ、新生児がぞくぞくと誕生した。春になるころには、そこにもここにもあかんぼうがいるという状況になった。

レストンはひそかに希望を抱いていた。その希望だけが、孤独が悲痛に変わるのを阻止してくれていた。彼が発したＳＯＳ——この星に不時着するに先だって、あの緊迫した短い時間に、星々に向けて発信したＳＯＳ——が傍受され、救助船がすでに救出に向かって飛行しているはずだという希望。とはいえ、それは絶望に等しい希望だった。というのも、彼が発したＳＯＳは、少なくとも九十年は傍受されないからだ。いちばん近い人間の住む惑星にＳＯＳが届くまで九十年かかるのだ。たとえいまが二十一歳で、永遠に生きるチャンスがあると信じているにしても、現実的にいえば、九十年は、待つのも楽しみのうちとはいいがたい歳月だ。

長く陰鬱な日々がつづくにつれ、レストンは本を読むようになった。ほかになにもすることがなかったからだ。幼い生命が芽吹き、育ちつつある若い夫婦の家を訪ね、小さな肺をふくらませて欲望をわめきたてるあかんぼうの泣き声を聞くのに、もはや耐えられないという心境に達してしまったからだ。あるいは、父親がまごつき、当惑し、少しばかり怯えながら、ぎごちない手つきで幼子のしわくちゃの顔に水をかけるという洗礼の儀式に立ち会うのも、幼子がかわいそうに思えてもう見たくなかった。

手に入る本はすべて、当然ながらポーランド語で書かれているし、どれもが農民主体の文学であり、宗教がテーマとなっている。その八十パーセントは、ポーランド語の聖書をそのままなぞっているだけだ。だが、隣人たちになにか読むものを貸してほしいとたのんでも、その類《たぐい》のものしかないために、レストンはあきらめ半分で聖書を借りて拾い読みをしてみた。このころにはポーランド語もすらすらと読めるようになっていたし、ポーランド語が母語である農民たちにくらべれば、明瞭さに欠け、表現もつたないとはいえ、かなり流暢に話せるようにもなっていた。

レストンは旧約聖書で素朴な神を発見した。〈創世記〉をおもしろく読んだ。ある陰鬱な夜、退屈をまぎらすために——そして、彼の立場を斟酌《しんしゃく》しようとしない使徒信条を軽蔑していることを証明するために——古代ヘブライ人なら、もっと成熟した宇宙観をもっていたのではないかと思いつき、自分流に書きなおしてみた。最初は、どうだ、これこそ新しい〈創世記〉だぞと自慢に思ったが、それを何度か読み返すうちに、神はまっ先に地球を創ったのではなく、古代ヘブライ人が神を信じて契約するよりも前に、数多《あまた》の星々を創ったのだというレストンの仮説を除けば、たいしてオリジナリティがあるとはいえないとわかった。

新約聖書を読むと、これまで感じたことのないやすらぎを覚えた。しかし、このやすらぎは長つづきしなかった。絢爛《けんらん》たる春が訪れたからだ。この春、草原の花は美しく咲き乱れ、空は青く晴れわたった。レストンはこれほど青い空を見たことがなかった——地球でさえも。毎日、雨があがると、レストンは高い山嶺《さんれい》を背にした丘陵地帯まで散歩に出た。ときには聖書を持って。複雑に入り組んだ緑の聖堂に迷いこみ、いきなり視界にとびこんでくる、白い雪をいただいた山々の高い峰に目を奪われ、なぜ自分は、この寂しい地を離れてあの頂《いただ》きを越え、自分だけの新天地に向かわなかったのだろうと思う。なぜこの地にとどまっているか、心の奥底ではちゃんとわかっているのだが。

初夏になって、レストンがいつもの散歩から帰ってくると、ついにヘレナと出会った。

二度目の冬にもインフルエンザが流行ったが、初めの冬のそれとはちがって、罹患した者の症状は重かった。死者がひとりでたほどだ。

そのため、ヘレナ・クプレヴィッチはノヴァ・ポルスカで最初の寡婦となった。

クプレヴィッチの葬儀以降、レストンはいつのまにか、つねにヘレナのことを想うようになり、この新しい社会の慣習では、夫を亡くした女が、世間に冷たい目で見られることなくほかの男に目を向けるようになるのを許されるまで、どれぐらいの時間を必要としているのだろうかと考えたものだ。

村はずれの畑でレストンがヘレナに出くわしたとき、ヘレナはまだ黒い喪服を着ていた。だが、彼女はとても美しかった。黒い服がたまご形の顔のミルクのような白い肌を引き立てているし、つやのある黒い髪にマッチしている。ヘレナは美しい。レストンはどんなときでも、彼女に会えば、二度見ずにはいられなかった。

青菜を摘んでいたヘレナは、レストンが近づいてくるのを見ると立ちあがって、はにかむようにいった。「ヤク　シェン　マシュ、パン・レストン」

ごぶさたしています、ミスター・レストン。

ヘレナのていねいなあいさつに、レストンは当惑したが、当惑する理由はなかった。レストンを親しげにファーストネームで呼ぶ農民は、ひとりもいないからだ。レストンはヘレナに笑顔を向けた。あたたかい笑みを浮かべようとしたが、ひややかな笑みにしか見えないことはわかっている。最後に美しい女性に笑顔を向けたのは、ずいぶんむかしのことだ。「ヤク　シェン　マチェ、パニ・クプレヴィッチ」

元気ですか、ミセス・クプレヴィッチ。

ふたりはまず天候を、次に作物のことを話した。そのあとは話題にすべきことを思いつかず、レストンは彼女を送りがてら村にもどった。ヘレナの家の戸口で、レストンは立ち去りがたくてついぐずぐずとしてしまった。そして唐突にいった。「ヘレナ、また会いたいんだが」

「あら、ぜひどうぞ、パン・レストン。喜んで我が家にお迎えしますとも……。春のあいだはずっと、あなたがいつ来なさるかとお待ちしてたんですが、来られなかったので、あ、まだその気にならないんだ、よその家を気軽に訪ねる心もちにはなっていないんだと思ってました」

レストンはけげんな表情でヘレナを見た。これまで一度もポーランド人の女性をデートに誘ったことはないが、ポーランド人の女性はふつうならこれほど堅苦しい態度をとったり、敬意しかこもっていない口調で話したりはしないと思った。

「いや」レストンは説明しようとした。「あなたにまた会いたいというのは——」躍起になってことばを探す。「——あなたのことが好きだからで、あなたが美しいからで……」

ヘレナの顔にさっと浮かんだ表情を見て、レストンの声は尻すぼみに消えていった。

そして、レストンがどうにも理解できずにぼんやりと突っ立っていると、ヘレナは踵《きびす》を返して家の中に駆けこんだ。ドアがばたんと閉まった。ものいわぬドアと、カーテンが引いてある小さな窓とをものといたげにみつめながら、レストンはしばらく呆然とその場に立ちつくしていた。

どうやら、社会的に許されない無作法なことをしでかしたのだと気づき、レストンはうろたえた。どんな社会であろうと、たとえ、この小さな、神を恐れる敬虔なキリスト教徒の社会であろうと、寡婦は死ぬまで寡婦のままでいなければならないと定まっているとは、レストンは思いもしなかったのだ。しかし、そういうものだと納得するにしても、ヘレナの表情は不可解だった。驚愕やショックの表情なら、そうと読みとれるのだが——。

あれほどの恐怖の表情は……。

農民たちの目には、レストンが異様な生きものにしか見えないようだ。グロテスクな部外者、怪物。だが、なぜだ？

レストンは初めて、自分が農民たちにどう見られているか考えてみようと、必死に頭を絞りながらのろのろと家に向かった。建築中の教会の前を通る。内装の最後の仕上げに励んでいる大工たちのかなづちの音が、内部のそこここで響いている。レストンはふいに疑問に思った――彼らはなぜ、村で唯一の異教徒の住まいの隣に教会を建てているのだろうか？

自宅の台所でコーヒーを淹《い》れ、レストンは窓辺に腰をおろした。緑に萌え、ゆるやかに起伏している丘陵地帯と、その向こうに純白の峰をいただいた高い山脈が見える。

山脈から自分の手に視線を移す。長くてほっそりした手。五十もの層から成る複合宇宙船のコントロールパネルに、長年慣れ親しんできた繊細な手。パイロットの手。彼が農民ではないように、彼の手もまた農民のそれとはまったくちがうが、基本的に、本質的に、手は手だ。

農民たちに、自分はどう見えているのだろうか？

答は簡単だ。みんなはレストンをパイロットとして見ている。あくまでも宇宙船のパイロットとして見ているがために、彼の前ではリラックスできず、あたたかい態度をとることも仲間らしい親しみを示すこともできず、彼ら同士のあいだではぶつけあう怒りや恨みさえ、レストンにはあからさまに向けることもできないのだろうか？　だが、つまるところ、宇宙船のパイロットといえども、ただの人間なのだ。農民たちを迫害のない星に運ぶというプロジェクトは、レストンが企画したことではない。不時着した惑星で、ノヴァ・ポルスカ建国が現実味を帯びてきたのも、レストンの手柄ではない。

ふいに、レストンは聖書の〈出エジプト記〉を思い出した。記憶が確かかどうか半信半疑で立ちあがり、冬のあいだ借りていた聖書を捜す。恐れをつのらせながら、レストンは〈出エジプト記〉を読みはじめた。

狭い岩棚で、レストンは背を丸めてうずくまっていた。頭上には、別の岩棚が大きく張り出していて、それを乗り越えるのは不可能などころか、視界をさえぎって空が見えないぐらいだ。

眼下の村を眺める。自分の運命を象徴している、いくつものちっぽけな灯がまたたいている。しかし、その灯は、彼の運命以上のなにかを象徴しているのだ。暖かさや安全の象徴であり、ノヴァ・ポルスカという人間社会の象徴。山の寒気にさらされ、狭い岩棚にうずくまっているうちに、レストンは、しょせん人間はひとりでは生きられないし、自分のために農民たちが必要であると同時に、彼らにも自分が必要なのだということを確固として認識した。

レストンは山を下りはじめた。のろのろとしか動けないのは、がむしゃらに山を登ったせいで体力が消耗し、両手が血だらけで痛いからだ。草原にたどりついたときには、すっかり夜が明けて、まぶしい陽光が教会を照らしていた。

レストンは窓から離れ、また椅子にもどった。あの葛藤の記憶はすでに遠い過去のものとはいえ、思い出せばいまだに苦痛をともなう。

だが、部屋の中は暖かくて気持がいいし、椅子は深く腰をおろせてすわりごこちがいいので、苦痛も徐々に消えていった。まもなく子どもたちのひとりが婚礼の宴のごちそうを携え、雪のなかを走ってきてドアをノックするだろう。そして、生きている実感をあじわわせてくれるひとときの時機がまた増えて、レストンが降服した運命を、さらに耐えやすいものにしてくれるだろう。

レストンは、山からもどってすぐに運命に降服したわけではない。何年もかかって少しずつ運命を甘受していったのだ。さまざまな出来事や危機の積み重ねや、予想もしなかった時機の到来を経験したことによる、自然な結果だった。レストンは初めて自分から運命に近づいていったときのことを思い出した――環境と社会が彼のために用意してくれた場所に、みずから足を踏みいれたときのことを。

あれは四度目の冬、アンドルリェヴィッチ家の娘が亡くなったときのことだ。

鈍くよどんだ冬の日、空はどんよりと暗く、大地は雪で固く凍りついていた。レストンは丘の上の墓地に向かう短い葬列に加わり、灰色の顔の農民たちと小さな墓地の片隅にたたずんだ。粗末な木の棺を前に、聖書を手にした父親は立っているのもやっとという状態で、もごもごと弔《とむら》いの式をとりおこなった。明瞭にことばを発しようと努力しているのだが、重たげな農民の声は割れ、呻き声にしかならない。レストンは見るに見かねて、凍った地面に足を踏みだし、悲嘆にくれる父親のそばに行くと、その手から聖書を取った。そして凍てつく陰鬱な空に向かって背筋をしゃんとのばし、肩を張った。彼の声は冷たい風のように澄みきって、しかも、夏の日のように暖かかった。その声は春の訪れを約束し、冬はいずれ去るという確かな認識に満ちていた。

「わたしはよみがえり、生きている、と主《しゅ》はいわれた。たとえ亡くなられても、心のなかに主を信じる気持があれば、主は生きておられるのだ。心のなかで生きつづけると信じれば、なんびとであろうと死ぬことはない……」

　ノックの音がした。レストンは立ちあがり、ドアに向かった。敬虔な人々はおかしなほど素朴に、宇宙飛行士《スペースマン》を尊敬してくれるはずだとレストンは思っていた。特に、迫害から救い出し、〈約束の地〉へ連れてきてくれた、彼らのスペースマンを。このスペースマンは、長さ三エーカー、幅一エーカーの宇宙船を、ふたつの手だけでらくらくとあやつり、星々のあいだを航行させたのだ。古代ヘブライ人がエジプトを脱出したさいに、モーセが紅海の水を分けて道を作ったという奇跡にくらべれば、ささやかな偉業にしか思えないにしても、彼はそれをなした。しかも、〈約束の地〉を得たあと、彼は幾度となく、神とともに荒野に分け入り、さまよった。ときには神聖な聖書をたずさえて。

しかし、そういう経緯だけでは、レストンが社会的圧力に身をゆだね、自分の人生を形づくっていくには至らなかったはずだ。この惑星に不時着せざるをえなかった不慮の災難という触媒がなくては、とうていこの人生は成立しなかったのだ。レストンはあの不慮の災難が、新しい社会を支えるためのもっとも重要な柱を生みだすことになったという運命の皮肉に、深く感謝している。もっとも重要な支柱——すなわちレストン自身がノヴァ・ポルスカの司祭になったことを。

ドアを開け、降りしきる雪のなかに目を凝らす。ピョートル・ピズィキェヴィッチ少年が、両手で大きな皿を持って、ドアステップに立っていた。

「こんばんは。持ってきましたよ、キュウバサと、コウォンプキとピエロギとキシュカと……」

レストンはドアを大きく開けた。もちろん、司祭であることには、それなりの苦労がある——たとえば、男女をバランスよく結びつけることを拒否する、一夫一婦制社会の平和を保つこととか、あるいは、主《しゅ》の貪欲な仔羊たちが単純な先住生物を乱獲しないように、諭したりしなければならないとか。だがそういう苦労を埋め合わせるものがある。レストンは妻帯できないので、自分の子どもはもてない。しかし、ことばの厳密な意味ではそういえないにしても、彼には子どもが大勢いる。レストンが身を投じた環境と社会では、男としての生殖能力を活かすことは許されなかったが、年老いた男がすべての人々に父親らしくふるまって、なんの害があろうか。

「お入り、息子や」レストン神父はピョートル少年を招じいれた。

若々しい恋のロマンス、老いゆく心奥の熾火

SF研究家
牧　眞司

本書はロバート・F・ヤングの日本オリジナル短篇集で、一九五〇年代半ばから六〇年代半ばまでに発表された七篇を収めている。

ヤングは一九一五年生まれ。三十七歳のとき、パルプ雑誌〈スターートリング・ストーリーズ〉一九五三年六月号に"The Black Deep Thou Wingest"を発表してデビュー。若くして頭角をあらわす者が多いアメリカSF界にあって遅れてきた新人だったが、やがて大判のパルプ雑誌と入れ替わりで隆盛を迎えていたダイジェスト判のSF雑誌を主要舞台として、矢継ぎ早に作品を発表するようになった。六〇年代初頭には、部数が多く原稿料も高い一般誌へも進出を果たす。つまり、ここに収録した七篇は、ヤングが作家として登り調子だった時期に書かれたものだ。

日本で出版されたヤングの短篇集は、本書が四冊目にあたる。先行する三冊は、伊藤典夫さんが作品を選び自ら翻訳もされた『ジョナサンと宇宙クジラ』（本文庫）、同じく『たん

ぽぽ娘』（河出文庫）、桐山芳男さん編の『ピーナッツバター作戦』（青心社ＳＦシリーズ）。そのすべてがオリジナル編集だ。ヤングは長篇も書いているが、本領はあくまでも短篇にある。ところが本国アメリカでは、彼の紙ベースの短篇集は三冊しか出ていない。ほかに電子書籍オリジナルの短篇集がひとつあるが、収録作品の約半数が既存短篇集と重複している。ヤングは一九八六年に逝去し、三十年余の作家活動で百八十篇もの短篇を残したが、その多くは掲載誌に埋もれたままだ。アンソロジーに再録された作品もごくわずかにとどまっている。

日本では人気が高いのに本国アメリカではそれほどでもないという例は、Ｒ・Ａ・ラファティやダニエル・キイスをはじめ何人も思い浮かぶが、ヤングはその度合いがあまりにもはなはだしい。

〈ＳＦマガジン〉が二〇一四年におこなったオールタイム・ベスト投票で、「たんぽぽ娘」は海外短篇部門の第七位にランクインしている。同部門の上位はテッド・チャン、グレッグ・イーガン、ジェイムズ・ティプトリー・ジュニアといった〝手強い〟顔ぶれがひしめいているので、七位は大健闘といえよう。ちなみに、五位にダニエル・キイス「アルジャーノンに花束を」、六位にエドモンド・ハミルトン「フェッセンデンの宇宙」、八位にトム・ゴドウィン「冷たい方程式」と、懐かしい作品が並ぶ（その先はジョン・ヴァーリイ、グレッグ・ベア、テッド・チャン……と、またハードな作品が陣どっている）。

いっぽう、アメリカのＳＦ情報誌〈ローカス〉が二〇一二年に実施したオールタイム・ベストは、SF長篇、ファンタジイ長篇、ノヴェラ、ノヴェレット、短篇のそれぞれの部門について、二十世紀作品と二十一世紀作品とに分けての投票だったが、ヤングの作品はひとつもあがっていない。こうした状況はヤングの生前からで、彼がSF賞の最終候補になったのは一九六五年のヒューゴー賞短篇部門に「リトル・ドッグ・ゴーン」があがったただ一回のみだ（結果は第三席）。

バリー・N・マルツバーグによれば、ヤングはSFにおける〝もっとも知られざる作家のひとり〟だという（先述した電子書籍のみの短篇集 *Memories of the Future*［二〇〇一年］に寄せた序文）。ヤングは高額の原稿料で知られた〈プレイボーイ〉や一流誌〈サタデイ・イヴニング・ポスト〉にも作品を発表し、第一短篇集 *The Worlds of Robert F. Young*（一九六五年）は格式高いハードカバー出版社サイモン＆シュスターから刊行された。しかし、彼の名は広く一般に認められるどころか、SF界のなかでも終始マイナーのままだった。ディズニー・スタジオが作品を映画化する話もあったが、けっきょく実現せずに終わる。不遇の作家人生だった。SF作家のなかにはSFファンのコミュニティと親密な交際をする者も多いが、ヤングはそういうこともなく、亡くなったときも〈ローカス〉にごく簡単な記事が出ただけだった。関係者による追悼文もなければ、写真も載っていない。

この日米の差はなんだろう。ちなみに〈ローカス〉のオールタイムでは、「アルジャーノンに花束を」が二十世紀SFノヴェレットの第一位、「冷たい方程式」が同じ部門の第十位に入っているので、情緒的な物語が支持されにくいわけではない。あるいはベタな恋愛要素が問題なのかもしれない。よく指摘されるように、アメリカでハインラインの代表作といえば『異星の客』や『月は無慈悲な夜の女王』だが、日本ではまず『夏への扉』があがる。とはいえ、『夏への扉』だって〈ローカス〉オールタイム・ベストではけっこう良い位置につけているのだ（二十世紀SF長篇部門六十一位、ちなみに『異星の客』は十一位、『月は無慈悲な～』は十二位）。

どうも日米のSFファンの読書傾向の違いだけでは説明がつかない気がする。作品自体の内容や質よりも、その作品がどのように発表されたか、どのように紹介されたかという事情が、大きく作用しているのではないか。「たんぽぽ娘」の初出は一般誌〈サタデイ・イヴニング・ポスト〉一九六一年四月一日号だ。原稿料も高く広範な読者に読んでもらえるので、小説家としてはこうした雑誌に作品が掲載されるのは誇らしいが、SFファンへのアピール度はまた別だ。この作品は目利きの評論家兼アンソロジスト、ジュディス・メリルに見いだされ、『年刊SF傑作選』第七集（邦訳版［創元推理文庫］では第二巻にあたる）に収録されるが、初出から一年半も経過しており、もちろん賞の候補にあがるには遅すぎた。さらに意外なことに、「たんぽぽ娘」はヤングの生前（それどころか二十世紀中は）、メリルの『年刊SF傑作選』を別にすると、ほかのアンソロジーに採られていないのだ。

いっぽう、日本では伊藤典夫さんが早くも一九六四年に「たんぽぽ娘」を翻訳。同人誌〈宇宙塵〉に訳出する。同人誌とはいえ、当時の日本SF界において唯一の商業誌〈SFマガジン〉に次ぐステイタスにあった媒体だ。しかも、鑑賞眼にかけては多くのSF関係者が一目も二目も置く若き才能（当時二十一歳！）、伊藤典夫の手による翻訳とあれば〝お墨付き〟といってよい。

面白いのは伊藤さんが翻訳に付した「解説」である。この作品が一般誌に掲載されたことを紹介したうえで、〝むろんSFに親しんでいない読者が対象だから、作品それ自体は非常にわかりやすい。タイムトラベル・テーマでありながらタイムマシンはどこにも現われないし、SF的な飛躍もあまり要求されない。それに内容は、百年一日のごとくアメリカ人好みの甘ったるい恋愛小説だ〟と述べている。なんと伊藤さんは、アメリカ人のほうがベタな恋愛が好きだと見なしているのだ。もっとも、これは〈宇宙塵〉という場を意識しての発言かもしれない。なにしろSFについては一家言あるうるさがたの多い同人誌である。たとえば〈宇宙塵〉の発行人である柴野拓美さんは、掲載号のあとがきで〝ロバート・F・ヤング、みごとですねえ。ただしこの感動がはたしてSFのものかどうか。これも討論してみたらと思いますが……。まあいいでしょう。面白いものは面白い。これだからSFの正体はどうにもわからない〟と記している。

その後も〈SFマガジン〉一九七二年六月号でヤング特集が組まれたり、同誌の海外SF紹介コラム「SFスキャナー」でヤング作品が紹介されるなど、日本の読者は伊藤さんをはじめとする良質なフィルターを通してこの作家に接することができた。その結果として、ヤングという作家のブランド・イメージが確立されたのだ。

サンプルとして〈宇宙塵〉掲載時に「たんぽぽ娘」を読んだ梶尾真治さんの声を紹介して

おこう。〝本作は臆面もない抒情ＳＦということが言える。私も不定期に異常に抒情ＳＦを書きたいという衝動にとらわれる。本作が私に与えてくれた恩恵が一つある。それは「照れずに書く」という能力である。「こんな話、思いつきました。とてもいい話だと思います。でも書くのは照れくさいなあ。恥ずかしいなあ」そんなとき本作を思い出すと開きなおれる〟（「お許し下せえ、ヤング様」、〈ＳＦマガジン〉二〇〇〇年二月号）。

ＳＦファンにとってのヤングは、ひっそりと心にとめて静かに語りつぐ――そんな特別感のある作家だろう。「たんぽぽ娘」を題材のひとつに取りあげた三上延『ビブリア古書堂の事件手帖』がＴＶドラマ化されたことで、ヤングの名前は一挙に有名になったが、それも以前からの読者が作品の魅力を口伝えしてきた下地があってこそだ。

梶尾さんがおっしゃるように「たんぽぽ娘」は抒情ＳＦだが、「とてもいい話」かどうかは読むひとしだいだろう。山野浩一さんは〝中年男が欲情したような小説だ〟と手厳しい評をなさっている（伊藤典夫さんのエッセイ「ロバート・Ｆ・ヤングのことなど」、〈ＳＦマガジン〉二〇〇二年五月号）。山野さんといえば日本におけるニュー・ウェイヴ運動の唱導者であり、アメリカでこの運動を強力に後押ししたジュディス・メリルの盟友にあたる。メリルと山野さんとでこの作品の評価が分かれるのは興味深い。

私自身は先日久しぶりに「たんぽぽ娘」を読み返し、それまで思っていたのとまったく異なる感慨が湧いてきたことに驚いた。そこにあったのはロマンチックや甘酸っぱさなどではない、また男の欲情とも別の、どうにも片づかない気持ちだった。

この物語は主人公マークの視点で語られるので、読者もしぜんと彼の心情に沿ってしまう。しかし、視点をマークの奥さんアンに据えて読んでみたらどうだろう。未読のかたのために詳述は避けるが、彼女は〝いま現在〟何が起きているかをすべてわかっている。その胸に去来するのは、嫉妬、愁嘆、懐慕、感傷、あるいは諦観？ その感情はおそらくひとことでは言いあらわせない。中年男マークと未来から来た若い少女のタイムトラベル・ロマンスよりも、表だって描かれることのないアンの葛藤こそが〝SFだからこそ描きうる〟テーマではないか。

こうした読みかたをするのは、あるいは私が歳をとったせいかもしれない。はじめて「たんぽぽ娘」を読んだときは、だれもが若かった。翻訳した伊藤さんは当時二十一歳、梶尾さんは高校生。山野さんは二十代後半、長老格の柴野さんだってまだ四十歳前だ。ところが、いまの私は五十代後半。作中のマークよりも歳上、この作品を書いたときの作者ヤングの年齢すらとうに通りこしてしまっている。そのせいで（？）、若いたんぽぽ娘ジュリーよりも、年齢を重ねたアンが気にかかるのだ。

ヤングがどこまでアンの内奥を考えてこの作品を書いたかはわからない。本書に収録されている「真鍮の都」における妹姫の扱いなどをみるかぎり、ヤングは女性の心情にかなり無頓着のようにも思える。しかし、作者の思惑や狙いはこの際どうでもいい。「たんぽぽ娘」は、春真っ盛りのジュリーの物語としても人生の秋を迎えたアンの物語としても、隙なくまとまっている。みごとなくらいのバランスだ。

本書を手に取られている読者には、溢れるがごとき若さとロマンチックな冒険に心を惹かれるかたもいらっしゃるだろうし、老いゆく者の胸にくすぶりつづける熾火のような感情に共感するかたもいらっしゃるだろう。どちらもヤングの側面である。

本書収録の作品について、簡単にコメントしておこう。

「わが愛はひとつ」“One Love Have I”（初出は〈イフ〉一九五五年四月号。アメリカでは短篇集未収録）初訳は〈SFマガジン〉一九七一年十月号掲載。人工冬眠による刑期を終えた主人公が青年の姿のまま、百年後の世界で家路をたどる。彼は老人ではないが時代に取りのこされた存在で、その思いはあてもなくすぎた日々をさまよう。〝時間〟と〝愛〟を組みあわせて主題化するのは、ヤングの十八番といえよう。とくにこの作品の場合、クライマックスで明かされる妻がとった行動は（百年前のそれも現在のそれも）、「たんぽぽ娘」の先ぶれといえるのではないか。ぜひ読みくらべていただきたい。

「妖精の棲む樹」“To Fell a Tree”（初出は〈F&SF〉一九五九年七月号。第二短篇集*A Glass of Stars*に収録）初訳は〈SFマガジン〉一九七二年七月号掲載。のちに中村融編のアンソロジー『黒い破壊者　宇宙生命SF傑作選』（創元SF文庫）にも収録された。エコロジーと文化人類学的世界観とを結びつけた意欲作。一九八二年に、この短篇を元にした長篇*The Last Yggdrasill*が書かれている。

「時をとめた少女」“The Girl Who Made Time Stop”（初出は〈サタデイ・イヴニング・ポス

ト〉一九六一年四月二十二日号。第一短篇集 *The Worlds of Robert F. Young* に収録）初訳は〈SFマガジン〉一九七二年六月号掲載。無職の青年が宇宙からきた女性にモテモテになるという、ほとんど少年マンガのような展開。ヤングの小説に描かれる恋愛は男の願望充足的な側面が多分にあるのだが、本作はそれ自体をパロディ化しているところもあっていっそう面白い。

「花崗岩の女神」"Goddess in Granite"（初出は〈F&SF〉一九五七年九月号。第一短篇集に収録）初訳は〈SFマガジン〉一九六九年九月号に掲載。異星にある巨大な女体型の山脈を登攀しながら、人生を振り返る男の物語。たんたんと語られるが風景と心象が静かに重なりあって、圧倒的な印象を残す。大柄の女性に対するヤングの偏愛は有名だが、それがこういうかたちで昇華されるとは。私は本書のなかでもっとも心に残った。先述の電子書籍のみの短篇集 *Memories of the Future* ではカバーストーリーになっている（Cory Ench and Catska Ench 画）。

「真鍮の都」"The City of Brass"（初出は〈アメージング・ストーリーズ〉一九六五年八月号。アメリカでは短篇集未収録）初訳は〈SFマガジン〉一九八六年六月号に掲載。また、中村融編のアンソロジー『時を生きる種族　ファンタスティック時間SF傑作選』（創元SF文庫）にも収録された。アラビアン・ナイトを題材にしたユーモラスなSF。ストーリーテリングは申し分がなく結末もスマート。これで満足している主人公はいささか問題ありとも思うが、まあ、軽いタッチの願望充足に、そういうケチをつけるのもヤボかもしれない。一九八五年には、この作品を書き延ばした長篇『宰相の二番目の娘』（創元SF文庫）が発表されている。

「赤い小さな学校」“Little Red Schoolhouse”（初出は〈ギャラクシー〉一九五六年三月号。第一短篇集に収録）本邦初訳。ブラッドベリや星新一を彷彿とさせる文明批評の一篇。〝ヤングが文明とか機械といったものを嫌悪しているように思える〟と言ったのは、「たんぽぽ娘」を表題作とするアンソロジー（集英社文庫、海外ロマンチックSF傑作選2）を編んだ風見潤さんだが、本作を読むとなるほどと思える。精神をテクノロジーでコントロールする展開は、五〇年代SFの典型的なテーマのひとつだ。

「約束の惑星」“Promised Planet”（初出は〈イフ〉一九五五年十二月号。第一短篇集に収録）本邦初訳。外形的には宇宙移民テーマだが、物語の焦点はあくまで異なる民族のなかで自分の居場所を模索しつづける主人公レストンの心の動きにある。四十年前の彼は血気盛んな若き冒険者であり、移民船のパイロットとしてポーランド人移民団の危機を救った。しかし、その後は言葉や文化の違いによって、集団になじめないままに年月を重ねていく。老いゆく者の心情が切々と、そして静かに綴られる。本書の掉尾を飾るにふさわしい一篇だ。

以上、七篇。SFオールタイム・ベストの上位を狙うような作品ではないけれど、印象に沁みて、ときおり読み返したくなる。先に出ているヤングのほかの短篇集ともども、本棚の手に取りやすいところにひっそり並べてください。

HM=Hayakawa Mystery
SF=Science Fiction
JA=Japanese Author
NV=Novel
NF=Nonfiction
FT=Fantasy

時《とき》をとめた少女《しょうじょ》

〈SF2115〉

二〇一七年二月二十日　印刷
二〇一七年二月二十五日　発行
（定価はカバーに表示してあります）

著　者　ロバート・F・ヤング
訳　者　小《お》尾《び》芙《ふ》佐《さ》・他

発行者　早川　浩
発行所　株式会社　早川書房
郵便番号　一〇一‐〇〇四六
東京都千代田区神田多町二ノ二
電話　〇三‐三二五二‐三一一一（大代表）
振替　〇〇一六〇‐三‐四七七九九
http://www.hayakawa-online.co.jp
乱丁・落丁本は小社制作部宛お送り下さい。
送料小社負担にてお取りかえいたします。

印刷・星野精版印刷株式会社　製本・株式会社フォーネット社
Printed and bound in Japan
ISBN978-4-15-012115-0 C0197

本書は活字が大きく読みやすい〈トールサイズ〉です。